文学经典读本系列

现代文学经典读本

钱理群 编著

北京大学出版社
PEKING UNIVERSITY PRESS

图书在版编目(CIP)数据

现代文学经典读本/钱理群编著. —北京:北京大学出版社,2015.1
(博雅导读丛书)
ISBN 978-7-301-25204-8

Ⅰ.①现… Ⅱ.①钱… Ⅲ.①中国文学—现代文学—文学欣赏 Ⅳ.①I206.6

中国版本图书馆 CIP 数据核字(2014)第 278060 号

书　　　名	现代文学经典读本 XIANDAI WENXUE JINGDIAN DUBEN
著作责任者	钱理群　编著
责任编辑	艾　英
标准书号	ISBN 978-7-301-25204-8
出版发行	北京大学出版社
地　　　址	北京市海淀区成府路 205 号　100871
网　　　址	http://www.pup.cn　新浪微博:@北京大学出版社
电子信箱	pkuwsz@126.com
电　　　话	邮购部 010-62752015　发行部 010-62750672 编辑部 010-62756467
印　刷　者	三河市北燕印装有限公司
经　销　者	新华书店
	965 毫米×1300 毫米　16 开本　15.5 印张　248 千字 2015 年 1 月第 1 版　2021 年 9 月第 4 次印刷
定　　　价	40.00 元

未经许可,不得以任何方式复制或抄袭本书之部分或全部内容。
版权所有,侵权必究
举报电话: 010-62752024　电子信箱: fd@pup.pku.edu.cn
图书如有印装质量问题,请与出版部联系,电话: 010-62756370

目　录

导　言 1

第一章　胡　适 1
建设的文学革命论 1

第二章　鲁　迅 13
影的告别 14
颓败线的颤动 16
死　火 19
夜　颂 21
推 24
爬和撞 26
病后杂谈 29

第三章　周作人 38
结缘豆 39
水里的东西
　　——草木虫鱼之五 43
赋得猫
　　——猫与巫术 46

第四章　茅　盾 55
《子夜》(节选) 56

第五章　郁达夫 65
春风沉醉的晚上 66

第六章　老　舍 77
断魂枪 77

正红旗下(节选) …………………………… 84

第七章　张爱玲 …………………………… 97
　　倾城之恋(存目) …………………………… 98

第八章　沈从文 …………………………… 101
　　边城(节选) ………………………………… 102
　　媚金·豹子·与那羊 ……………………… 119

第九章　萧红 ……………………………… 129
　　呼兰河传(节选) …………………………… 130

第十章　赵树理 …………………………… 161
　　李有才板话(节选) ………………………… 162

第十一章　郭沫若 ………………………… 171
　　天　狗 ……………………………………… 172

第十二章　戴望舒 ………………………… 175
　　寻梦者 ……………………………………… 176
　　乐园鸟 ……………………………………… 178

第十三章　艾青 …………………………… 180
　　雪落在中国的土地上 ……………………… 180
　　吹号者 ……………………………………… 184

第十四章　冯至 …………………………… 191
　　我们站立在高高的山巅 …………………… 192
　　我们天天走着一条小路 …………………… 193

第十五章　穆旦 …………………………… 195
　　诗八首 ……………………………………… 196

第十六章　丁西林 ………………………… 201
　　酒　后 ……………………………………… 201

第十七章　曹禺 …………………………… 214
　　日出(节选) ………………………………… 214
　　家(节选) …………………………………… 221
　　附:家(节选)　巴金 ……………………… 234

导　言

我们这里所说的"中国现代文学"是指以"五四"文学革命为开端的新文学,不包括晚清与民国文学,也不包括同一时期的通俗文学与用文言文写作的文学作品。——尽管学术界一直有突破这一范围的呼吁与研究实践,我们仍采取了相对"保守"的学术立场。

我们关注的是"中国""现代"与"文学"。

"中国"是指"世界"的"中国":在封闭的中国传统观念中,中国就是"天下"的中心,只有在国门打开以后,才知道(更准确地说是才正视)中国之外还有"世界",才有了先是被动、后来逐渐主动的国际文化、文学的交流,以及"中国文学是世界文学的有机组成部分"的自觉意识与努力,并产生了"文学的人类性、世界性与民族性"等一系列新观念。

"现代"自然是相对"古代"而言,这既是一个时间观念,又包含了由传统社会向现代社会转型背景下的现代性这样的质的规定性。由此而引发"现代文学与古代文学的关系"这样的新问题——不仅有二者之间血缘性的继承与缠绕,更有文学变革所带来的现代文学的异质性,即所谓"文学现代性"这样的新观念。

显然,我们讨论的出发点与归结,或者说我们关注的中心,始终是"文学"。尽管我们一点也不忽视现代文学与中国社会的现代转型,以及相应的思想、文化、教育、学术等的现代转型之间的密切关系,这都构成了讨论的深刻背景,但我们所要强调与着重把握的,则是文学:文学所特有的反应方式,现代中国社会转型所带来的文学问题。

事实上,"五四"文学革命的提出,即是先驱者对"现代社会转型所带来的文学问题"的一个回应。在《无声的中国》里,鲁迅这样谈到"胡适之先生所提倡的'文学革命'":"这和文学两字连起来的'革命',却没有法国革命的'革命'那么可怕,不过是革新,改换一个字,就很平和了,我们就称为'文学革新'罢","那大意也并不可怕,不过说:我们不必再去费尽心机,学说古代的死人的话,要说现代的活人的话;不必将文章看作古董,要做容易懂得的白话文章"。于是,就有了这样的要求与宣言:"我们要说现代的,自己的话;用活着的白话,将自己的思想,感情直白地说出来","将中国变成一个有声的中国。大胆地说话,勇敢地进行,忘掉了一切利害,推开了古人,将自己的真心的话发表出来","只有真的声音,才能感动中国的人和世界的人;必须有了真的声音,才能和世界的人同在世界上生活"。

　　这里所说的,都是大白话,却比许多故作深奥、夹缠不清的学究式的高论更清楚地说明了中国文学变革的内在动因与中国现代文学的基本追求和特质。说起来,非常简单:随着现代中国社会的巨大转折与变动,生活在中国这块土地上的中国人,首先是他们中的先驱者、年轻一代变了,由传统的中国人变成了现代中国人,产生了有异于传统的现代的新思想、新思维、新的行为方式,有了新的情感、心理,新的审美趣味,于是就要求新的语言,新的言说方式;所谓"说现代的自己的话;用活着的白话,将自己的思想,情感直白地说出来"即是反映了这样的发自觉醒的中国人内心的要求。而中国社会真正要实现自己的现代转型,必然要求,而且也必须最终落实到每一个中国人的觉醒与变化:不仅是思想的觉醒与变化,也包括语言与言说方式的觉醒与变化,这都是鲁迅所说的"立人"的应有之义,即所谓"立言以立人"。这样,中国现代文学的变革既反映了这样的立(现代中国)人的要求,又担负起了促进现代立人过程的历史使命。

　　但人们也不难注意到,鲁迅的前述大白话里,也包含了深刻的焦虑与隐忧,即现代中国人"已经不能将我们想说的话说出来。我们受了损害,受了侮辱,总是不能说出些应说的话"。除了社会的原因之外,最重要的是,我们所面对的是两个强大的文化、文学传统:中国古代人所创造的中国传统文化、文学,以及外国人所创造的世界文化、文学传统。这样的传统是不能简单拒绝的,它是我们"说自己的话"的必要资源;但如果我们缺乏独立自主性,却有可能失去自己的声音,如鲁迅所说,我们"不是学韩,便是学苏。韩愈、苏轼他们,用他们自己的文章来说当时要说的话,那当然可以的。我们却并非唐宋时人,怎么做和我们毫无关系的时候的文章呢。即使做得像,也是唐宋时代的声音,韩愈苏轼的声音,而不是我们现代的声音"。这正是中国现代文化、文学的危机所在:或者让别人(古人和外国人)来代表自己,或者用别人(古人与外国人)的话语来描写自己,从而使自己处于"被描写"的地位,也即被主宰与被奴役的地位,整个中国也就变成了无声的中国。言说的危机首先造成的是中国人的生存、发展危机,如鲁迅所说,这样的"哑人"最后就成了"枯涸渺小"的"末人";同时最终导致民族的危机:一个发不出自己的真的声音的民族,是不可能"同世界的人同在世界上生活"的。

中国现代文学所要满足的正是这样一个历史性要求:要向古人和外国人学习描写,同时又要反抗依附于古人和外国人的"被描写",目标却是"用现代中国人的自己的话真实地描写自己",以利于现代中国人与现代民族国家的生存与发展。

要实现这样的目标,就必须创造出自己的语言、形式,并且自立标准。

首先是语言的创造。"五四"文学革命(革新)就是以语言的变革——用白话文代替文言文——为核心与突破口的。在选入本书的《建设的文学革命论》里,胡适曾明确地将文学革命(革新)的"宗旨"归结为十个大字——"国语的文学,文学的国语":"有了国语的文学,方才可以有文学的国语。有了文学的国语,我们的国语才算得真正的国语"。这里包含了两个方面的要求。首先是以口语为基础,以实现语言与思维、口头语与书面语,即想、说、写的相对统一;又要对口语进行文学的提炼,并在口语的基础上,吸取其他语言成分(包括古语、外国语、方言等等),创造出适应现代中国人的思维、情感表达、交流要求,具有思想和艺术表现力的现代文学语言,从而创造现代汉语文学:这就是所谓"国语的文学"。而这样的现代汉语文学的创造,正是为现代民族国家共同语言的形成与发展奠定基础的,如胡适所说,"国语有了文学价值,自然受文人学士的欣赏使用,然后可以用来做教育的工具,然后可以用来做统一全国语言的工具"(《中国新文学大系·理论卷导言》):这就是所谓"文学的国语"。

语言的实验之外,还有写法的实验、形式的实验。用鲁迅的《当陶元庆的绘画展览时》一文的话来说,就是要"以新的形,尤其是新的色"来写出"自己的世界,而其中仍有中国向来的魂灵——要字面免于玄虚,则就是:民族性"。

鲁迅在《当陶元庆的绘画展览时》一文中,还提到了价值评价标准问题,出发点仍然是作为现代中国人的现代中国作家自身:"他并非'之乎者也',因为用的是新的形和新的色;而又不是'Yes''No',因为他究竟是中国人。所以,用密达尺来量,是不对的,但也不能用什么汉朝的虑傂尺或清朝的营造尺,因为他又已经是现今的人。我想,必须用存在于现今想参与世界上的事业的中国人的心里的尺来量,这才懂得他的艺术。"

正是这样的创造欲求——现代汉语文学语言的创造,中国现代文学形式的创造,并在这一过程中形成中国现代文学自身的价值取向与标准,吸引了一代又一代的中国最有文学创造力与想象力的现代作家:这是一条现代中国人自己的文学之路,一条探索者的路,勇敢者的路。

所要追求的,除了说"自己的话"之外,还有说"真的话"。因此,鲁迅在《论睁了眼看》里的一段话是特别重要的:

> 中国人向来因为不敢正视人生,只好瞒和骗,由此也生出瞒和骗的文艺来,由这文艺,更令中国人更深地陷入瞒和骗的大泽中,甚而至于已经自己不觉得。世界日日改变,我们的作家取下假面,真诚地,深入地,大胆地看取人生并且写出他的血和肉的时候早到了;早就应该有一片崭新的文场,早就应该有几个凶猛的闯将!

在这一段话里,包含着对"文学现代性"的最深刻的说明:中国现代文学正是在毫无伪饰地揭示现代中国人的生存困境、精神困惑、追求及其美学形态,"真诚地,深入地,大胆地看取人生,并且写出他的血和肉",以无情地打破一切"瞒"和"骗"的精神幻觉这一基本点上,找到了自己存在的理由与位置。

而且值得注意的是,鲁迅同时提出"没有冲破一切传统思想和手法的闯将,中国是不会有真的新文艺的";这就是说,任务提出本身就必然引起"思想和手法"即内容与形式的双重变革,或者说,一切现代文学语言、形式的变革、创造,都是由打破精神幻觉,揭示生存困境这一现代文学的基本要求引发出来的。所谓"文学的现代性"正是包含了这两方面的内容与要求,自然也就同时蕴含着一种新的价值尺度。

而且应该看到与强调,文学对人的生存困境与精神困惑的关注与揭示,有自己的特殊方式,并因而具有了一种特殊的价值。这就是论者所说的,文学处理的是人类生活世界的原初的、感性的经验图景,是生活的原初境遇,是人在具体历史中的存在,是人的感性的存在,是人的生存世界本身。一个真正的文学家关注的是个体生命的具体的感性的存在,关注其不能为理性的观念、分析所包容的特异性与个别性,并且不仅关注人现实的生存境遇,更有着对人的生命存在本身的超越性关怀。因此,文学是真正直面人自身——人的存在本身、人性本身的,而文学的感性表达所特具的模糊性、整体性、多义性、隐喻性,也正是能够展现人的生存困境的丰富性与复杂性的。

所有这一切,都最后归结为人的精神与灵魂。中国最重要的现代作家鲁迅就将自己的文学追求归结于"竭力想摸索人们的魂灵",写出"在我眼里所经过的中国的人生"(《俄文译本〈阿Q正传〉序》),同时展露的也是作家自己的灵魂。在这个意义上,我们也可以说,整个中国现代文学史就是一部现代中国人的心灵史,现代作家作为现代中国人、现代中国知识分子对中国社会变革与转型所作出的内心反应的历史。

如前所说,由于中国现代文学对现代中国人的生存困境、精神困惑和追求的逼视与复杂化关照,对其审美经验的丰富性传达,就使得这样的灵魂展现、内心反映达到了相当的广度与深度。这是一个空前的社会大动荡所引发的人的心灵的空前大震荡,由此而产生了空前繁复的美感;或许由于种种原因,在中国现代文学作品里,对此表现得并不充分,因而带来了某些遗憾,但其所已经达到与展现的,对于今天的中国读者仍具有特殊的魅力,因为我们仍然生活在这样的中国,感受着、思考着这样的中国。

(本篇"导言"写作时参考了郜元宝先生的《反抗"被描写"——解说鲁迅的一个基点》与吴晓东先生的《重建反思性的学术立场》,特此说明并致谢。)

【拓展阅读】

1. 鲁迅:《论睁了眼看》,《鲁迅全集》第1卷,人民文学出版社2005年版。

2. 鲁迅:《无声的中国》,《鲁迅全集》第4卷,人民文学出版社2005年版。

3. 鲁迅:《当陶元庆的绘画展览时》,《鲁迅全集》第3卷,人民文学出版社2005年版。

第一章 胡 适

我们的现代文学经典阅读,要从胡适(1891—1962)开始:因为如鲁迅在《无声的中国》里所说,"五四"文学革命是"胡适之先生所提倡"的。胡适的主要贡献在于他提出了战略性的三大突破口:以"文学革命"作为中国现代思想启蒙运动的突破口;以用白话文代替文言文的"语言的变革"作为文学革命的突破口;以将白话文学作品引入中小学教材,编写"有功效有势力的国语教科书"作为语言变革的突破口。胡适的这一设计及其实现,对中国现代文学与现代思想的发展,几乎起了决定性的作用,产生了深远的影响。而《建设的文学革命论(国语的文学,文学的国语)》即是胡适的这三大突破口战略思想最完整的论述。胡适因此将他的这篇文章与周作人的《人的文学》所表达的文学观念,同称为"中国新文学运动"的"中心理论"(《〈中国新文学大系·建设理论集〉导言》)。

建设的文学革命论
国语的文学——文学的国语

一

我的《文学改良刍议》发表以来,已有一年多了。这十几个月之中,这个问题居然引起了许多很有价值的讨论,居然受了许多可使人乐观的响应。我想我们提倡文学革命的人,固然不能不从破坏一方面下手。但是我们仔细看来,现在的旧派文学实在不值得一驳。什么桐城派的古文哪,《文选》派的文学哪,江西派的诗哪,梦窗派的词哪,《聊斋志异》派的小说哪,——都没有破坏的价值。他们所以还能存在国中,正因为现在还没有一种真有价值,真有生气,真可算作文学的新文学起来代他们的位置。有了这种"真文学"和"活文学",那些"假文学"和"死文学",自然会消灭了。所以我望我们提倡文学革命的人,对于那些腐败文学,个个都该存一个"彼可取而代也"的心理,个个都该从建设一方面用力,要在三五十年内替中国创造出一派新中国的活文学。

我现在做这篇文章的宗旨,在于贡献我对于建设新文学的意见。我且先把我从前所主张破坏的八事引来做参考的资料:

(一)不做"言之无物"的文字。

(二)不做"无病呻吟"的文字。

(三)不用典。

(四)不用套语烂调。

(五)不重对偶:——文须废骈,诗须废律。

(六)不做不合文法的文字。

(七)不摹仿古人。

(八)不避俗话俗字。

这是我的"八不主义",是单从消极的,破坏的一方面着想的。

自从去年归国以后,我在各处演说文学革命,便把这"八不主义"都改作了肯定的口气,又总括作四条,如下:

(一)要有话说,方才说话。这是"不做言之无物的文字"一条的变相。

(二)有什么话,说什么话;话怎么说,就怎么说。这是(二)(三)(四)(五)(六)诸条的变相。

(三)要说我自己的话,别说别人的话。这是"不摹仿古人"一条的变相。

(四)是什么时代的人,说什么时代的话。这是"不避俗话俗字"的变相。

这是一半消极,一半积极的主张。一笔表过,且说正文。

二

我的《建设新文学论》的唯一宗旨只有十个大字:"国语的文学,文学的国语"。我们所提倡的文学革命,只是要替中国创造一种国语的文学。有了国语的文学,方才可有文学的国语。有了文学的国语,我们的国语才可算得真正国语。国语没有文学,便没有生命,便没有价值,便不能成立,便不能发达。这是我这一篇文字的大旨。

我曾仔细研究:中国这二千年何以没有真有价值真有生命的"文言的文学"?我自己回答道:"这都因为这二千年的文人所做的文学都是死的,都是用已经死了的语言文字做的。死文字决不能产出活文学。所以中国这二千年只有些死文学,只有些没有价值的死文学。"

我们为什么爱读《木兰辞》和《孔雀东南飞》呢?因为这两首诗是用白话做的。为什么爱读陶渊明的诗和李后主的词呢?因为他们的诗词是用白话做的。为什么爱杜甫的《石壕吏》、《兵车行》诸诗呢?因为他们都是用白话做的。为什么不爱韩愈的《南山》呢?因为他用的是死字死话。……简单说来,自从《三百篇》到于今,中国的文学凡是有一些价值有一些儿生命的,都是白话的,或是近于白话的。其余的都是没有生气的古董,都是博物院中的陈列品!

再看近世的文学:何以《水浒传》、《西游记》、《儒林外史》、《红楼梦》可以称为"活文学"呢?因为它们都是用一种活文字做的。若是施耐庵、吴承恩、吴敬梓、曹雪芹都用了文言做书,他们的小说一定不会有这样生命,一定不会有这样价值。

读者不要误会;我并不曾说凡是用白话做的书都是有价值有生命的。我说的是:用死了的文言决不能做出有生命有价值的文学来。这一千多年的文学,凡是有真正文学价值的,没有一种不带有白话的性质,没有一种不靠这个"白话性质"的帮助。换言之:白话能产出有价值的文学,也能产出没有价值的文学;可以产出《儒林外史》,也可以产出《肉蒲团》。但是那已死的文言只能产出没有价值没有生命的文学,决不能产出有价值有生命的文学;只能做几篇《拟韩退之原道》或《拟陆士衡拟古》,决不能做出一部《儒林外史》。若有人不信这话,可先读明朝古文大家宋濂的《王冕传》,再读《儒林外史》第一回的《王冕传》,便可知道死文学和活文学的分别了。

为什么死文字不能产生活文学呢?这都由于文学的性质。一切语言文字的作用在于达意表情;达意达得妙,表情表得好,便是文学。那些用死文言的人,有了意思,却须把这意思翻成几千年前的典故;有了感情,却须把这感情译为几千年前的文言。明明是客子思家,他们须说"王粲登楼","仲宣作赋";明明是送别,他们却须说"《阳关》三叠","一曲《渭城》";明明是贺陈宝琛七十岁生日,他们却须说是贺伊尹周公傅说。更可笑的:明明是乡下老太婆说话,他们却要叫他打起唐宋八家的古文腔儿;明明是极下流的妓女说话,他们却要他打起胡天游、洪亮吉的骈文调子!……请问这样做文章如何能达意表情呢?既不能达意,既不能表情,那里还有文学呢?即如那《儒林外史》里的王冕,是一个有感情,有血气,能生动,能谈笑的活人。这都因为做书的人能用活言语活文字来描写他的生活神情。那宋濂集子里的王冕,便成了一个没有生气,不能动人的死人。为什么呢?因为宋濂用了二千年前的死文字来写二千年后的活人；所以不能不把这个活人变作二千年前的木偶，才可合那古文家法。古文家法是合了，那王冕也真"作古"了！

因此我说，"死文言决不能产出活文学"。中国若想有活文学，必须用白话，必须用国语，必须做国语的文学。

三

上节所说，是从文学一方面着想，若要活文学，必须用国语。如今且说从国语一方面着想，国语的文学有何等重要。

有些人说："若要用国语做文学，总须先有国语。如今没有标准的国语，如何能有国语的文学？"我说，这话似乎有理，其实不然。国语不是单靠几位言语学的专门家就能造得成的；也不是单靠几本国语教科书和几部国语字典就能造成的。若要造国语，先须造国语的文学。有了国语的文学，自然有国语。这话初听了似乎不通。但是列位仔细想想便可明白了。天下的人谁肯从国语教科书和国语字典里面学习国语？所以国语教科书和国语字典，虽是很要紧，决不是造国语的利器。真正有功效有势力的国语教科书，便是国语的文学；便是国语的小说，诗文，戏本。国语的小说，诗文，戏本通行之日，便是中国国语成立之时。试问我们今日居然能拿起笔来做几篇白话文章，居然能写得出好几百个白话的字，可是从什么白话教科书上学来的吗？可不是从《水浒传》、《西游记》、《红楼梦》、《儒林外史》……等书学来的吗？这些白话文学的势力，比什么字典教科书都还大几百倍。《字典》说"这"字该读"鱼彦反"，我们偏读他做"者个"的者字。《字典》说"么"字是"细小"，我们偏把他用作"什么"、"那么"的么字。字典说"没"字是"沉也"，"尽也"，我们偏用他做"无有"的无字解。《字典》说"的"字有许多意义，我们偏把他用来代文言的"之"字，"者"字，"所"字和"徐徐尔，纵纵尔"的"尔"字。……总而言之，我们今日所用的"标准白话"，都是这几部白话的文学定下来的。我们今日要想重新规定一种"标准国语"，还须先造无数国语的《水浒传》、《西游记》、《儒林外史》、《红楼梦》。

所以我以为我们提倡新文学的人，尽可不必问今日中国有无标准国语。我们尽可努力去做白话的文学。我们可尽量采用《水浒传》、《西游记》、《儒林外史》、《红楼梦》的白话；有不合今日的用的，便不用他；有不够用的，便用今日的白话来补助；有不得不用文言的，便用文言来补助。这样做去，决不愁语言文字不够用，也决不用愁没有标准白话。中国将来的新文学用的白话，就是将来中国的标准国语。造中国将来白话文学的人，就是制定标准国语的人。

我这种议论并不是"向壁虚造"的。我这几年来研究欧洲各国国语的历史,没有一种国语不是这样造成的。没有一种国语是教育部的老爷们造成的。没有一种是言语学专门家造成的。没有一种不是文学家造成的。我且举几条例为证:

一,意大利。五百年前,欧洲各国但有方言,没有"国语"。欧洲最早的国语是意大利文。那时欧洲各国的人都用拉丁文著书通信。到了十四世纪的初年,意大利的大文学家但丁(Dante)极力主张用意大利话来代拉丁文。他说拉丁文是已死了的文字,不如他本国俗话的优美。所以他自己的杰作"喜剧",全用脱斯堪尼(Tuscany)(意大利北部的一邦)的俗话。这部"喜剧",风行一世,人都称他做"神圣喜剧"。那"神圣喜剧"的白话后来便成了意大利的标准国语。后来的文学家包卡嘉(Boccacio,1313—1375)和洛伦查(Lorenzo de Medici)诸人也都用白话做文学。所以不到一百年,意大利的国语便完全成立了。

二,英国。英伦虽只是一个小岛国,却有无数方言。现在通行全世界的"英文"在五百年前还只是伦敦附近一带的方言,叫做"中部土话"。当十四世纪时,各处的方言都有些人用来做书。后来到了十四世纪的末年,出了两位大文学家,一个是赵叟(Chaucer,1340—1400),一个是威克列夫(Wycliff,1320—1384)。赵叟做了许多诗歌,散文,都用这"中部土话"。威克列夫把耶教的《旧约》《新约》也都译成"中部土话"。有了这两个人的文学,便把这"中部土话"变成英国的标准国语。后来到了十五世纪,印刷术输进英国,所印的书多用这"中部土话",国语的标准更确定了。到十六十七两世纪,莎士比亚和"伊里莎白时代"的无数文学大家,都用国语创造文学。从此以后,这一部分的"中部土话",不但成了英国的标准国语,几乎竟成了全地球的世界语了!

此外,法国、德国及其他各国的国语,大都是这样发生的,大都是靠着文学的力量才能变成标准的国语的。我也不去一一的细说了。

意大利国语成立的历史,最可供我们中国人的研究。为什么呢?因为欧洲西部北部的新国,如英吉利、法兰西、德意志,他们的方言和拉丁文相差太远了,所以他们渐渐的用国语著作文学,还不算希奇。只有意大利是当年罗马帝国的京畿近地,在拉丁文的故乡;各处的方言又和拉丁文最近。在意大利提倡用白话代拉丁文,真正和在中国提倡用白话代汉文,有同样的艰难。所以英、法、德各国语,一经文学发达以后,便不知不觉的成为国语了。

在意大利却不然。当时反对的人很多,所以那时的新文学家,一方面努力创造国语的文学,一方面还要做文章鼓吹何以当废古文,何以不可不用白话。有了这种有意的主张(最有力的是但丁[Dante]和阿儿白狄[Alberti]两个人),又有了那些有价值的文学,才可造出意大利的"文学的国语"。

我常问我自己道:"自从施耐庵以来,很有了些极风行的白话文学,何以中国至今还不曾有一种标准的国语呢?"我想来想去,只有一个答案。这一千年来,中国固然有了一些有价值的白话文学,但是没有一个人出来明目张胆的主张用白话为中国的"文学的国语"。有时陆放翁高兴了,便做一首白话诗;有时柳耆卿高兴了,便做一首白话词;有时朱晦庵高兴了,便写几封白话信,做几条白话札记;有时施耐庵、吴敬梓高兴了,便做一两部白话的小说。这都是不知不觉的自然出产品,并非是有意的主张。因为没有"有意的主张",所以做白话的只管做白话,做古文的只管做古文,做八股的只管做八股。因为没有"有意的主张",所以白话文学从不曾和那些"死文学"争那"文学正宗"的位置。白话文学不成为文学正宗,故白话不曾成为标准国语。

我们今日提倡国语的文学,是有意的主张。要使国语成为"文学的国语"。有了文学的国语,方有标准的国语。

四

上文所说,"国语的文学,文学的国语",乃是我们的根本主张。如今且说要实行做到这个根本主张,应该怎样进行。

我以为创造新文学的进行次序,约有三步:(一)工具,(二)方法,(三)创造。前两步是预备,第三步才是实行创造新文学。

(一)工具 古人说得好:"工欲善其事,必先利其器",写字的要笔好,杀猪的要刀快。我们要创造新文学,也须先预备下创造新文学的"工具"。我们的工具就是白话。我们有志造国语文学的人,应该赶紧筹备这个万不可少的工具。预备的方法,约有两种:

(甲)多读模范的白话文学 例如《水浒传》、《西游记》、《儒林外史》、《红楼梦》;宋儒语录,白话信札;元人戏曲;明清传奇的说白。唐宋的白话诗词,也该选读。

(乙)用白话做各种文学 我们有志造新文学的人,都该发誓不用文言做文:无论通信,做诗,译书,做笔记,做报馆文章,编学堂讲义,替死人做墓志,替活人上条陈,……都该用白话来做。我们从小到如今,都是用文言做文,养成了一种文言的习惯,所以虽是活人,只会做死人的文字。若不下一些狠劲,若不用点苦工夫,决不能使用白话圆转如意。若单在《新青年》里面做白话文字,此外还依旧做文言的文字,那真是"一日暴之,十日寒之"的政策,决不能磨练成白话的文学家。

不但我们提倡白话文学的人应该如此做去,就是那些反对白话文学的人,我也奉劝他们用白话来做文字。为什么呢?因为他们若不能做白话文字,便不配反对白话文学。譬如那些不认得中国字的中国人,若主张废汉文,我一定骂他们不配开口。若是我的朋友钱玄同要主张废汉文,我决不敢说他不配开口了。那些不会做白话文字的人来反对白话文学,便和那些不懂汉文的人要废汉文,是一样的荒谬。所以我劝他们多做白话文字,多做些白话诗歌,试试白话是否有文学的价值。如果试了几年,还觉得白话不如文言,那时再来攻击我们,也还不迟。

还有一层。有些人说,"做白话很不容易,不如做文言的省力"。这是因为中毒太深之过。受病深了,更宜赶紧医治。否则真不可救了。其实做白话并不难。我有一个侄儿,今年才十五岁,一向在徽州不曾出过门,今年他用白话写信来,居然写得极好。我们徽州话和官话差得很远,我的侄儿不过看了一些白话小说,便会做白话文字了。这可见做白话并不是难事,不过人性懒惰的居多数,舍不得抛"高文典册"的死文字罢了。

(二)方法　我以为中国近来文学所以这样腐败,大半虽由于没有适用的"工具",但是单有"工具",没有方法,也还不能造新文学。做木匠的人,单有锯凿钻刨,没有规矩师法,决不能造成木器。文学也是如此。若单靠白话便可造新文学,难道把郑孝胥、陈三立的诗翻成了白话,就可算得新文学了吗?难道那些用白话做的《新华春梦记》、《九尾龟》也可算作新文学吗?我以为现在国内新起的一班"文人",受病最深的所在,只在没有高明的文学方法。我且举小说一门为例。现在的小说(单指中国人自己著的),看来看去,只有两派。一派最下流的,是那些学《聊斋志异》的札记小说。篇篇都是"某生,某处人,生有异禀,下笔千言,……一日于某地遇一女郎,……好事多磨,……遂为情死";或是"某地某生,游某地,眷某妓,情好綦笃,遂订白头之约,……而大妇妒甚,不能相容,女抑郁以死,……生抚尸一恸几绝";……此类文字,只可抹桌子,固不值一驳。还有那第二派是那些学《儒林外史》或是学《官场现形记》的白话小说。上等的如《广陵潮》,下等的如《九尾龟》。这一派小说,只学了《儒林外史》的坏处,却不曾学得他的好处。《儒林外史》的坏处在于体裁结构太不紧严,全篇是杂凑起来的。例如娄府一群人自成一段;杜府两公子自成一段;马二先生又成一段;虞博士又成一段;萧云仙、郭孝子又各自成一段。分出来,可成无数札记小说;接下去,可长至无穷无极。《官场现形记》便是这样。如今的章回小说,大都犯这个没有结构,没有布局的懒病。却不知道《儒林外史》所以能有文学价值者,全靠一副写人物的画工本领。我十年不曾读这书了,但是我闭了眼睛,还觉得书中的人物,如严贡生,如马二先生,如杜少卿,如权勿用,……个个都是活的人物。正如读《水浒》的人,过了二三十年,还不会忘记鲁智深、李逵、武松、石秀,……一班人。请问列位读过《广陵潮》和《九尾龟》的人,过了两三个月,心目中除了一个"文武全才"的章秋谷之外,还记得几个活灵活现的书中人物?——所以我说,现在的"新小说",全是不懂得文学方法的:既不知布局,又不知结构,又不知描写人物,只做成了许多又长又臭的文字;只配与报纸的第二张充篇幅,却不配在新文学上占一个位置。——小说在中国近年,比较的说来,要算文学中最发达的一门了。小说尚且如此,别种文学,如诗歌戏曲,更不用说了。

如今且说什么叫做"文学的方法"呢?这个问题不容易回答,况且又不是这篇文章的本题,我且约略说几句。

大凡文学的方法可分三类:

(1)集收材料的方法　中国的"文学",大病在于缺少材料。那些古文家,除了墓志,寿序,家传之外,几乎没有一毫材料。因此,他们不得不做那些极无聊的"汉高帝斩丁公论","汉文帝唐太宗优劣论"。至于近人的诗词,更没有什么材料可说了。近人的小说材料,只有三种:一种是官场,一种是妓女,一种是不官而官,非妓而妓的中等社会(留学生女学生之可作小说材料者,亦附此类),除此之外,别无材料。最下流的,竟至登告白征求这种材料。做小说竟须登告白征求材料,便是宣告文学家破产的铁证。我以为将来的文学家收集材料的方法,约如下:

(甲)推广材料的区域　官场妓院与龌龊社会三个区域,决不够采用。即如今日的贫民社会,如工厂之男女工人,人力车夫,内地农家,各处大负贩及小店铺,一切痛苦情形,都不曾在文学上占一位置。并且今日新旧文明相接触,一切家庭惨变,婚姻苦痛,女子之位置,教育之不适宜,……种种问题,都可供文学的材料。

(乙)注意实地的观察和个人的经验　现今文人的材料大都是关了门虚造出来的,或是间接又间接的得来的,因此我们读这种小说,总觉得浮泛敷衍,不痛不痒的,没有一毫精采。真正文学家的材料大概都有"实地的观察和个人自己的经验"做个根底。不能作实地的观察,便不能做文学家;全没有个人的经验,也不能做文学家。

(丙)要用周密的理想作观察经验的补助　实地的观察和个人的经验,固是极重要,但是也不能全靠这两件。例如施耐庵若单靠观察和经验,决不能做出一部《水浒传》。个人所经验的,所观察的,究竟有限。所以必须有活泼精细的理想(Imagination),把观察经验的材料,一一的体会出来,一一的整理如式,一一的组织完全:从已知的推想到未知的,从经验过的推想到不曾经验过的,从可观察的推想到不可观察的。这才是文学家的本领。

(2)结构的方法　有了材料,第二步须要讲究结构。结构是个总名词,内中所包甚广,简单说来,可分剪裁和布局两步。

(甲)剪裁　有了材料,先要剪裁。譬如做衣服,先要看那块料可做袍子,那块料可做背心。估计定了,方可下剪。文学家的材料也要如此办理。先须看这些材料该用做小诗呢?还是做长歌呢?该用做章回小说呢?还是做短篇小说呢?该用做小说呢?还是做戏本呢?筹划定了,方才可以剪下那些可用的材料,去掉那些不中用的材料;方才可以决定做什么体裁的文字。

(乙)布局　体裁定了,再可讲布局。有剪裁,方可决定"做什么";有布局,方可决定"怎样做"。材料剪定了,须要筹算怎样做去始能把这材料用得最得当又最有效力。例如唐朝天宝时代的兵祸,百姓的痛苦,都是材料。这些材料,到了杜甫的手里,便成了诗料。如今且举他的《石壕吏》一篇,作布局的例。这首诗只写一个过路的客人一晚上在一个人家内偷听得的事情;只用一百二十个字,却不但把那一家祖孙三代的历史都写出来,并且把那时代兵祸之惨,壮丁死亡之多,差役之横行,小民之苦痛,都写得逼真活现,使人读了生无限的感慨。这是上品的布局工夫。又如古诗《上山采蘼芜,下山逢故夫》一篇,写一家夫妇的惨剧,却不从"某人娶妻甚贤,后别有所欢,遂出妻再娶"说起,只挑出那前妻山上下来遇着故夫的时候下笔,却也能把那一家的家庭情形写得充分满意。这也是上品的布局工夫。——近来的文人全不讲求布局:只顾凑足多少字可卖几块钱;全不问材料用的得当不得当,动人不动人。他们今日做上回的文章,还不知道下一回的材料在何处! 这样的文人怎样造得出有价值的新文学呢!

(3)描写的方法　局已布定了,方才可讲描写的方法。描写的方法,千头万绪,大要不出四条:(一)写人。(二)写境。(三)写事。(四)写情。

写人要举动,口气,身分,才性,……都要有个性的区别:件件都是林黛玉,决不是薛宝钗;件件都是武松,决不是李逵。写境要一喧,一静,一石,一山,一云,一鸟,……也都要有个性的区别:《老残游记》的大明湖,决不是西湖,也决不是洞庭湖;《红楼梦》里的家庭,决不是《金瓶梅》里的家庭。写事要线索分明,头绪清楚,近情近理,亦正亦奇。写情要真,要精,要细腻婉转,要淋漓尽致。——有时须用境写人,用情写人,用事写人;有时须用人写境,用事写境,用情写境;……这里面的千变万化,一言难尽。

如今且回到本文。我上文说的:创造新文学的第一步是工具,第二步是方法。方法的大致,我刚才说了。如今且问,怎样预备方才可得着一些高明的文学方法?我仔细想来,只有一条法子:就是赶紧多多的翻译西洋的文学名著做我们的模范。我这个主张,有两层理由:

第一,中国文学的方法实在不完备,不够做我们的模范。即以体裁而论,散文只有短篇,没有布置周密,论理精严,首尾不懈的长篇;韵文只有抒情诗,绝少纪事诗,长篇诗更不曾有过;戏本更在幼稚时代,但略能纪事掉文,全不懂结构;小说好的,只不过三四部,这三四部之中,还有许多疵病;至于最精彩之"短篇小说","独幕戏",更没有了。若从材料一方面看来,中国文学更没有做模范的价值。才子佳人,封王挂帅的小说;风花雪月,涂脂抹粉的诗;不能说理,不能言情的"古文";学这个,学那个的一切文学:这些文字,简直无一毫材料可说。至于布局一方面,除了几首实在好的诗之外,几乎没有一篇东西当得"布局"两个字!——所以我说,从文学方法一方面看去,中国的文学实在不够给我们做模范。

第二,西洋的文学方法,比我们的文学,实在完备得多,高明得多,不可不取例。即以散文而论,我们的古文家至多比得上英国的倍根(Bacon)和法国的孟太恩(Montaigne),至于像柏拉图(Plato)的"主客体",赫胥黎(Huxley)等的科学文字,包士威尔(Boswell)和莫烈(Morley)等的长篇传记,弥儿(Mill)、弗林克令(Franklin)、吉朋(Gibbon)等的"自传",太恩(Taine)和白克儿(Buckle)等的史论;……都是中国从不曾梦见过的体裁。更以戏剧而论,二千五百年前的希腊戏曲,一切结构的工夫,描写的工夫,高出元曲何止十倍。近代的萧士比亚(Shakespeare)和莫逆尔(Molière)更不用说了,最近六十年来,欧洲的散文戏本,千变万化,远胜古代,体裁也更发达了,最重要的,如"问题戏",专研究社会的种种重要问题;"象征戏"(Symbolic Drama),专以美术的手段作的"意在言外"的戏本;"心理戏",专描写种种复杂的心境,作极精密的解剖;"讽刺戏",用嬉笑怒骂的文章,达愤世救世的苦心;——我写到这里,忽然想起今天梅兰芳正在唱新编的《天女散花》,上海的人还正在等着看新排的《多尔衮》呢!我也不往下数了。——更以小说而论,那材料之精确,体裁之完备,命意之高超,描写之工切,心理解剖之细密,社会问题讨论之透切,……真是美不胜收。至于近百年新创的"短篇小说",真如芥子里面藏着大千世界;真如百炼的精金,曲折委婉,无所不可;真可说是开千古未有的创局,掘百世不竭的宝藏。——以上所说,大旨只在约略表示西洋文学方法的完备。因为西洋文学真有许多可给我们做模范的好处,所以我说:我们如果真要研究文学的方法,不可不赶紧翻译西洋的文学名著,做我们的模范。

现在中国所译的西洋文学书,大概都不得其法,所以收效甚少。我且拟几条翻译西洋文学名著的办法如下:

(1) 只译名家著作,不译第二流以下的著作　我以为国内真懂得西洋文学的学者应该开一会议,公共选定若干种不可不译的第一流文学名著:约数如一百种长篇小说,五百篇短篇小说,三百种戏剧,五十家散文,为第一部"西洋文学丛书",期五年译完,再选第二部。译成之稿,由这几位学者审查,并一一为作长序及著者略传,然后付印;其第二流以下,如哈葛得之流,一概不选。诗歌一类,不易翻译,只可从缓。

(2) 全用白话　韵文之戏曲,也都译为白话散文　用古文译书,必失原文的好处。如林琴南的"其女珠,其母下之",早成笑柄,且不必论。前天看见一部侦探小说《圆室案》中,写一位侦探"勃然大怒,拂袖而起"。不知道这位侦探穿的是不是康桥大学的广袖制服!——这样译书,不如不译。又如林琴南把萧士比亚的戏曲,译成了记叙体的古文!这真是萧士比亚的大罪人,罪在《圆室案》译者之上!

(3) 创造　上面所说工具与方法两项,都只是创造新文学的预备。工具用得纯熟自然了,方法也懂了,方才可以创造中国的新文学。至于创造新文学是怎样一回事,我可不配开口了。我以为现在的中国,还没有做到实行预备创造新文学的地步,尽可不必空谈创造的方法和创造的手段,我们现在且先去努力做那第一第二两步预备的工夫罢!

民国七年四月

(原载 1918 年 4 月 15 日《新青年》第 4 卷第 4 号;
选自《胡适全集》第 1 卷,安徽教育出版社 2003 年版。)

【简析】

本文是一篇论说文,自然不是文学作品,但其语言却值得注意。某种程度上胡适是创造了一种新的文体的,新诗史上甚至有"胡适之体"的说法。胡适本人就将其概括为三条:"说话要明白清楚","第一条戒律就是要人看得懂";"用材料要有剪裁","用最简炼的字句表现出来";"意境要平实","只是说平平常常的老实话"(《谈谈"胡适之体"的诗》)。1930年代在《独立评论》上曾经有过"关于看不懂"的论争。胡适仍坚持他的观点:"我十分同情于'有他自己的表现方法'的作家,更同情于'对文字过于注意'的努力。但我的同情有两个条件:第一,'有他自己'可不要忘了他人,文字的表现究竟是为自己以外的'他人'的事业,如果作者只顾'有他自己'而不顾读者,又何必笔之于书,公布于世呢?第二,世间自有'过于注意'而反不如'不过于注意'的。过犹不及,是一句老话;画蛇添足也是一个老寓言。"(《〈独立评论〉241号编辑后记》)其实这样的争论是一直贯穿整个现、当代文学史的,从这一角度来考察这段历史也很有意思。

在胡适的明快表达背后,还可以看到胡适式的历史乐观主义,这也是"五四"时代精神的一个重要方面。胡适虽然很清楚要实现他的理想(包括文学理想)会有很多的阻力,也从不回避这一点,但目标一旦确定,他就坚定不移、不屈不挠、信心十足地向前走去。我们读胡适的文章常常可以感受到一种勇往直前、不可抵挡的气势,这样的风采,自有其动人之处。

【思考题】

1. 胡适的"国语的文学,文学的国语"的主张,将现代"文学"语言的创造与"国语"(现代民族国家的共同语言)的创造联系起来,并以西方国家(英国,特别是意大利)的经验作为借鉴,这都揭示了现代文学与现代民族国家之间的内在关系,这是考察"文学现代性"的一个非常重要的角度,也是当下学术界所关注的一个问题。试从网上查阅有关文章,谈谈你的看法。

2. 胡适在本文一开头即作了"真文学"与"假文学"、"活文学"与"死文学"的区分,并总括出现代人说话、写作的四条原则,其背后的价值理念是什么?结合我们当下的文学创作与写作,以及中小学的语文教育,谈谈你的看法。

3. 胡适在本文第三部分具体论述创造新文学的"方法"时,提出要"推广材料的区域":"官场妓院龌龊社会三个区域决不够采用。即如今日的贫民社会,如工厂的男女工人,人力车夫,内地农家,各处大负贩及小店铺,一切痛苦情形,都不曾在文学上占一个位置。"结合之后新文学的创作,谈谈胡适这一主张背后的理念、意义与影响。

【拓展阅读】

1. 周作人:《人的文学》,《艺术与生活》,河北教育出版社2002年版。
2. 周作人:《平民的文学》,《艺术与生活》,河北教育出版社2002年版。

第二章 鲁　迅

　　周氏兄弟的创作,无疑在我们的现代经典阅读中占有中心位置:鲁迅和周作人是中国现代文学的两大高峰,现代文学经典的主要创造者。在他们身上集中了中国现代文学的文化困境:鲁迅与中国传统文化的撕裂血肉的纠缠、相搏,周作人文化散文中多元文化因素的杂糅与纠缠,都具有精神的震撼力和永远的文学魅力。他们的作品同时对现代中国人和中国知识分子的生存困境与精神困境作出了极具深度的揭示和复杂化观照。鲁迅作品中刻骨铭心的生命感,他的"绝望的反抗"和周作人的"凡人的悲哀",由此形成的繁复、丰厚的美感,以及他们在现代文学语言和文学形式的创新上所显示的非凡的创造力和想象力,不仅开创了中国文学史上从未有过的新传统,而且向 20 世纪世界文学提供了一个真正的中国现代文学范式,它是可以和西方文学范式并肩而立的东方文学范式的重要组成部分,因而是集中体现了中国现代文学的世界性与民族性品格的。

　　鲁迅(1881—1936),现代文学家、思想家。鲁迅在《论睁了眼看》里说:"没有冲破一切传统思想和手法的闯将,中国是不会有真的新文艺的。"这也可以说是对他自己在新文学中的意义、价值与历史地位的一个最恰当的评价。鲁迅正是以其非凡的创造力与想象力,创造了完全不同于传统并且可以与之并肩而立,在思想与手法上都全新的现代小说、现代散文(包括杂文),以其辉煌的创作实绩,为中国现代文学奠定了基础,显示了现代汉语文学语言表达现代中国人的思想情感的生命活力、艺术上的高水平与巨大的可能性。这对现代文学在有着深远文学传统的中国这块土地上立足、扎根,几乎起了决定性的作用。

　　鲁迅的思想与艺术,不仅在中国的传统中是一个异类,而且对于他的时代也是超前的,因而具有某种异端性。鲁迅在现代中国,任何时候都是争论的焦点,他所遭遇的误解与拒斥、捧杀与骂杀是空前的,他的思想与艺术也就具有了本质上的批判性、边缘性与孤独宿命。但也因为如此,他能永远吸引最具有创造力与想象力,试图在既成思想与文学规范中突围而出的作者、读者与研究者,为他们提供精神与文学资源。正是在这里,体现了一种真正的文学现代性。鲁迅由此而开创了中国思想史、文学史上从未有过的新的中国现代思想、文学的传统。

影的告别

人睡到不知道时候的时候,就会有影来告别,说出那些话——

有我所不乐意的在天堂里,我不愿去;有我所不乐意的在地狱里,我不愿去;有我所不乐意的在你们将来的黄金世界里,我不愿去。
然而你就是我所不乐意的。
朋友,我不想跟随你了,我不愿住。
我不愿意!
呜乎呜乎,我不愿意,我不如彷徨于无地。

我不过一个影,要别你而沉没在黑暗里了。然而黑暗又会吞并我,然而光明又会使我消失。
然而我不愿彷徨于明暗之间,我不如在黑暗里沉没。

然而我终于彷徨于明暗之间,我不知道是黄昏还是黎明。我姑且举灰黑的手装作喝干一杯酒,我将在不知道时候的时候独自远行。
呜乎呜乎,倘若黄昏,黑夜自然会来沉没我,否则我要被白天消失,如果现是黎明。

朋友,时候近了。
我将向黑暗里彷徨于无地。
你还想我的赠品。我能献你甚么呢?无已,则仍是黑暗和虚空而已。但是,我愿意只是黑暗,或者会消失于你的白天;我愿意只是虚空,决不占你的心地。

我愿意这样,朋友——
我独自远行,不但没有你,并且再没有别的影在黑暗里。只有我被黑暗沉没，那世界全属于我自己。

一九二四年九月二十四日

(选自《鲁迅全集》第2卷，人民文学出版社2005年版。)

【简析】

  本文选自鲁迅的《野草》。

  这是鲁迅的独语。自觉地将读者推到一定距离之外，径直逼视自己灵魂的最深处，把外在的生存困境经验转化为对内在生命存在困境的体验与追问，形成了鲁迅式的"黑洞"：充满了生命本体性的黑暗感，同时又质疑于这样的黑暗感——"绝望之于虚妄，正与希望相同"，由此而形成了鲁迅式的"反抗绝望"的哲学。

  这是一个真正的艺术世界。——为产生距离感，营造一个读者完全陌生的世界；为从自我孤独中挣扎出来，鲁迅创造了与现实世界对立的别一个世界。它彻底摆脱传统的写实的摹写，鲁迅的创造力与想象力有了一次淋漓尽致的发挥。于是，在鲁迅的笔下，涌现了：梦的朦胧、沉重与奇诡，鬼魂的阴森与神秘；奇幻的场景，荒诞的情节；不可确定的模糊意念，难以理喻的反常感觉；瑰丽、冷艳的色彩，奇突的想象，浓郁的诗情。在《野草》里充满了奇峻的变异，不仅其所创造的艺术世界是现实的变异，而且其所创造的语言也是日常生活用语的变异：集华丽与艰涩于一身。可以感觉到鲁迅是完全陶醉在这样的艺术和语言的创造之中，这多少缓解了他内心的孤寂与紧张；于是，我们读者在感受到鲁迅的生命个体与艺术个体的真切存在时也就陶醉于其间。

  《影的告别》是一篇奇文："人"的"影"会从"形"中分离出来，而且还要"告别"，而且还说出了一番让"人"惊讶不已的话来。"影"与"形"的象征意义，不同的读者会有不同的解读。这里且作一说："形"与"影"是一个共同体，是"人"的存在的两种方式："形"是作为群体的存在，按照社会规范的常规、常态去生活；而"影"是一个个体的存在，而且是社会规范的反抗者。于是，就有了"影"的反常思维与选择。首先是"我不"：对于"有"的拒绝——对"已有"（人们或者视为"天堂"或者视为"地狱"的一切现实的存在）、"将有"（人们设想的未来的"黄金世界"）与"既定"（"你"）的一切的拒绝。掏空了一切，"我"就选择"无"——"黑暗又会吞并我"（因为我反抗黑暗），"光明又会使我消失"（我的价值就体现在与黑暗捣乱中，我必然随着黑暗的消失而消失），"我不如彷徨于无地"，并且只拥有"无"——"无已，则仍是黑暗和虚空而已"。但当我"独自远行"，在独自承担与毁灭中，却获得了最大的"有"——"只有我被黑暗沉没,那世界全属于我自己"。"我"(一定程度上也是鲁迅自己)就这样从拒绝外在世界的"有",到自我毁灭(否定)的"无",又在对黑暗的独自承担中达到了自我生命中的"大有"。这"有——无——有"的生命转换,这"拒绝""选择"而"承担",构成了《影的告别》,某种程度上也是《野草》的一个基本线索。

【思考题】

1. 在弄清了本文的基本线索以后,在阅读中,应把重心放在对鲁迅的语言表达的体会上:鲁迅如何选择特定的关联词与语式,在不断的重复中,形成了语言的决绝感与缠绕感。如第一节("有我所不乐意的在天堂里……我不如彷徨于无地"),连续十一个"我不";第二节("我不过是一个影……如果现在是黎明"),连续四个"然而";第三节("朋友,时候近了。……那世界全属于我自己"),连续三个"我愿意"。请在反复吟诵中体会其语言内在的韵味。

有人注意到,关联词,特别是表转折意义的关联词的频繁使用,是鲁迅个性化语言的一大特点。据统计,在《鲁迅全集》里,转折关联词出现的频率分别是:但,8848次;却,4257次;然而,2158次;不过,2008次;倒,1429次;竟,1404次;可是,440次;否则,262次。(参看《鲁迅作品中的"却"字句》,《鲁迅研究月刊》1991年第3期。)如有兴趣,可就"鲁迅作品中的关联词运用"做更进一步的研究,这涉及鲁迅的思维方式、语言风格的形成等一系列重大问题,很有意思。

2. 读鲁迅作品,特别是《野草》,不能只是(或者说主要不是)分析、理解,更要身历其境地感受、体验。如最后一段,就是一种生命的黑暗体验,如一位研究者所说,这是一种生命的大沉迷,是无法言说的生命的澄明状态:"如此的安详而充盈,从容而大勇,自信而尊严",这里存在着一种内在的本质的光明,"充盈着黑暗的光明"。——你有过这样的黑暗体验吗?

颓败线的颤动

我梦见自己在做梦。自身不知所在,眼前却有一间在深夜中紧闭的小屋的内部,但也看见屋上瓦松的茂密的森林。

板桌上的灯罩是新拭的,照得屋子里分外明亮。在光明中,在破榻上,在初不相识的披毛的强悍的肉块底下,有瘦弱渺小的身躯,为饥饿,苦痛,惊异,羞辱,欢欣而颤动。弛缓,然而尚且丰腴的皮肤光润了;青白的两颊泛出轻红,如铅上涂了胭脂水。

灯火也因惊惧而缩小了,东方已经发白。

然而空中还弥漫地摇动着饥饿,苦痛,惊异,羞辱,欢欣的波涛……。

"妈!"约略两岁的女孩被门的开合声惊醒,在草席围着的屋角的地上叫起来了。

"还早哩,再睡一会罢!"她惊惶地说。

"妈!我饿,肚子痛。我们今天能有什么吃的?"

"我们今天有吃的了。等一会有卖烧饼的来,妈就买给你。"她欣慰地更加紧捏着掌中的小银片,低微的声音悲凉地发抖,走近屋角去一看她的女儿,移开草席,抱起来放在破榻上。

"还早哩,再睡一会罢。"她说着,同时抬起眼睛,无可告诉地一看破旧的屋顶以上的天空。

空中突然另起了一个很大的波涛,和先前的相撞击,回旋而成旋涡,将一切并我尽行淹没,口鼻都不能呼吸。

我呻吟着醒来,窗外满是如银的月色,离天明还很辽远似的。

我自身不知所在,眼前却有一间在深夜中紧闭的小屋的内部,我自己知道是在续着残梦。可是梦的年代隔了许多年了。屋的内外已经是这样整齐;里面是青年的夫妻,一群小孩子,都怨恨鄙夷地对着一个垂老的女人。

"我们没有脸见人,就只因为你,"男人气忿地说。"你还以为养大了她,其实正是害苦了她,倒不如小时候饿死的好!"

"使我委屈一世的就是你!"女的说。

"还要带累了我!"男的说。

"还要带累他们哩!"女的说,指着孩子们。

最小的一个正玩着一片干芦叶,这时便向空中一挥,仿佛一柄钢刀,大声说道:

"杀!"

那垂老的女人口角正在痉挛,登时一怔,接着便都平静,不多时候,她冷静地,骨立的石像似的站起来了。她开开板门,迈步在深夜中走出,遗弃了背后一切的冷骂和毒笑。

她在深夜中尽走,一直走到无边的荒野;四面都是荒野,头上只有高天,并无一个虫鸟飞过。她赤身露体地,石像似的站在荒野的中央,于一刹那间照见过往的一切：饥饿，苦痛，惊异，羞辱，欢欣，于是发抖；害苦，委屈，带累，于是痉挛；杀，于是平静。……又于一刹那间将一切并合：眷念与决绝，爱抚与复仇，养育与歼除，祝福与咒诅。……她于是举两手尽量向天，口唇间漏出人与兽的，非人间所有，所以无词的言语。

当她说出无词的言语时，她那伟大如石像，然而已经荒废的，颓败的身躯的全面都颤动了。这颤动点点如鱼鳞，每一鳞都起伏如沸水在烈火上；空中也即刻一同振颤，仿佛暴风雨中的荒海的波涛。

她于是抬起眼睛向着天空，并无词的言语也沉默尽绝，惟有颤动，辐射若太阳光，使空中的波涛立刻回旋，如遭飓风，汹涌奔腾于无边的荒野。

我梦魇了，自己却知道是因为将手搁在胸脯上了的缘故；我梦中还用尽平生之力，要将这十分沉重的手移开。

一九二五年六月二十九日

（选自《鲁迅全集》第2卷，人民文学出版社2005年版。）

【简析】

《野草》的变异性也表现在文体的渗透上，其中有散文的"诗化"（《野草》就被看作"散文诗"）、散文的"戏剧化"（如《过客》），《颓败性的颤动》就是一篇"小说化"的散文。它讲述了一个母亲牺牲肉体养育子女，子女长大却将母亲驱逐的故事。这更是一篇寓言，这位母亲的遭遇所隐喻的是鲁迅这样的为后代"肩住黑暗的闸门"的精神界战士与他所生活的世界——现实人间的真实关系。于是，我们注意到了这位母亲对她被放逐的情感反应："一刹那间将一切并合：眷念与决绝，爱抚与复仇，养育与歼除，祝福与咒诅……"作为被遗弃的异端，当然要和这个社会"决绝"，并充满"复仇""歼除"与"咒诅"的欲念；但她又不能割断一切情感联系，仍然摆脱不了"眷恋""爱抚""养育""祝福"之情。在这矛盾的纠缠的情感背后，是她更为矛盾、尴尬的处境：不仅社会遗弃了她，她自己也拒绝了社会。在这个意义上，她已经"不在"这个社会体系之中，她不能、也不愿用这套体系中任何语言来表达自己；但她事实上又生活"在"这社会之中，无论在社会关系上还是在情感关系上，都与这个社会纠缠在一起。她一开口，就有可能仍然落入社会既有的经验、逻辑与言语中，这样就无法摆脱难以言说的困惑，从而陷入"失语"状态："她于是举两手尽量向天，口唇间漏出人与兽的，非人间所有，所以无词的言语。"这又是一个非常深刻也是很带悲剧性的"无"的选择：不能（也拒绝）用现实人间社会公认的语言表达自己，只能用"非人间所有，所以无词的言语"——鲁迅这样的独立的批判的知识分子，他的真正的声音是在沉默无言中呈现的。

【思考题】

　　这篇"小说",这首"散文诗"的最后,"当她说出无词的言语",就达到了情节发展与情感发展的顶点,请注意作者怎样以奇特的想象,将这内在激情外化为一个无限阔大、自由、充满动感与力度的外部世界:"鱼鳞……沸水……烈火……暴风雨……荒海……波涛……太阳光……飓风……荒野……""颤动……起伏……振颤……辐射……回旋……奔腾……"。请高声朗读,将自己的全部情感、体验投掷进去。于是,你就会感受到真正属于鲁迅的语言魅力,同时进入一个鲁迅式的生命的大境界。

死　火

　　我梦见自己在冰山间奔驰。

　　这是高大的冰山,上接冰天,天上冻云弥漫,片片如鱼鳞模样。山麓有冰树林,枝叶都如松杉。一切冰冷,一切青白。

　　但我忽然坠在冰谷中。

　　上下四旁无不冰冷,青白。而一切青白冰上,却有红影无数,纠结如珊瑚网。我俯看脚下,有火焰在。

　　这是死火。有炎炎的形,但毫不摇动,全体冰结,象珊瑚枝;尖端还有凝固的黑烟,疑这才从火宅①中出,所以枯焦。这样,映在冰的四壁,而且互相反映,化成无量数影,使这冰谷,成红珊瑚色。

　　哈哈!

　　当我幼小的时候,本就爱看快舰激起的浪花,洪炉喷出的烈焰。不但爱看,还想看清。可惜他们都息息变幻,永无定形。虽然凝视又凝视,总不留下怎样一定的迹象。

　　死的火焰,现在先得到了你了!

　　我拾起死火,正要细看,那冷气已使我的指头焦灼;但是,我还熬着,将他塞入衣袋中间。冰谷四面,登时完全青白。我一面思索着走出冰谷的法子。

---

① 火宅:佛家语,"……火宅,众苦充满,甚可怖畏……"。

我的身上喷出一缕黑烟,上升如铁线蛇①。冰谷四面,又登时满有红焰流动,如大火聚,将我包围。我低头一看,死火已经燃烧,烧穿了我的衣裳,流在冰地上了。

"唉,朋友!你用了你的温热,将我惊醒了。"他说。

我连忙和他招呼,问他名姓。

"我原先被人遗弃在冰谷中,"他答非所问地说,"遗弃我的早已灭亡,消尽了。我也被冰冻冻得要死。倘使你不给我温热,使我重行烧起,我不久就须灭亡。"

"你的醒来,使我欢喜。我正在想着走出冰谷的方法;我愿意携带你去,使你永不冰结,永得燃烧。"

"唉唉!那么,我将烧完!"

"你的烧完,使我惋惜。我便将你留下,仍在这里罢。"

"唉唉!那么,我将冻灭了!"

"那么,怎么办呢?"

"但你自己,又怎么办呢?"他反而问。

"我说过了:我要出这冰谷……"

"那我就不如烧完!"

他忽而跃起,如红彗星,并我都出冰谷口外。有大石车突然驰来,我终于碾死在车轮底下,但我还来得及看见那车坠入冰谷中。

"哈哈!你们是再也遇不着死火了!"我得意地笑着说,仿佛就愿意这样似的。

一九二五年四月二十三日

(选自《鲁迅全集》第 2 卷,人民文学出版社 2005 年版。)

【简析】

"火"是宇宙基本物质元素、生命元素。不同民族文化背景、不同时代、不同个性的作家,都有对火的不同想象。这是一个最具挑战性的文学课题、思想课题与生命课题:创造出不同于他人、前人,独属于自己的关于火的新颖形象。这就意味着对宇宙生命的新想象,对存在本质的新发现,也是对现有语言表现力的新突破。

鲁迅活跃的自由无羁的生命力注定他要接受这样的挑战,并且有出人

---

① 铁线蛇:又名盲蛇,我国最小的一种蛇。

意料之外的创造:众多作家笔下的火,都是熊熊燃烧的生命的象征;鲁迅写的却是"死火",面临死亡而停止燃烧的火。鲁迅不是从单一的生命的视角,而是从生命与死亡的双向视角去想象火:这几乎是独一无二的。

于是,就有了梦想者的"我"与"死火"的一次奇遇。

【思考题】

请作文本细读:

1. "我"是在什么背景下与"死火"相遇的?你注意到了"红色"与"青白色"的相互反映和转换吗?

2. 鲁迅是怎样描写"死火"的形象的?他是怎样将"息息变幻,永无定形"的"烈焰"凝定下来的?

3. 琢磨这些描写:"我拾起死火,……那冷气已使我的指头焦灼"——冷气怎么会产生火的焦灼感?"登时满有红焰流动"——火怎么会如水般流动?这些反常识、反常规的想象与描写,传递了鲁迅怎样的一种独特体验与思维?

4. 怎样理解死火生存的两难选择——不动就将"冻灭",跳出继续燃烧仍不免"烧完",以及最后的选择:"那我就不如烧完"?这将是理解本文的难点所在。

5. 你怎样看最后的结局?你注意到本文中的两次"笑"了吗?

夜　颂

爱夜的人,也不但是孤独者,有闲者,不能战斗者,怕光明者。

人的言行,在白天和在深夜,在日下和在灯前,常常显得两样。夜是造化所织的幽玄的天衣,普覆一切人,使他们温暖,安心,不知不觉的自己渐渐脱去人造的面具和衣裳,赤条条地裹在这无边际的黑絮似的大块里。

虽然是夜,但也有明暗。有微明,有昏暗,伸手不见掌,有漆黑一团糟。爱夜的人要有听夜的耳朵和看夜的眼睛,自在暗中,看一切暗。君子们从电灯下走入暗室中,伸开了他的懒腰;爱侣们从月光下走进树阴里,突变了他的眼色。夜的降临,抹杀了一切文人学士们当光天化日之下,写在耀眼的白纸上的超然,混然,恍然,勃然,粲然的文章,只剩下乞怜,讨好,撒谎,骗人,吹牛,捣鬼的夜气,形成一个灿烂的金色的光圈,像见于佛画上面似的,笼罩在学识不凡的头脑上。

爱夜的人于是领受了夜所给与的光明。

高跟鞋的摩登女郎在马路边的电光灯下,阁阁的走得很起劲,但鼻尖也闪烁着一点油汗,在证明她是初学的时髦,假如长在明晃晃的照耀中,将使她碰着"没落"的命运。一大排关着的店铺的昏暗助她一臂之力,使她放缓开足的马力,吐一口气,这时之觉得沁人心脾的夜里的拂拂的凉风。

爱夜的人和摩登女郎,于是同时领受了夜所给与的恩惠。

一夜已尽,人们又小心翼翼的起来,出来了;便是夫妇们,面目和五六点钟之前也何其两样。从此就是热闹,喧嚣。而高墙后面,大厦中间,深闺里,黑狱里,客室里,秘密机关里,却依然弥漫着惊人的真的大黑暗。

现在的光天化日,熙来攘往,就是这黑暗的装饰,是人肉酱缸上的金盖,是鬼脸上的雪花膏。只有夜还算是诚实的。我爱夜,在夜间作《夜颂》。

一九三三年六月八日

(选自《鲁迅全集》第5卷,人民文学出版社2005年版。)

【简析】

以下几篇都是鲁迅最后十年(1927—1936)的杂文。这些杂文都写在上海"半租界的亭子间"里(他有一本杂文集就取名为《且介亭杂文》),于是,就有了鲁迅独特的现代都市体验。——20世纪30年代的中国,以上海为中心的南方城市有一个工业化、商业化的过程,现代都市文明得到了畸形的发展。这样一个"现代化新潮"成了众多文学家的描写对象,不同的作家有着不同的都市体验,就形成了流派纷呈的现代都市文学,这展示了中国现代文学现代性的一个重要方面。

《夜颂》所展现的,是鲁迅眼光烛照下的上海都市,而且有一个独特的视角:"夜"上海。

他首先确认自己的身份,或者说自我命名:"爱夜者"。这不仅是因为他喜欢并习惯于夜间写作,更因为他正是与"夜"紧密联结在一起的"孤独者""有闲者"(不是早就有人把他打入"有闲阶级"吗?)、"不能战斗者"("战士"的美名已被某些人所垄断,鲁迅哪里敢言"战斗"?)、"怕光明者"(鲁迅早已拒绝了被许多人说得天花乱坠的"光明")。于是,他爱夜。因为只有在"夜"这个"造化所织的幽玄的大衣"的"普覆"下,才感到"温暖,安心";因为只有在夜里才"不知不觉的自己渐渐脱去人造的面具和衣裳,赤条条地裹在这无边无际的黑絮似的大块里"。——我们想起了鲁迅《影的告别》里所说,"只有我被黑暗沉没,那世界全属于我自己"。鲁迅是属于夜的,夜的黑暗也属于他,在那里鲁迅感到分外自由、自在与自适。

鲁迅接着提出了一个重要的概念:"听夜的耳朵,看夜的眼睛"。——我们都生活在"黑夜"里,但我们有能够听到黑夜里的声音的"耳朵",能够看穿黑夜所掩盖的一切的"眼睛"吗?鲁迅有,于是,他拥有了一个真实的上海,真实的中国:一个"夜气"笼罩的鬼气森森的世界。这正是那些"学识不凡的头脑"所要竭力掩饰的。

白天于是到来,人们又开始掩盖自己的真实面目,"从此就是热闹,喧嚣"。鲁迅却看到,"高墙后面,大厦中间,深闺里,黑狱里,客室里,秘密机关里,却弥漫着惊人的真的大黑暗"。——这是鲁迅的大发现,是鲁迅才有的都市体验。人们早已被上海滩的五光十色弄得目眩神迷,有谁会注意到繁华背后的罪恶,有谁能够听到"高墙后面,大厦中间……"的冤魂的呻吟?

而且鲁迅还发现了所谓"现代都市文明"的实质:"现在的光天化日,熙来攘往,就是这黑暗的装饰,是人肉酱缸上的金盖,是鬼脸上的雪花膏。"——这一发现也许是更加惊人的。

"只有夜还算是诚实的。我爱夜,在夜间作《夜颂》。"——鲁迅于深夜写下这一句时,大概也是长长地"吐(了)一口气"的。

【思考题】

1. 本文的中心无疑是"夜"。作为文学家的鲁迅,他对"夜"的把握,具有强烈的感性特征,他笔下的"夜"必定是具体的、形象的;同时又注入了他的主体感受、体验和思考,甚至有了某种形而上的意味,夜的形象也就具有了某种隐喻性。请细细品味以下这段文字:

> 夜是造化所织的幽玄的天衣,普覆一切人,使他们温暖,安心,不知不觉的自己渐渐脱去了人造的面具和衣裳,赤条条地裹在这无边无际的黑絮似的大块里。

这里,"……裹在这无边无际的黑絮似的大块里"一句尤其凝聚了鲁迅刻骨铭心的生命体验。他在1920年代末(1927年)所写的《怎么写——夜记之一》里也有过类似的表达:

> 夜九时后,一切星散,一所很大的洋楼里,除我以外,没有别人。我沉静下去了。寂静浓到如酒,令人微醺。望后窗外骨立的乱山中许多白点,是丛冢;一粒深黄色火,是南普陀寺的琉璃灯。前面则海天微茫,黑絮一般的夜色简直要扑到心坎里。我靠了石栏远眺,听得自己的心音,四远还仿佛有无量悲哀,苦恼,零落,死灭,都杂入这寂静中,使它变

成药酒,加色,加味,加香。这时,我曾经想要写,但是不能写,无从写。这也就是我所谓"当我沉默着的时候,我觉得充实,我将开口,同时感到空虚"。

将这两段文字对照起来读,或许你会多少触摸到鲁迅的内心世界和文学世界,写下你的体会与感受。此外,"鲁迅与夜"这个题目还有许多文章可做,也不妨一试。

2. 作为小说家的鲁迅,在这篇《野草》式的散文里,还不忘留下一个夜上海中的人物速写:"高跟鞋的摩登女郎"。这是一个初出茅庐的妓女,但"初学的时髦"又未尝不可看作是上海自身的象征。鲁迅是怎样勾勒她的形象的?为什么说"爱夜的人和摩登女郎,于是同时领受了夜所给与的恩惠"?

推

两三月前,报上好像登过一条新闻,说有一个卖报的孩子,踏上电车的踏脚去取报钱,误踹住了一个下来的客人的衣角,那人大怒,用力一推,孩子跌入车下,电车又刚刚走动,一时停不住,把孩子碾死了。

推倒孩子的人,却早已不知所往。但衣角会被踹住,可见穿的是长衫,即使不是"高等华人",总该是属于上等的。

我们在上海路上走,时常会遇见两种横冲直撞,对于对面或前面的行人,决不稍让的人物。一种是不用两手,却只将直直的长脚,如入无人之境似的踏过来,倘不让开,他就会踏在你的肚子或肩膀上。这是洋大人,都是"高等"的,没有华人那样上下的区别。一种就是弯上他两条臂膊,手掌向外,像蝎子的两个钳一样,一路推过去,不管被推的人是跌在泥塘或火坑里。这就是我们的同胞,然而"上等"的,他坐电车,要坐二等所改的三等车,他看报,要看专登黑幕的小报,他坐着看得咽唾沫,但一走动,又是推。

上车,进门,买票,寄信,他推;出门,下车,避祸,逃难,他又推。推得女人孩子都跟跟跄跄,跌倒了,他就从活人上踏过,跌死了,他就从死尸上踏过,走出外面,用舌头舔舔自己的厚嘴唇,什么也不觉得。旧历端午,在一家戏场里,因为一句失火的谣言,就又是推,把十多个力量未足的少年踏死了。死尸摆在空地上,据说去看的又有万余人,人山人海,又是推。

推了的结果,是嘻开嘴巴,说道:"阿唷,好白相来希呀!"

住在上海,想不遇到推与踏,是不能的,而且这推与踏也还要廓大开去。要推倒一切下等华人中的幼弱者,要踏倒一切下等华人。这时就只剩了高等华人颂祝着——

"阿唷,真好白相来希呀。为保全文化起见,是虽然牺牲任何物质,也不应该顾惜的——这些物质有什么重要性呢!"

一九三三年六月八日

(选自《鲁迅全集》第5卷,人民文学出版社2005年版。)

【简析】

关于鲁迅最后十年的写作生活,他的儿子海婴有这样的回忆:"如果哪天下午没有客,父亲便翻阅报纸和书籍。有时眯起眼睛靠着藤椅打腹稿,这时大家走路说话都轻轻地,尽量不打扰他。"鲁迅自己也说,他是因报刊所载"时事的刺戟",有了"个人的感触",才写成短评,发表在报刊上,以便"对于有害的事物,立刻给以反响或抗争",算是"感应的神经""攻守的手足"。而每年年终,鲁迅也必定用剪刀、糨糊,将报刊上自己的以及相关的文章,一起剪贴成书,"借此存留一点遗文逸事",以免"怪事随时袭来,我们也随时忘却"。鲁迅因此颇为自得地说自己的杂文,"当然不敢说是诗史,其中(却)有着时代的眉目",而且,"'中国的大众的灵魂',现在是反映在我的杂文里了"。

这样的报刊写作,构成了鲁迅杂文的最基本的特点,在某种程度上,"杂文"就是一种报刊文体。而且,这也是一种现代写作方式。

《推》这篇杂文就是由"两三个月前"报纸上的一条社会新闻引发的:一个卖报的孩子,误踹住了一个下车的客人的衣角,那人大怒,用力一"推",孩子跌入车下,被碾死了。——这在中国都市街头是极常见的,类似的新闻至今还时有所闻。人们司空见惯,谁也不去细想。鲁迅却念念不忘,想了几个月,而且想得很深很广。

【思考题】

请注意鲁迅的思维的跳跃过程。

1. 首先要追问:推倒孩子的是什么人?——考察结论是:穿的是长衫,"总该是属于上等(人)"。

2. 由此而联想起上海马路上经常遇到的两种"横冲直撞"的人:"洋大人"与"高等华人"。——鲁迅是怎样以小说家的笔法,勾勒出这两种人的形象的?

3. 由此产生一系列"推"的联想:"上车,进门,买票,寄信,他推;下车,避祸,逃难,他又推。"——这似乎是一连串的蒙太奇动作,本身即是十分传神的都市图景。

4. 由此产生幻觉:"推得女人孩子都踉踉跄跄,跌倒了,他就从活人上踏过,跌死了,他就从死尸上踏过……"——这是典型的鲁迅的"吃人"幻觉。你是不是联想到鲁迅的《狂人日记》,还有那惨烈的呼叫:"救救孩子!"……

5. 由此又产生联想:"死尸摆在空地上,据说去看的又有万余人,人山人海。"——这又是典型的鲁迅的"看客"恐惧。你是不是也联想到了鲁迅许多小说(《示众》《阿Q正传》……)中的类似场面?

6. 最后产生的是思想的一个飞跃,一个概括:"要推倒一切下等华人中的幼弱者,要踏倒一切下等华人。这时就只剩下了高等华人颂祝着。"——鲁迅以其特有的思想穿透力,赋予"推"的现象以某种隐喻性,揭示了上海社会结构的不平等。这也是鲁迅对上海都市文明的一大发现。

这是典型的鲁迅杂文思维与笔法:思维的起点与杂文的起笔总是具体的人们见怪不怪的生活现象,然后通过广泛的联想,由"具象"而"幻象"而"抽象"的过程,"这一个"就变成了某种"类型"形象或某类普遍现象的概括,具有了隐喻性。——如有兴趣,可再读几篇鲁迅《准风月谈》(本书所选三篇杂文均收入此集)及同时期的《伪自由书》《花边文学》《南腔北调》集里的杂文,如《"推"的余谈》《踢》《冲》《揩油》《现代史》《观斗》等,并作文本分析,以进一步体会鲁迅的杂文思维与笔法。

爬和撞

从前梁实秋教授曾经说过:穷人总是要爬,往上爬,爬到富翁的地位。不但穷人,奴隶也是要爬的,有了爬得上的机会,连奴隶也会觉得自己是神仙,天下自然太平了。

虽然爬得上的很少,然而个个以为这正是他自己。这样自然都安分的去耕田,种地,拣大粪或是坐冷板凳,克勤克俭,背着苦恼的命运,和自然奋斗着,拼命的爬,爬,爬。可是爬的人那么多,而路只有一条,十分拥挤。老实的照着章程规规矩矩地爬,大都是爬不上去的。聪明人就会推,把别人推开,推倒,踏在脚底下,踹着他们的肩膀和头顶,爬上去了。大多数人却还只是爬,认定自己的冤家并不在上面,而只在旁边——是那些一同在爬的人。他们大都忍耐着一切,两脚两手都着地,一步步的挨上去又挤下来,挤下来又挨上去,没有休止的。

然而爬的人太多,爬得上的太少,失望也会渐渐的侵蚀善良的人心,至少,也会发生跪着的革命。于是爬之外,又发明了撞。

这是明知道你太辛苦了,想从地上站起来,所以在你的背后猛然的叫一声:撞罢。一个个发麻的腿还在抖着,就撞过去。这比爬要轻松得多,手也不必用力,膝盖也不必移动,只要横着身子,晃一晃,就撞过去。撞得好就是五十万元大洋,妻,财,子,禄都有了。撞不好,至多不过跌一交,倒在地下。那又算什么呢,——他原本是伏在地上的,他仍旧可以爬。何况有些人不过撞着玩罢了,根本就不怕跌交的。

爬是自古有之。例如从童生到状元,从小瘪三到康白度。撞却似乎是近代的发明。要考据起来,恐怕只有古时候"小姐抛彩球"有点像给人撞的办法。小姐的彩球将要抛下来的时候,——一个个想吃天鹅肉的男子汉仰着头,张着嘴,馋涎拖得几尺长……可惜,古人究竟呆笨,没有要这些男子汉拿出几个本钱来,否则,也一定可以收着几万万的。

爬得上的机会越少,愿意撞的人就越多,那些早已爬在上面的人们,就天天替你们制造撞的机会,叫你们化些小本钱,而豫约着你们名利双收的神仙生活。所以撞得好的机会,虽然比爬得上的还要少得多,而大家都愿意来试试的。这样,爬了来撞,撞不着再爬……鞠躬尽瘁,死而后已。

一九三六年八月十六日

(选自《鲁迅全集》第5卷,人民文学出版社2005年版。)

【简析】

论辩性,是鲁迅杂文的一个重要特点。鲁迅说他的杂文总是"对于有害的事物,立刻给以反响或抗争",这"有害的事物"自然包括有害的思想、文化。鲁迅从一开始就将杂文命名为"社会批评"与"文明批评"当不是偶然。但也正是由于这一特点,鲁迅的杂文让很多人看了不舒服,并给他一个"好骂人"的罪名——这罪名一直到现在还追随着鲁迅。

但很少有人去认真追问:他为什么"骂"?"骂"什么?"骂"的理由是什么?他怎样"骂"?如果这些都弄不清楚,甚至不想弄清楚,就一味地"骂""骂人",那只能是鲁迅说的"混淆黑白""抹杀是非"(《七论"文人相轻"》)了。——这当然也是在"骂人"。

这篇《爬和撞》就是和梁实秋论战的,或者说是"骂"梁实秋的。论战("骂")的起因是梁实秋写了一篇文章,反对"攻击资产制度",其理由是:如卢梭所说"资产是文明的基础","所以攻击资产制度,即是反抗文明";"一个无产者假如他是有出息的,只消辛辛苦苦诚诚实实的工作一生,多少必定可以得到相当的资产。这才是正当的生活斗争的手段"(见《文学是有阶级性的吗?》)。鲁迅不能同意这样的观点,而且要追问:这样的理论遮蔽了什么?在1930年代的中国鼓吹这样的观点,会起到什么作用?于是,就写了这篇杂文予以揭露。

【思考题】

我们在阅读本文时,首先要注意文体的特点:这是一篇"杂文",是文学体裁之一类,而不是政论文。因此,尽管有强烈的论辩动机与目的,却不能用政论的方式,依靠逻辑的力量来批驳对方,说服读者;而要用文学的方式,充分发挥形象的力量,揭示对方观点的实质,从情感上给读者以心灵的震撼,从而产生更加内在的说服力。

先看鲁迅怎样将对方的论点转换为一种形象?——"穷人总是要爬,往上爬,爬到富翁的位置"。应该说,这既不违反梁实秋的原意,却有了一个形象的动作:"爬"。全文即围绕这个"爬"字而展开。

1. 鲁迅怎样分析"爬"的心理,描写"爬"的状态?又怎样区分"聪明人"的"推"与"老实人"的"爬",其结果又如何?"老实人"爬不上去,为什么还"忍耐"着"只是爬"?

2. 由"爬"怎样又"发明了撞"?鲁迅怎样描述"撞"的情景?

注意:经过鲁迅这一番心理解剖与形象描述,梁实秋的理论已经变成了一幅人与人之间又"推"又"撞"又"挤"的相互倾轧的残酷图景:少数人"(把别人)踏在脚底下,踹着他们的肩膀和头顶,爬上去"了,多数人却陷入"一步步的挨上去又挤下来,挤下来又挨上去,没有休止的"悲惨而无望的挣扎之中。在梁实秋教授竭力美化的自由竞争的"资产制度"背后,鲁迅仍然看到了"吃人肉的筵席"(这是鲁迅对中国社会与文明最深刻的观察与概括),在资本的名义下新的奴役与压迫关系正在1930年代的中国产生:这是鲁迅对现代都市文明的又一大发现。

3. 鲁迅又怎样追索"爬"与"撞"的历史,说明这都是"古已有之"的?

注意:这是在给梁实秋的理论"刨祖坟"。

4. 最后,鲁迅又怎样对梁实秋的理论作概括,却依然不失其形象性?——这不过是"早已爬在上面的人们"为爬不上去的奴隶"豫约""名利双收的神仙生活",于是,"爬了来撞,撞不着再爬","天下自然太平了"。

这样的"天下太平"正是以掩盖血淋淋的现实与历史的真相为代价的,这是以揭露一切"瞒"和"骗"为思想与文学的根本的鲁迅所绝对不能接受的,他一定要"骂"。——当然,用的是文学(杂文)的方式。

病后杂谈

一

  生一点病,的确也是一种福气。不过这里有两个必要条件:一要病是小病,并非什么霍乱吐泻,黑死病,或脑膜炎之类;二要至少手头有一点现款,不至于躺一天,就饿一天。这二者缺一,便是俗人,不足与言生病之雅趣的。

  我曾经爱管闲事,知道过许多人,这些人物,都怀着一个大愿。大愿,原是每个人都有的,不过有些人却模模胡胡,自己抓不住,说不出。他们中最特别的有两位:一位是愿天下的人都死掉,只剩下他自己和一个好看的姑娘,还有一个卖大饼的;另一位是愿秋天薄暮,吐半口血,两个侍儿扶着,恹恹的到阶前去看秋海棠。这种志向,一看好像离奇,其实却照顾得很周到。第一位姑且不谈他罢,第二位的"吐半口血",就有很大的道理。才子本来多病,但要"多",就不能重,假使一吐就是一碗或几升,一个人的血,能有几回好吐呢? 过不几天,就雅不下去了。

  我一向很少生病,上月却生了一点点。开初是每晚发热,没有力,不想吃东西,一礼拜不肯好,只得看医生。医生说是流行性感冒。好罢,就是流行性感冒。但过了流行性感冒一定退热的时期,我的热却还不退。医生从他那大皮包里取出玻璃管来,要取我的血液,我知道他在疑心我生伤寒病了,自己也有些发愁。然而他第二天对我说,血里没有一粒伤寒菌;于是注意的听肺,平常;听心,上等。这似乎很使他为难。我说,也许是疲劳罢;他也不甚反对,只是沉吟着说,但是疲劳的发热,还应该低一点。……好几回检查了全体,没有死症,不至于呜呼哀哉是明明白白的,不过是每晚发热,没有力,不想吃东西而已,这真无异于"吐半口血",大可享生病之福了。因为既不必写遗嘱,又没有大痛苦,然而可以不看正经书,不管柴米账,玩他几天,名称又好听,叫作"养病"。从这一天起,我就自己觉得好像有点儿"雅"了;那一位愿吐半口血的才子,也就是那时躺着无事,忽然记了起来的。

  光是胡思乱想也不是事,不如看点不劳精神的书,要不然,也不成其为"养病"。像这样的时候,我赞成中国纸的线装书,这也就是有点儿"雅"起来了的证据。洋装书便于插架,便于保存,现在不但有洋装二十五六史,连《四部备要》也硬领而皮靴了,——原是不为无见的。但看洋装书要年富力强,正襟危坐,有严肃的态度。假使你躺着看,那就好像两只手捧着一块大砖头，不多工夫，就两臂酸麻，只好叹一口气，将它放下。所以，我在叹气之后，就去寻线装书。

一寻，寻到了久不见面的《世说新语》之类一大堆，躺着来看，轻飘飘的毫不费力了，魏晋人的豪放潇洒的风姿，也仿佛在眼前浮动。由此想到阮嗣宗的听到步兵厨善于酿酒，就求为步兵校尉，陶渊明的做了彭泽令，就教官田都种秫，以便做酒，因了太太的抗议，这才种了一点秔。这真是天趣盎然，决非现在的"站在云端里呐喊"者们所能望其项背。但是，"雅"要想到适可而止，再想便不行。例如阮嗣宗可以求做步兵校尉，陶渊明补了彭泽令，他们的地位，就不是一个平常人，要"雅"，也还是要地位。"采菊东篱下，悠然见南山"是渊明的好句，但我们在上海学起来可就难了。没有南山，我们还可以改作"悠然见洋房"或"悠然见烟囱"的，然而要租一所院子里有点竹篱，可以种菊的房子，租钱就每月总得一百两，水电在外；巡捕捐按房租百分之十四，每月十四两。单是这两项，每月就是一百十四两，每两作一元四角算，等于一百五十九元六。近来的文稿又不值钱，每千字最低的只有四五角，因为是学陶渊明的雅人的稿子，现在算他每千字三大元罢，但标点，洋文，空白除外。那么，单单为了采菊，他就得每月译作净五万三千二百字。吃饭呢？要另外想法子生发，否则，他只好"饥来驱我去，不知竟何之"了。

"雅"要地位，也要钱，古今并不两样的，但古代的买雅，自然比现在便宜；办法也并不两样，书要摆在书架上，或者抛几本在地板上，酒杯要摆在桌子上，但算盘却要收在抽屉里，或者最好是在肚子里。

此之谓"空灵"。

二

为了"雅"，本来不想说这些话的。后来一想，这于"雅"并无伤，不过是在证明我自己的"俗"。王夷甫[①]口不言钱，还是一个不干不净人物，雅人打算盘，当然也无损其为雅人。不过他应该有时收起算盘，或者最妙是暂时忘却算盘，那么，那时的一言一笑，就都是灵机天成的一言一笑，如果念念不忘世间的利害，那可就成为"杭育杭育派"了。这关键，只在一者能够忽而放开，一者却是永远执着，因此也就大有了雅俗和高下之分。我想，这和时而

---

① 王夷甫：名衍(256—311)，字夷甫，晋代大臣。后为石勒所俘，为自保，劝石称帝，被石杀死。

"敦伦"①者不失为圣贤,连白天也在想女人的就要被称为"登徒子"②的道理,大概是一样的。

所以我恐怕只好自己承认"俗",因为随手翻了一通《世说新语》,看过"姗隅③跃清池"的时候,千不该万不该的竟从"养病"想到"养病费"上去了,于是一骨碌爬起来,写信讨版税,催稿费。写完之后,觉得和魏晋人有点隔膜,自己想,假使此刻有阮嗣宗或陶渊明在面前出现,我们也一定谈不来的。于是另换了几本书,大抵是明末清初的野史,时代较近,看起来也许较有趣味。第一本拿在手里的是《蜀碧》④。

这是蜀宾⑤从成都带来送我的,还有一部《蜀龟鉴》,都是讲张献忠祸蜀的书,其实是不但四川人,而是凡有中国人都该翻一下的著作,可惜刻的太坏,错字颇不少。翻了一遍,在卷三里看见了这样的一条——"又,剥皮者,从头至尻,一缕裂之,张于前,如鸟展翅,率逾日始绝。有即毙者,行刑之人坐死。"

也还是为了自己生病的缘故罢,这时就想到了人体解剖。医术和虐刑,是都要生理学和解剖学智识的。中国却怪得很,固有的医书上的人身五脏图,真是草率错误到见不得人,但虐刑的方法,则往往好像古人早懂得了现代的科学。例如罢,谁都知道从周到汉,有一种施于男子的"宫刑",也叫"腐刑",次于"大辟"一等。对于女性就叫"幽闭",向来不大有人提起那方法,但总之,是决非将她关起来,或者将它缝起来。近时好像被我查出一点大概来了,那办法的凶恶,妥当,而又合乎解剖学,真使我不得不吃惊。但妇科的医书呢?几乎都不明白女性下半身的解剖学的构造,他们只将肚子看作一个大口袋,里面装着莫名其妙的东西。

单说剥皮法,中国就有种种。上面所抄的是张献忠式;还有孙可望⑥式,见于屈大均⑦的《安龙逸史》,也是这回在病中翻到的。其时是永历六年,即清顺治九年,永历帝已经躲在安隆(那时改为安龙),秦王孙可望杀

---

① 敦伦:即性交。
② 登徒子:宋玉有《登徒子好色赋》,登徒是姓,子是男子的通称。后因用来称好色的人。
③ 姗(音 jū)隅:鱼的别称。
④ 《蜀碧》:清彭遵泗著,记述张献忠在四川的事迹。
⑤ 蜀宾:许钦文的笔名。许钦文(1897—1984),原名许绳尧,作家。曾受到鲁迅的扶植与指导。解放后曾从事鲁迅著作研究。
⑥ 孙可望(?—1660):张献忠的养子及部将,后投降清朝。
⑦ 屈大均(1630—1696):字翁山,清初文学家。清兵入广州前后,参加抗清队伍。

了陈邦传父子,御史李如月就弹劾他"擅杀勋将,无人臣礼",皇帝反打了如月四十板。可是事情还不能完,又给孙党张应科知道了,就去报告了孙可望。

"可望得应科报,即令应科杀如月,剥皮示众。俄①缚如月至朝门,有负石灰一筐,稻草一捆,置于其前。如月问,'如何用此?'其人曰,'是揎你的草!'如月叱曰,'瞎奴!此株株是文章,节节是忠肠也!'既而应科立右角门阶,捧可望令旨,喝如月跪。如月叱曰,'我是朝廷命官,岂跪贼令!?'乃步至中门,向阙再拜。……应科促令仆地,剖脊,及臀,如月大呼曰:'死得快活,浑身清凉!'又呼可望名,大骂不绝。及断至手足,转前胸,犹微声恨骂;至颈绝而死。随以灰渍之,纫以线,后乃入草,移北城门通衢阁上,悬之。……"

张献忠的自然是"流贼"式;孙可望虽然也是流贼出身,但这时已是保明拒清的柱石,封为秦王,后来降了满洲,还是封为义王,所以他所用的其实是官式。明初,永乐皇帝剥那忠于建文帝的景清②的皮,也就是用这方法的。大明一朝,以剥皮始,以剥皮终,可谓始终不变;至今在绍兴戏文里和乡下人的嘴上,还偶然可以听到"剥皮揎草"的话,那皇泽之长也就可想而知了。

真也无怪有些慈悲心肠人不愿意看野史,听故事;有些事情,真也不像人世,要令人毛骨悚然,心里受伤,永不全愈的。残酷的事实尽有,最好莫如不闻,这才可以保全性灵,也是"是以君子远庖厨也"的意思。比灭亡略早的晚明名家的潇洒小品在现在的盛行,实在也不能说是无缘无故。不过这一种心地晶莹的雅致,又必须有一种好境遇,李如月仆地"剖脊",脸孔向下,原是一个看书的好姿势,但如果这时给他看袁中郎的《广庄》,我想他是一定不要看的。这时他的性灵有些儿不对,不懂得真文艺了。

然而,中国的士大夫是到底有点雅气的,例如李如月说的"株株是文章,节节是忠肠",就很富于诗趣。临死做诗的,古今来也不知道有多少。直到近代,谭嗣同在临刑之前就做一绝"闭门投辖思张俭",秋瑾女士也有一句"秋雨秋风愁杀人",然而还雅得不够格,所以各种诗选里都不载,也不能卖钱。

---

① 俄:不久,旋即。
② 景清:建文帝(朱允炆)时官御史大夫。

三

清朝有灭族，有凌迟，却没有剥皮之刑，这是汉人应该惭愧的，但后来脍炙人口的虐政是文字狱。虽说文字狱，其实还含着许多复杂的原因，在这里不能细说；我们现在还直接受到流毒的，是他删改了许多古人的著作的字句，禁了许多明清人的书。

《安龙逸史》大约也是一种禁书，我所得的是吴兴刘氏嘉业堂的新刻本。他刻的前清禁书还不止这一种，屈大均的又有《翁山文外》；还有蔡显①的《闲渔闲闲录》，是作者因此"斩立决"，还累及门生的，但我细看了一遍，却又寻不出什么忌讳。对于这种刻书家，我是很感激的，因为他传授给我许多知识——虽然从雅人看来，只是些庸俗不堪的知识。但是到嘉业堂去买书，可真难。我还记得，今年春天的一个下午，好容易在爱文义路找着了，两扇大铁门，叩了几下，门上开了一个小方洞，里面有中国门房，中国巡捕，白俄镖师各一位。巡捕问我来干什么的。我说买书。他说账房出去了，没有人管，明天再来罢。我告诉他我住得远，可能给我等一会呢？他说，不成！同时也堵住了那个小方洞。过了两天，我又去了，改作上午，以为此时账房也许不至于出去。但这回所得回答却更其绝望，巡捕曰："书都没有了！卖完了！不卖了！"

我就没有第三次再去买，因为实在回复的斩钉截铁。现在所有的几种，是托朋友去辗转买来的，好像必须是熟人或走熟的书店，这才买得到。

每种书的末尾，都有嘉业堂主人刘承干先生的跋文，他对于明季的遗老很有同情，对于清初的文祸也颇不满。但奇怪的是他自己的文章却满是前清遗老的口风；书是民国刻的，"仪"字还缺着末笔②。我想，试看明朝遗老的著作，反抗清朝的主旨，是在异族的入主中夏的，改换朝代，倒还在其次。所以要顶礼明末的遗民，必须接受他的民族思想，这才可以心心相印。现在以明遗老之仇的满清的遗老自居，却又引明遗老为同调，只着重在"遗老"两个字，而毫不问遗于何族，遗在何时，这真可以说是"为遗老而遗老"，和现在文坛上的"为艺术而艺术"，成为一副绝好的对子了。

倘以为这是因为"食古不化"的缘故，那可也并不然。中国的士大夫，该化的时候，就未必决不化。就如上面说过的《蜀龟鉴》，原是一部笔法都

---

① 蔡显（约1697—1767）：字笠夫，自号闲渔，雍正时举人。
② 缺着末笔：为避溥仪的讳而省略最后一笔。

仿《春秋》的书，但写到"圣祖仁皇帝康熙元年春正月"，就有"赞"道："……明季之乱甚矣！风终豳，雅终《召旻》①，托乱极思治之隐忧而无其实事，孰若臣祖亲见之，臣身亲被之乎？是编以元年正月终者，非徒谓体元表正，蔑以加兹；生逢盛世，荡荡难名，一以寄没世不忘之恩，一以见太平之业所由始耳！"

《春秋》上是没有这种笔法的。满洲的肃王的一箭，不但射死了张献忠，也感化了许多读书人，而且改变了"春秋笔法"了。

四

病中来看这些书，归根结蒂，也还是令人气闷。但又开始知道了有些聪明的士大夫，依然会从血泊里寻出闲适来。例如《蜀碧》，总可以说是够惨的书了，然而序文后面却刻着一位乐斋先生的批语道："古穆有魏晋间人笔意。"

这真是天大的本领！那死似的镇静，又将我的气闷打破了。

我放下书，合了眼睛，躺着想想学这本领的方法，以为这和"君子远庖厨也"的法子是大两样的，因为这时是君子自己也亲到了庖厨里。瞑想的结果，拟定了两手太极拳。一，是对于世事要"浮光掠影"，随时忘却，不甚了然，仿佛有些关心，却又并不恳切；二，是对于现实要"蔽聪塞明"，麻木冷静，不受感触，先由努力，后成自然。第一种的名称不大好听，第二种却也是却病延年的要诀，连古之儒者也并不讳言的。这都是大道。还有一种轻捷的小道，是：彼此说谎，自欺欺人。

有些事情，换一句话说就不大合式，所以君子憎恶俗人的"道破"。其实，"君子远庖厨也"就是自欺欺人的办法：君子非吃牛肉不可，然而他慈悲，不忍见牛的临死的觳觫，于是走开，等到烧成牛排，然后慢慢的来咀嚼。牛排是决不会"觳觫"的了，也就和慈悲不再有冲突，于是他心安理得，天趣盎然，剔剔牙齿，摸摸肚子，"万物皆备于我矣"了。彼此说谎也决不是伤雅的事情，东坡先生在黄州，有客来，就要客谈鬼，客说没有，东坡道："姑妄言之！"至今还算是一件韵事。

撒一点小谎，可以解无聊，也可以消闷气；到后来，忘却了真，相信了谎。也就心安理得，天趣盎然了起来。永乐的硬做皇帝，一部分士大夫是颇以为

---

① 风终豳(音 bīn)，雅终《召旻(音 mín)》：《诗经》中，《豳》列于"国风"的最后；《召旻》是"大雅"的最后一篇。

不大好的。尤其是对于他的惨杀建文的忠臣。和景清一同被杀的还有铁铉，景清剥皮，铁铉油炸，他的两个女儿则发付了教坊，叫她们做婊子。这更使士大夫不舒服，但有人说，后来二女献诗于原问官，被永乐所知，赦出，嫁给士人了。这真是"曲终奏雅"，令人如释重负，觉得天皇毕竟圣明，好人也终于得救。她虽然做过官妓，然而究竟是一位能诗的才女，她父亲又是大忠臣，为夫的士人，当然也不算辱没。但是，必须"浮光掠影"到这里为止，想不得下去。一想，就要想到永乐的上谕，有些是凶残猥亵，将张献忠祭梓潼神的"咱老子姓张，你也姓张，咱老子和你联了宗罢。尚飨！"的名文，和他的比起来，真是高华典雅，配登西洋的上等杂志，那就会觉得永乐皇帝决不像一位爱才怜弱的明君。况且那时的教坊是怎样的处所？罪人的妻女在那里是并非静候嫖客的，据永乐定法，还要她们"转营"，这就是每座兵营里都去几天，目的是在使她们为多数男性所凌辱，生出"小龟子"和"淫贱材儿"来！所以，现在成了问题的"守节"，在那时，其实是只准"良民"专利的特典。在这样的治下，这样的地狱里，做一首诗就能超生的么？

我这回从杭世骏的《订讹类编》（续补卷上）里，这才确切的知道了这佳话的欺骗。他说："……考铁长女诗，乃吴人范昌期《题老妓卷》作也。诗云：'教坊落籍洗铅华，一片春心对落花。旧曲听来空有恨，故园归去却无家。云鬟半馨临青镜，雨泪频弹湿绛纱。安得江州司马在，尊前重为赋琵琶。'昌期，字鸣凤；诗见张士瀹《国朝文纂》。同时杜琼用嘉亦有次韵诗，题曰《无题》，则其非铁氏作明矣。次女诗所谓'春来雨露深如海，嫁得刘郎胜阮郎'，其论尤为不伦。宗正睦楔论革除事，谓建文流落西南诸诗，皆好事伪作，则铁女之诗可知。……"

《国朝文纂》我没有见过，铁氏次女的诗，杭世骏也并未寻出根底，但我以为他的话是可信的，——虽然他败坏了口口相传的韵事。况且一则他也是一个认真的考证学者，二则我觉得凡是得到大杀风景的结果的考证，往往比表面说得好听，玩得有趣的东西近真。

首先将范昌期的诗嫁给铁氏长女，聊以自欺欺人的是谁呢？我也不知道。但"浮光掠影"的一看，倒也罢了，一经杭世骏道破，再去看时，就很明白的知道了确是咏老妓之作，那第一句就不像现任官妓的口吻。不过中国的有一些士大夫，总爱无中生有，移花接木的造出故事来，他们不但歌颂升平，还粉饰黑暗。关于铁氏二女的撒谎，尚其小焉者耳，大至胡元杀掠，满清焚屠之际，也还会有人单单捧出什么烈女绝命，难妇题壁的诗词来，这个艳传，那个步韵，比对于华屋丘墟，生民涂炭之惨的大事情还起劲。到底是刻了一本集,连自己们都附进去,而韵事也就完结了。

　　我在写着这些的时候,病是要算已经好了的了,用不着写遗书。但我想在这里趁便拜托我的相识的朋友,将来我死掉之后,即使在中国还有追悼的可能,也千万不要给我开追悼会或者出什么记念册。因为这不过是活人的讲演或挽联的斗法场,为了造语惊人,对仗工稳起见,有些文豪们是简直不恤于胡说八道的。结果至多也不过印成一本书,即使有谁看了,于我死人,于读者活人,都无益处,就是对于作者,其实也并无益处,挽联做得好,也不过挽联做得好而已。

　　现在的意见,我以为倘有购买那些纸墨白布的闲钱,还不如选几部明人,清人或今人的野史或笔记来印印,倒是于大家很有益处的。但是要认真,用点工夫,标点不要错。

一九三四年十二月十一日

(选自《鲁迅全集》第 6 卷,人民文学出版社 2005 年版。)

【简析】

　　鲁迅总是强调他是"历史的中间物",他的使命是"自己背着因袭的重担,肩负黑暗的闸门",放年轻一代"到宽阔光明的地方去"(《我们现在怎样做父亲》)。这正是提醒人们注意:作为中国传统的最大的反叛者,鲁迅同时也是传统的最大的承担者。与传统的这种撕裂血肉的纠缠、相搏,是鲁迅作品中最具震撼力的部分。

　　写于鲁迅生命最后阶段的《病后杂谈》即是这样的令读者震惊之作。传统与现代的"聪明的士大夫"总是在"血泊中寻出闲适来",而鲁迅却要直面历史的血腥:"大明一朝,以剥皮始,以剥皮终。"而他对关于"雅"与"隐"的传统叙述与评价的质疑,更是显示了其思维的逆向性、思想的颠覆性,并且对读者关于历史和传统文学的已有理解形成挑战。他同时又随时将批判的锋芒指向现实的"隐士":在鲁迅的视野里,过去与现在是纠缠为一体的。不可忽视的是鲁迅的表达:在充满幽默与调侃的字里行间,是难以言说的沉痛,甚至可以感到心在滴血。历史的残酷并非与他无关,他的灵魂深处也充满了毒气、鬼气甚至血腥气,因此也就有了灵魂的搏斗:这刻骨铭心的生命感,是鲁迅文学的魅力所在。

【思考题】

　　1. 鲁迅在颠覆传统叙述与评价时,说采取的策略是以"俗"破"雅"。试选取有关段落(如第 1 节关于"要雅还要有地位"那一段)作文本分析。

除《病后杂谈》外,可参看《论俗人与雅人》(收《且介亭杂文》)、《隐士》、《"题未定"草(六、七、九)》(收《且介亭杂文二集》)。

2. 鲁迅在《病后杂谈》中怎样运用笔记的记载,揭露被遮蔽的历史真相?鲁迅是怎样看待"野史""禁书"的?这反映了怎样一种历史观?除本文外,可参看鲁迅《病后杂谈之余》、《买〈小学大全〉记》(均收《且介亭杂文》)。

【拓展阅读】

钱理群:《鲁迅作品十五讲》,北京大学出版社2003年版。

第三章　周作人

周作人(1885—1967),现代散文家、翻译家。周作人是"五四"新文学传统的开创者之一。如胡适所说,他的《人的文学》(此外还有《平民的文学》《儿童的文学》《个性的文学》《新文学的要求》)是奠定了新文学的理论基础的。他还是新文学的重要批评家,更以独具风格的散文显示了新文学的实绩:他的《雨天的书》《自己的园地》与鲁迅的《呐喊》《彷徨》《野草》,都是中国现代文学的经典。他对希腊文学、日本文学、俄国文学、东欧文学的翻译、介绍,在"五四"时期就被认为是"开纪元的工作"。

"五四"以后至1930年代,周作人的思想与文学逐渐发生变化。在1928年所写的著名的《闭门读书论》里,他引人注目地提出了一个与"英雄"相对的"凡夫"(另一些文章则有"凡人"之称)的概念:这是一个自我命名,意味着周作人自觉地从强调知识分子使命感的"五四"英雄主义、浪漫主义、启蒙主义传统中分离出来,放弃了救国的责任,回到"专门读书"即坚守思想文化学术的基本建设这一读书人的本位上来。周作人强调,这并不是回到"读死书,死读书,读书死"的封建读书人的传统老路上去,而是"翻开故纸,与活人对照,死书就变成活书"。因此,他主张读史书,特别是野史:"历史所告诉我们的在表面的确只是过去,但现在与将来就在这里面了。"这些观点都与鲁迅惊人地一致,说明周作人根底上仍属于"五四"。与"五四"传统的这一纠缠——既努力摆脱,又藕断丝连,就构成了周作人的基本矛盾。

1930年代周作人几乎在每本著作的序言里都要说到"谈风月"与"谈风雨"的选择的艰难:"有好些性急的朋友以为我早该谈风月了","其实我自己也未尝不想谈,不料总是不够消极,在风吹月照之中还是呵佛骂祖,这正是我的毛病,我也无可如何"。所谓"谈风雨"就是对现实与历史直接的政治、社会、思想、文化、伦理批判("呵佛骂祖"),"谈风月"既有回避现实的一面,更包含对人类文化的根本,人性、人的基本生存价值的超越性关怀,前者"忧世",后者"忧生"。周作人的写作就徘徊于这两者之间。——同时期的鲁迅则把自己的杂文集命名为"准风月谈",在"不准谈风雨"的政治压力下,仍坚持借谈风月而谈风雨,甚至谈风云,即所谓"谈风云的人,风月也谈得,谈风月就谈风月罢,虽然仍旧不能正如尊意"(《〈准风月谈〉前记》)。将两者对比,看其同中之异、异中之同,是很有意思的。

结缘豆

范寅《赵谚》卷中风俗门云:

> 结缘,各寺庙佛生日散钱与丐,送饼与人,名此。

敦崇《燕京岁时记》有"舍缘豆"一条云:

> 四月八日,都人之好善者取青黄豆数升,宣佛号而拈之,拈毕煮熟,散之市人,谓之舍缘豆,预结来世缘也。谨按《日下旧闻考》,京师僧人念佛号者辄以豆记其数,至四月八日佛诞生之辰,煮豆微撒以盐,邀人于路请食之以为结缘,今尚沿其旧也。

刘玉书《常谈》卷一云:

> 都南北多名刹,春夏之交,士女云集,寺僧之青头白面而年少者着鲜衣华屦,托朱漆盘,贮五色香花豆,蹀躞于妇女襟袖之间以献之,名曰结缘,妇女亦多嬉取者。适一僧至少妇前奉之甚殷,妇慨然大言曰,良家妇不愿与寺僧结缘。左右皆失笑,群妇赧然缩手而退。

就上边所引的话看来,这结缘的风俗在南北都有,虽然情形略有不同。小时候在会稽家中常吃到很小的小烧饼,说是结缘分来的,范啸风所说的饼就是这个。这种小烧饼与"洞里火烧"的烧饼不同,大约直径一寸高约五分,馅用椒盐,以小皋步的为最有名,平常二文钱一个,底有两个窟窿,结缘用的只有一孔,还要小得多,恐怕还不到一文钱吧。北京用豆,再加上念佛,觉得很有意思,不过二十年来不曾见过有人拿了盐煮豆沿路邀吃,也不听说浴佛日寺庙中有此种情事,或者现已废止亦未可知,至于小烧饼如何,则我因离乡里已久不能知道,据我推想或尚在分送,盖主其事者多系老太婆们,而老太婆者乃是天下之最有闲而富于保守性者也。

结缘的意义何在?大约是从佛教进来以后,中国人很看重缘,有时候还至于说得很有点神秘,几乎近于命数。如俗语云,有缘千里来相会,无缘对面不相逢；又小说中狐鬼往来，末了必云缘尽矣，乃去。敦礼臣所云预结来世缘，即是此意。其实说得浅淡一点，或更有意思，例如唐伯虎之三笑，才是很好的缘，不必于冥冥中去找红绳缚脚也。

我很喜欢佛教里的两个字，曰业、曰缘，觉得颇能说明人世间的许多事情，仿佛与遗传及环境相似，却更带一点儿诗意。日本无名氏诗句云：

　　虫呵虫呵，难道你叫着，业便会尽了么？

这业的观念太是冷而且沉重，我平常笑禅宗和尚那么超脱，却还挂念腊月二十八，觉得生死事大也不必那么操心，可是听见知了在树上喳喳地叫，不禁心里发沉，真感得这件事恐怕非是涅槃是没有救的了。缘的意思便比较的温和得多，虽不是三笑那么圆满也总是有人情的，即使如库普林在《晚间的来客》所说，偶然在路上看见一双黑眼睛，以至梦想颠倒，究竟逃不出是春叫猫儿猫叫春的圈套，却也还好玩些。此所以人家虽怕造孽而不惜作缘欤？若结缘者又买烧饼煮黄豆，逢人便邀，则更十分积极矣，我觉得很有兴趣者盖以此故也。

为什么这样的要结缘的呢？我想，这或者由于不安于孤寂的缘故吧。富贵子嗣是大众的愿望，不过这都有地方可以去求，如财神送子娘娘等处，然而此外还有一种苦痛却无法解除，即是上文所说的人生的孤寂。孔子曾说过，鸟兽不可与同群，吾非斯人之徒而谁与。人是喜群的，但他往往在人群中感到不可堪的寂寞，有如在庙会时挤在潮水般的人丛里，特别像是一片树叶，与一切绝缘而孤立着。念佛号的老公公老婆婆也不会不感到，或者比平常人还要深切吧，想用什么仪式来施行被除，列位莫笑他们这几颗豆或小烧饼，有点近似小孩们的"办人家"，实在却是圣餐的面包葡萄酒似的一种象征，很寄存着深重的情意呢。我们的确彼此太缺少缘分，假如可能实有多结之必要，因此我对于那些好善者着实同情，而且大有加入的意思，虽然青头白面的和尚我与刘青园同样的讨厌，觉得不必与他们去结缘，而朱漆盘中的五色香花豆盖亦本来不是献给我辈者也。

我现在去念佛拈豆，这自然是可以不必了，姑且以小文章代之耳。我写文章，平常自己怀疑，这是为什么的：为公乎，为私乎？一时也有点说不上来。钱振锽《名山小言》卷七有一节云：

　　文章有为我兼爱之不同。为我者只取我自家明白，虽无第二人解，亦何伤哉，老子古简，庄生诡诞，皆是也。兼爱者必使我一人之心共喻于天下，语不尽不止，孟子详明，墨子重复，是也。《论语》多弟子所记,故语意亦简,孔子诲人不倦,其语必不止此。或怪孔明文采不艳而过于丁宁周至,陈寿以为亮所与言尽众人凡士云云,要之皆文之近于兼爱者也。诗亦有之,王孟闲适,意取含蓄,乐天讽喻,不妨尽言。

　　这一节话说得很好,可是想拿来应用却不很容易,我自己写文章是属于哪一派的呢?说兼爱固然够不上,为我也未必然,似乎这里有点儿缠夹,而结缘的豆乃仿佛似之,岂不奇哉。写文章本来是为自己,但他同时要一个看的对手,这就不能完全与人无关系,盖写文章即是不甘寂寞,无论怎样写得难懂,意识里也总期待有第二人读,不过对于他没有过大的要求,即不必要他来做喽啰而已。煮豆微撒以盐而给人吃之,岂必要索厚偿,来生以百豆报我,但只愿有此微末情分,相见时好生看待,不至伥伥来去耳。古人往矣,身后名亦复何足道,唯留存二三佳作,使今人读之欣然有同感,斯已足矣,今人之所能留赠后人者亦止此,此均是豆也。几颗豆豆,吃过忘记未为不可,能略为记得,无论转化作何形状,都是好的,我想这恐怕是文艺的一点效力,他只是结点缘罢了。我却觉得很是满足,此外不能有所希求,而且过此也就有点不大妥当,假如想以文艺为手段去达别的目的,那又是和尚之流矣,夫求女人的爱亦自有道,何为舍正路而不由,乃托一盘豆以图之,此则深为不佞所不能赞同者耳。

廿五年九月八日,在北平。

(选自《周作人自选文集》之《瓜豆集》,河北教育出版社2002年版。)

【简析】

　　人们所关注、也更感兴趣的是,周作人的文化、文学选择的矛盾与尴尬所引起的他的内心反应,及在其文学美感上的反映。在《结缘豆》一文里,周作人这样说到一种刻骨铭心的"人生的孤寂"感:"孔子曾说过,鸟兽不可与同群,吾非斯人之徒而谁与。人是喜群的,但他往往在人群中感到不可堪的寂寞,有如在庙会时挤在潮水般的人丛里,特别像是一片树叶,与一切绝缘而孤立着。"于是,就有了从这样的生命绝缘状态中挣扎出来的努力。周作人说他写文章、读书,都是"不甘寂寞",在与"想象的友人(包括古人)"的"文字缘"中,找到自己与人世间的"微末情分"。在他看来,文学作品不过是这样的"结缘豆",文艺的"一点效力"就是"结点缘","此外不能有所希求"。正是这样的"在人群中感到(的)不可堪的寂寞"感构成了周作人文学的底蕴:这是一种"爱智者"(这也是周作人的一个自我命名)的寂寞,淡而且深,自有一种特殊的韵味。但同时,"结缘"的写作与读书,又给周作人带来了"别是一样淡淡的喜悦,可以说是寂寞的不寂寞之感"。这"苦中作乐"与"忧患时的闲适"才是周作人的人生及其外化物——文学的真味。在周作人看来,这正是普通人的真实人生;无论现世怎样不完全,如何充满苦难,人总得活着,"在不完全的生活中享受一点美与和谐"、欢乐;一味地苦下去,那是想象的英雄,而非现实的人。周作人的文学所充溢的是这样的"生的悲哀",他将其命名为"凡人的悲哀",为强调其内蕴的东方文化的神韵,又称"东洋人的悲哀"。

【思考题】

1. 首先要注意本文的结构:题为"结缘豆",文章也如剥豆,一层层地剥开,方显出其内核:先从"结缘的风俗"说起,再讨论"结缘的意义何在",又提出"为什么这样的要结缘",这才点出"人的个体在群体中的寂寞感"这一人性的基本困惑,终于剥出内核:"结缘豆"不过是摆脱人性痛苦挣扎的仪式化的外在表现。最后是一点并非多余的余文,说出了自己以文字结缘的人生观与文学观:这或许才是周作人写这篇文化散文的真正属意。

2. 其次要注意周作人的文字。周作人曾这样概括他和他的学生的语言追求:"以口语为基本,再加上欧化语,古文,方言等分子,杂糅调和,适宜地或吝啬地安排起来,有知识与趣味的两重的统制,才可以造出有雅致的俗语文来",并别有一种"涩味与简单味"(《〈燕知草〉跋》)。——试以收入本书的周作人散文为例,作具体分析。

请读周作人这两段文字:"为什么要这样结缘呢?我想,这或者由于不安于孤寂的缘故吧。"——为什么要采用"或者……吧"这样的句式?"北京用豆,再加上念佛,觉得很有意思,不过二十年来不曾见过有人拿了盐煮豆沿路邀吃,也不听说浴佛日寺庙中有此情事,或者现已废止也未可知。"——为什么要用"或者……也未可知"的说法?这样的婉转而留有余地的表达方式反映了怎样的思维方式?你能从周作人作品中举出类似的习惯表达方式吗?

3. 我们将本文称为"文化散文"是因为全篇是以民俗文化与宗教文化材料的分析构成论述基础的。值得注意的是这些材料都来自中国(特别是周作人的故乡)、日本与佛教,是否可以从东方民俗与宗教特色的角度来阐述周作人所说的"东洋人的悲哀"?

水里的东西
——草木虫鱼之五

我是在水乡生长的,所以对于水未免有点情分。学者们说,人类曾经做过水族,小儿喜欢弄水,便是这个缘故。我的原因大约没有这样远,恐怕这只是一种习惯罢了。

水,有什么可爱呢?这件事是说来话长,而且我也有点儿说不上来。我现在所想说的单是水里的东西。水里有鱼虾,螺蚌,茭白,菱角,都是值得记忆的,只是没有这些工夫来一一记录下来,经了好几天的考虑,决心将动植物暂且除外。——那么,是不是想来谈水底里的矿物类么?不,决不。我所想说的,连我自己也不明白它是哪一类,也不知道它究竟是死的还是活的,它是这么一种奇怪的东西。

我们乡间称它作 Chosychiu,写出字来就是"河水鬼"。它是溺死的人的鬼魂。既然是五伤之一,——五伤大约是水、火、刀、绳、毒罢,但我记得又有虎伤似乎在内,有点弄不清楚了,总之水死是其一,这是无可疑的,所以它照例应"讨替代"。听说吊死鬼时常骗人从圆窗伸出头去,看外面的美景,(还是美人?)倘若这人该死,头一伸时可就上了当,再也缩不回来了。河水鬼的法门也就差不多是这一类,它每幻化为种种物件,浮在岸边,人如伸手想去捞取,便会被拉下去,虽然看来似乎是他自己钻下去的。假如吊死鬼是以色迷,那么河水鬼可以说是以利诱了。它平常喜欢变什么东西,我没有打听清楚,我所记得的只是说变"花棒槌",这是一种玩具,我在儿时听见所以特别留意,至于所以变这玩具的用意,或者是专以引诱小儿亦未可知。但有时候它也用武力,往往有乡人游泳,忽然沉了下去,这些人都是像蛤蟆一样地"识水"的,论理决不会失足,所以这显然是河水鬼的勾当,只有外道才相信是由于什么脚筋拘挛或心脏麻痹之故。

照例,死于非命的应该超度,大约总是念经拜忏之类,最好自然是"翻九楼",不过翻的人如不高妙,从七七四十九张桌子上跌了下来的时候,那便别样地死于非命,又非另行超度不可了。翻九楼或拜忏之后,鬼魂理应已经得度,不必再讨替代了,但为防万一危险计,在出事地点再立一石幢,上面刻南无阿弥陀佛六字,或者也有刻别的文句的罢,我却记不起来了。在乡下走路,突然遇见这样的石幢,不是一件很愉快的事,特别是在傍晚,独自走到渡头,正要下四方的渡船亲自拉船索渡过去的时候。

话虽如此,此时也只是毛骨略略有点耸然,对于河水鬼却压根儿没有什么怕,而且还简直有点儿可以说是亲近之感。水乡的住民对于别的死或者一样地怕,但是淹死似乎是例外,实在怕也怕不得许多,俗语云,瓦罐不离井上破,将军难免阵前亡,如住水乡而怕水,那么只好搬到山上去,虽然那里又有别的东西等着,老虎、马熊。我在大风暴中渡过几口大树港,坐在二尺宽的小船内在白鹅似的浪上乱滚,转眼就可以沉到底去,可是像烈士那样从容地坐着,实在觉得比大元帅时代在北京还要不感到恐怖。还有一层,河水鬼的样子也很有点爱娇。普通的鬼保存它死时的形状,譬如虎伤鬼之一定大声喊阿唷,被杀者之必用一只手提了它自己的六斤四两的头之类,唯独河水鬼则不然,无论老的小的村的俊的,一掉到水里去就都变成一个样子,据说是身体矮小,很像是一个小孩子,平常三五成群,在岸上柳树下"顿铜钱",正如街头的野孩子一样,一被惊动便跳下水去,有如一群青蛙,只有这个不同,青蛙跳时"不东"的有水响,有波纹,它们没有。为什么老年的河水鬼也喜欢摊钱之戏呢?这个,乡下懂事的老辈没有说明给我听过,我也没有本领自己去找到说明。

我在这里便联想到了在日本的它的同类。在那边称作"河童",读如 Kappa,说是 Kawawappa 之略,意思即是川童二字,仿佛芥川龙之介有过这样名字的一部小说,中国有人译为"河伯",似乎不大妥帖。这与河水鬼有一个极大的不同,因为河童是一种生物,近于人鱼或海和尚。它与河水鬼相同要拉人下水,但也喜欢拉马,喜欢和人角力。它的形状大概如猿猴,色青黑,手足如鸭掌,头顶下凹如碟子,碟中有水时其力无敌,水涸则软弱无力,顶际有毛发一圈,状如前刘海,日本儿童有蓄此种发者至今称作河童发云。柳田国男在《山岛民谭集》(1914)中有一篇"河童驹引"的研究,冈田建文的《动物界灵异志》(1927)第三章也是讲河童的,他相信河童是实有的动物,引《幽明录》云,"水蝠一名蝠童,一名水精,裸形人身,长三五尺,大小不一,眼耳鼻舌唇皆具,头上戴一盆,受水三五升,只得水勇猛,水失则无勇力",以为就是日本的河童。关于这个问题我们无从考证,但想到河水鬼特别不像别的鬼的形状,却一律地状如小儿,仿佛也另有意义,即使与日本河童的迷信没有什么关系,或者也有水中怪物的分子混在里边,未必纯粹是关于鬼的迷信了罢。

18世纪的人写文章,末后常加上一个尾巴,说明寓意,现在觉得也有这个必要,所以添写几句在这里。人家要怀疑,即使如何有闲,何至于谈到河水鬼去呢?是的,河水鬼大可不谈,但是河水鬼的信仰以及有这信仰的人却是值得注意的。我们平常只会梦想,所见的或是天堂,或是地狱,但总不大愿意来望一望这凡俗的人世,看这上边有些什么人,是怎么想。社会人类学与民俗学是这一角落的明灯,不过在中国自然还不发达,也还不知道将来会不会发达。我愿意使河水鬼来做个先锋,引起大家对于这方面的调查与研究之兴趣。我想恐怕喜欢顿铜钱的小鬼没有这样力量,我自己又不能做研究考证的文章,便写了这样一篇闲话,要想去抛砖引玉实在有点惭愧。但总之关于这方面是"伫候明教"。

十九年五月

(选自《周作人自编文集》之《看云集》,河北教育出版社2002年版。)

【简析】

周作人曾有《五十自寿诗》,诗云:"前世出家今在家,不将袍子换袈裟","谈狐说鬼寻常事,只欠功夫吃讲茶",所表达的依然是他"出世"与"入世"的两难选择的困惑,却遭到左翼青年的严厉批判,说他是"饱食谈狐兼说鬼,'群居终日'品烟茶"。鲁迅因此发出感慨:"周作人自寿诗,诚有讽刺之意,然此种微辞,已为今之青年所不憭。"周作人自己更有明晰的表白:"我们喜欢知道鬼的情状与生活,从文献从风俗各方面去搜求,为的可以了解一点平常不易知道的人情,换句话说就是为了鬼里边的人。反过来说,则人间的鬼怪伎俩也值得注意,为的可以认识人里边的鬼吧。"(《说鬼》)他还说:"鬼为生人喜惧愿望之投影","我们听人说鬼实即听其谈心矣"(《鬼的生长》)。

《水里的东西》即是周作人"说鬼"。而他说的鬼有两个特点:它是"水里的东西",与河里的鱼虾、螺蚌、茭白、菱角一样,是与水有关的生命;而"河水鬼特别不像别的鬼的形状,却一律地状如小儿",连"老年的鬼也喜欢(儿童的)摊钱之戏"。周作人只说这些都"仿佛也另有意义",却没有直接点破这样的"鬼"背后的"人"的意义,可以说是引而不发,逼着我们读者去思考。但他还是给予了暗示,这就是开头与结尾两段。结尾处提醒说:"社会人类学与民俗学是这一角落的明灯。"原来文章开宗明义就点过一句:"学者们说,人类曾经做过水族,小儿喜欢弄水,便是这个缘故。"这里暗含着一个人类学的基本观点:人类的个体发生与系统发生的程序相同,人的儿童状态与人类的原始状态存在着内在的相通。因此,人死后变成鬼,无论生前是老的小的村的俊的一律回复小儿状态,这正是表现了人返璞归真,回到人类的童年也即人性本原状态的生命欲求:周作人把这叫做"河水鬼的信仰",也是"人"的"信仰"。我们则要补充,这更是周作人个人的信仰。

【思考题】

1. 请仔细琢磨周作人对"河水鬼"形象的描绘:他说"河水鬼的样子也很有点爱娇","据说是身体矮小,很像是一个小孩子,平常三五成群,在岸上柳树下'顿铜钱',正如街头的野孩子一样,一被惊动便跳下水去,有如一群青蛙。只有这个不同,青蛙跳时'不东'的有水响,有波纹,它们没有"。——把总有几分邪恶的鬼魅与天真、纯洁的儿童联系在一起,把多少有些神秘的异类和生活在身边的街头的野孩子相连缀,这也需要特殊的想象力。人们习惯于将化平实为神奇视为想象力的极致,却不知变诡怪为平凡也是一种想象,而且自有其不凡之处。这样的"周作人式的想象力"颇耐寻味,其背后蕴含着怎样的世界观与审美观?

2. "可怜夜半虚前席,不问苍生问鬼神",谈鬼说神本是文学家的特权与文学的领域。现代文学作家"问苍生"时,也不忘"问鬼神",两者兼而顾之且有内在联系。研究者曾编有《神神鬼鬼》一书,为"漫说文化丛书"之一种,由人民文学出版社出版,搜集了数十篇散文,且有精彩的序言,有兴趣者可以一读。鲁迅也曾为绍兴两个最有特色的鬼画过像,一为《无常》(收《朝花夕拾》),一为《女吊》(收《且介亭杂文末编·附集》),正可与周作人这篇对照着读,两位都是现代散文的大家,又是同写家乡鬼,看看他们如何各显其能,该是饶有兴味的。

赋得猫
——猫与巫术

我很早就想写一篇讲猫的文章。在我的《书信》里"与俞平伯君书"中有好几处说起,如廿一年十一月十三日云:

"昨下午北院叶公过访,谈及索稿,词连足下,未知有劳山的文章可以给予者钦。不佞只送去一条穷裤而已,虽然也想多送一点,无奈材料缺乏,别无可做,久想写一小文以猫为主题,亦终于未着笔也。"叶公即公超,其时正在编辑《新月》。十二月一日又云:

"病中又还了一件文债,即新印《越谚》跋文,此后拟专事翻译,虽胸中尚有一猫,盖非至一九三三年末必下笔矣。"但二十二年二月二十五日又云:

"近来亦颇有志于写小文,仍有暇而无闲,终未能就,即一年前所说的猫亦尚任其屋上乱叫,不克捉到纸上来也。"如今已是一九三七,这四五年中信里虽然不曾再说,心里却还是记着,但是终于没有写成。这其实倒也罢了,到现在又来写,却为什么缘故呢?

当初我想写猫的时候,曾经用过一番工夫。先调查猫的典故,并觅得黄汉的《猫苑》二卷,仔细检读,次又读外国小品文,如林特(R. Lynd),密伦(A. A. Milne),郄贝克(K. Capek)等,公超又以路加思(E. V. Lucas)文集一册见赠,使我得见所著谈动物诸文,尤为可感。可是愈读愈胡涂,简直不知道怎样写好,因为看过人家的好文章,珠玉在地,不必再去摆上一块砖头,此其一。材料太多,贪吃便嚼不烂,过于踌躇,不敢下笔,此其二。大约那时的意思是想写《草木虫鱼》一类的文章,所以还要有点内容,讲点形式,却是不大容易写,近来觉得这也可以不必如此,随便说说话就得了,于是又拿起那个旧题目来,想写几句话交卷。这是先有题目而作文章的,故曰赋得,不过我写文章是以不切题为宗旨的,假如有人想拿去当作赋得体的范本,那是上当非浅,所以请大家不要十分认真才好。

现在我的写法是让我自己来乱说,不再多管人家的鸟事。以前所查过的典故看过的文章幸而都已忘却了,《猫苑》也不翻阅,想到什么可写的就拿来用。这里我第一记得清楚的是一件老姨与猫的故事,出在霁园主人著的《夜谈随录》里。此书还是前世纪末读过,早已散失,乃从友人处借得一部检之,在第六卷中,是《夜星子》二则中之一。其文云:

"京师某宦家,其祖留一妾,年九十余,甚老耄,居后房,上下呼为老姨。日坐炕头,不言不笑,不能动履,形似饥鹰而健饭,无疾病。尝畜一猫,与相守不离,寝食共之。宦一幼子尚在襁褓,夜夜啼号,至睡方辍,匝月不愈,患之。俗传小儿夜啼谓之夜星子,即有能捉之者。于是延捉者至家,礼待甚厚,捉者一半老妇人耳。是夕就小儿旁设桑弧桃矢,长大不过五寸,矢上系素丝数丈,理其端于无名之指而拈之。至夜半月色上窗,儿啼渐作,顷之隐隐见窗纸有影倏进倏却,仿佛一妇人,长六七寸,操戈骑马而行。捉者摆手低语曰,夜星子来矣来矣!亟弯弓射之,中肩,唧唧有声,弃戈返驰,捉者起急引丝率众逐之。拾其戈观之,一搓线小竹签也。迹至后房,其丝竟入门隙,群呼老姨,不应,因共排闼燃烛入室,遍觅无所见。搜索久之,忽一小婢惊指曰,老姨中箭矣!众视之,果见小矢钉老姨肩上,呻吟不已,而所畜猫犹在胯下也,咸大错愕,亟为拔矢,血流不止。捉者命扑杀其猫,小儿因不复夜啼,老姨亦由此得病,数日亦死。"后有兰岩评语云:

"怪出于老姨,诚不知其何为,想系猫之所为,老姨龙钟为其所使耳。

卒乃中箭而亡,不亦冤乎。"同卷中又有《猫怪》三则,今悉不取,此处评者说是猫之所为亦非,盖这篇夜星子的价值重在是一件巫蛊案,猫并不是主,乃是使也。我很想知道西汉的巫蛊详情,可是没有工夫去查考,所以现在所说的大抵是以西欧为标准,巫蛊当作 witch-craft 的译语,所谓使即是 familiars 也。英国蔼堪斯泰因女士(Lina Eckenstein)曾著《儿歌之研究》,二十年前所爱读,其遗稿《文字的咒力》(*A Spell of Words*,1932)中第一篇云《猫及其同帮》,于我颇有用处。第一章《猫或狗》中云:

"在北欧古代猫也算是神圣不可犯的,又用作牺牲。木桶里的猫那种残酷的游戏在不列颠一直举行,直至近代。这最好是用一只猫,在得不到的时候,那就用烟煤,加入桶中。"

"在法兰西比利时直至近代,都曾举行公开的用猫的仪式。圣约翰祭即中夏夜,在巴黎及各处均将活猫关在笼里,抛到火堆里去。在默兹地方,这个习俗至一七六五年方才废除。比利时的伊不勒思及其他城市,在圣灰日即四旬斋的第一日举行所谓猫祭,将活猫从礼拜堂塔顶掷下,意在表示异端外道就此都废弃了。猫是与古代女神萧赖耶有系属的,据说女神尝跟着军队,坐了用许多猫拉着的车子。书上说现在伊不勒思尚留有遗址,原是献给一个女神的庙宇。"第二章《猫与巫》中又云:

"猫在欧洲当作家畜,其事当直在母权社会的时代。猫是巫的部属,其关系极密切,所以巫能化猫,而猫有时亦能幻作巫形。兔子也有同样的情形,这曾被叫作草猫的。德国有俗谚云,猫活到二十岁便变成巫,巫活到一百岁时又变成一只猫。"

"一五八四年出版的巴耳温的《留心猫儿》中有这样的话,巫是被许可九次把她自己化为猫身。《罗米欧与朱丽叶》中谛巴耳特说,你要我什么呢?麦丘细阿答说,美猫王,我只要你九条性命之一而已。据英法人说,女人同猫一样也有九条性命,但在格伦绥则云那老太太有七条性命正如一只黑猫。"

"又有俗谚云,猫有九条性命,而女人有九只猫的性命。(案此即八十一条性命矣。)"

"巫可以变化为猫或兔,十七世纪的知识阶级还都相信这是可能的事。"

烧猫的习俗,弗来则博士(J. C. Frazer)自然知道得最多,可惜我只有一册节本的《金枝》(*The Golden Bough*),只可简单的抄几句。在六十四章《火里烧人》中云:

"在法国阿耳登思省,四旬斋的第一星期日,猫被扔到火堆里去,有时候残酷稍为醇化了,便将猫用长竿挂在火上,活活的烤死。他们说,猫是魔鬼的代表,无论怎么受苦都不冤枉。"他又解释烧诸动物的理由云:

"我们可以推想。这些动物大约都被算作受了魔法的咒力的,或者实在就是男女巫,他们把自己变成兽形,想去进行他们的鬼计,损害人类的福利。这个推测可以证实,只看在近代火堆里常被烧死的牺牲是猫,而这猫正是据说巫所最喜变的东西,或者除了兔以外。"

这样大抵可以说明老姨与猫的关系。总之老姨是巫无疑了,猫是她的不可分的系属物。理论应该是老姨她自己变了猫去作怪,被一箭射中猫肩,后来却发见这箭是在她的身上。如散茂斯(M. Summers)在所著《僵尸》(*The Vampire*,1928)第三章《僵尸的特性及其习惯》中云:

"这是在各国妖巫审问案件中常见的事,有巫变形为猫或兔或别的动物,在兽形时遇着危险或是受了损伤,则回复原形之后在他的人身上也有着同样的伤或别的损害。"这位散茂斯先生著作颇多,此外我还有他的名著《变狼人》、《巫术的历史》与《巫术的地理》,就只可惜他是相信世上有巫术的,这又是非圣无法故该死的,因此我有点不大敢请教,虽然这些题目都颇珍奇,也是我所想知道的事。吉忒勒其教授(G. L. Kittredge)的《旧新英伦之巫术》(*The Witch-craft in Old and New England*,1929)第十章《变形》中亦云:

"关于猫巫在兽形时受害,在其原形受有同样的伤,有无数的近代的例证。"在小注中列举书名出处甚多。吉忒勒支曾编订英国古民谣为我所记忆,今此书亦是我爱读的,其小序中有一节云:

"有见于近时所出讲巫术的诸书,似应慎重一点在此声明,我并不相信黑术(案即害他的巫术),或有魔鬼干预活人的日常生活。"由是可知他的态度是与《僵尸》的著者相反的,我很有同感,可是文献上的考据还是一样,盖档案与大众信心固是如此,所谓泰山可移而此案难翻者也。

话又说了回来,老姨却并不曾变猫,所以不是属于这一部类的。这头猫在老姨只是一种使,或者可称为鬼使(Familiar spirit)。茂来女士(M. A. Murray)于 1921 年著《西欧的巫教》(*The Witch-cult in Western Europe*),辨明所谓巫术实是古代的原始宗教之余留,也是我所尊重的一部书,其第八章论《使与变形》是最有价值的论断。据她在这里说:

"苏格兰法律家福布斯说过,魔鬼对于他们给与些小鬼,以通信息,或供使令,都称作古怪名字,叫着时它们就答应。这些小鬼放在瓦罐或是别的器具里。"大抵使有两种，一云占卜使，即以通信息，犹中国的樟柳神，一云畜养使，即以供使令，犹如蛊也。书中又云：

"畜养使平常总是一种小动物，特别用面包牛乳和人血喂养，又如福布斯所云，放在木匣或瓦罐里，底垫羊毛。这可以用了去对于别人的身体或财产使行法术，却决不用以占卜。吉法特在16世纪时记述普通一般的所信云：巫有她们的鬼使，有的只一个，有的更多，自二以至四五，形状各不相同，或像猫、黄鼠狼、癞蛤蟆，或小老鼠，这些她们都用牛乳或小鸡喂养，或者有时候让它们吸一点血喝。"

"在早先的审问案件里巫女招承自刺手或脸，将流出来的血滴给鬼使吃。但是在后来的案件里这便转变成鬼使自己喝巫女的血，所以在英国巫女算作特色的那冗乳（案即赘疣似的多余的乳头）普通都相信就是这样舐吮而成的。"吉忒勒其教授云：

"1556年在千斯福特举行的伊里查白时代巫女大审问的第一案里，猫就是鬼使。这是一头白地有斑的猫，名叫撒但，喝血吃。"恰好在茂来女士书里有较详的记载，我们能够知道这猫本来是法兰色斯从祖母得来的，后来她自己养了十五六年，又送给一位老太太华德好司，再养了九年，这才破案。因为本来是小鬼之流，所以又会转变，如那头猫后来就化为一只癞蛤蟆了。法庭记录（见茂来书中）说：

"据该妪华德好司供，伊将该猫化为蟾蜍，系因当初伊用瓦罐中垫羊毛养放该猫，历时甚久，嗣因贫穷不能得羊毛，伊遂用圣父圣子圣灵之名祷告愿其化为蟾蜍，于是该猫化为蟾蜍，养放罐中，不用羊毛。"这是一个理想的好例，所以大家都首先援引，此外鬼使作猫形的还不少，茂来女士书中云："1621年在福斯东地方扰害费厄法克思家的巫女中，有五人都有畜养使的。惠忒的是一个怪相的东西，有许多只脚，黑色、粗毛，像猫一样大。惠忒的女儿有一鬼使，是一只猫，白地黑斑，名叫印及思。狄勒耳有一大黑猫，名及勒，已经跟了她有四十年以上了。她的女儿所有鬼使是鸟形的，黄色，大如鸦，名曰啯嗖。狄更生的鬼使形如白猫，名菲利，已养了有二十年。"由此可知猫的地位在那里是多么高的了。吉忒勒其教授书中（仍是第十章）又云：

"驯养的乡村的猫，在现今流行的迷信里，还保存着好些它的魔性。猫会得吸睡着的小孩的气，这个意见在旧的和新的英伦（案即英美两国）仍是很普遍。又有一种很普遍的思想，说不可令猫近死尸，否则会把尸首毁伤。这在我们本国（案即美国）变成了一种高明的说法，云：勿使猫近死人，怕它会捕去死者的灵魂。我们记得，灵魂常从睡着的人的嘴里爬出来，变成小老鼠的模样！"讲到这里我们可以知道老姨的猫是属于这一类的畜养使，无论是鬼王派遣来，或是养久成了精，总之都是供老姨的使令用的，所以跨了当马骑正是当然的事。到了后来时不利兮骓不逝，主人无端中了流矢，猫也就殉了义，老姨一案遂与普通巫女一样的结局了。

我听人家所讲猫的故事里，还有一件很有意思的，即是猫替猴子伸手到火炉里抓煨栗子吃，觉得十分好玩，想拿来做文章的主题，可是末了终于决定借用这老姨的猫。为什么呢？这件故事很有意思，因为这与中国的巫蛊和欧洲的巫术都有关系，虽然原只是一篇志异的小说。以汉朝为中心的巫蛊事情我很想知道，如上边所已说过，只是尚无这个机缘，所以我在几本书上得来的一点知识单是关于巫术的。那些巫、马披、沙满、药师等的哲学与科学，在我都颇有兴趣而且稍能理解，其荒唐处固自言之成理，亦复别有成就，克拉克教授在《西欧的巫教》附录中论一女所用飞行药膏的成分，便是很有趣的一例。其结论云：

"我不能说是否其中那一种药会发生飞行的感觉。但这里使用乌头（aconite）我觉得很有意思。睡着的人的心脏动作不匀使人感觉突然从空中下坠，今将用了使人昏迷的莨菪与使心脏动作不匀的乌头配合成剂，令服用者引起飞行的感觉，似是很可能的事。"这样戳穿西洋镜似乎有点杀风景，不如戈耶所画老少二女自身跨一扫帚飞过空中的好，我当然也很爱好这西班牙大匠的画；但是我也很喜欢知道这三个药方，有如打听得祝由科的几门手法或会党的几句口号，虽不敢妄希仙人的他心通，唯能多察知一点人情物理，亦是很大的喜悦。茂来女士更证明中古巫术原是原始的地亚那教（Diana-Cult）之留遗，其男神名地亚奴思，亦名耶奴思（Janus），古罗马称正月即从此神名衍出，通行至今，女神地亚那之徒即所谓巫，其仪式乃发生繁殖的法术也。虽然我并不喜欢吃菜事魔，自然更没有骑扫帚的兴趣，但对于他们鬼鬼祟祟的花样却不无同情，深觉得宗教审问院的那些拷打杀戮大可不必。多年前我读英国克洛特（E. Clodd）的《进化论之先驱》与勒吉（W. E. H. Lecky）的《欧洲唯理思想史》，才对于中古的巫术案觉得有注意的价值，就能力所及略为涉猎，一面对那时政教的权威很生反感，一面也深感危惧，看了心惊眼跳，不能有隔岸观火之乐，盖人类原是一个，我们也有文字狱思想狱，这与巫术案本是同一类也。欧洲的巫术案，中国的文字狱思想狱，都是我所怕却也就常还想（虽然想了自然又怕）的东西，往往互相牵引连带着，这几乎成了我精神上的压迫之一。想写猫的文章，第一挑到老姨，就是为这缘故。该姨的确是个老巫，论理是应该重办的，幸而在中国偶得免肆诸市朝,真是很难得的,但是拿来与西洋的巫术比较了看也仍是极有意思的事。中国所重的文字狱思想狱是儒教的,——基督教的教士敬事上帝,异端皆非圣无法,儒教的文士谄事主君,犯上即大逆不道,其原因有宗教与政治之不同,故其一可以随时代过去,其一则不可也。我们今日且谈巫术,论老姨与猫,若文字狱等亦是很好题目,容日后再谈,盖其言之长矣。

民国二十六年一月二十六日于北平

[附记]

黄汉《猫苑》卷下引《夜谈随录》,云有李侍郎从苗疆携一苗婆归,年久老病,尝养一猫酷爱之,后为夜星子,与原书不合,不知何所本,疑未可凭信。

(选自《周作人自编文集》之《秉烛谈》,河北教育出版社2002年版。)

【简析】

这是一个文章里的故事:一只"猫"怎样爬到周作人的书桌上,并被周作人捉到纸上?这只"猫"又告诉了我们什么?它透露出周作人内心世界怎样的一角?

周作人自己在文章一开始就告诉我们,从1932年11月13日起意到1937年1月26日完稿,写作这篇"讲猫的文章"竟前后历四年多。原因盖在于写作心境的变化:开始"想写草木虫鱼一类的文章",即《水里的东西》那样的闲适风的文化散文,但却眼见世事险恶,身"有闲"而心"无暇","终未能就"。一拖再拖,最后勉力成文,但此"猫"已非彼"猫":据周作人在别的通信中介绍,原来想捉的是一只"替猴子伸手到火炉里抓煨栗子吃"的"猫",着眼点在"好玩";而现在终于捉到的"猫"却是一只与巫婆"老姨"有关的"猫",着眼点在本文副题所点明的"猫与巫术"的关系。全篇旁征博引,不时插入考证,乍一看,颇像篇民俗学与人类文化学的论文。但卒章显其志,他由辨明"巫术实是古代的原始宗教之余留",而想到欧洲文化史上的"巫术案",即"宗教审问院的那些拷打杀戮";又由西方的"巫术案"联想到同属一类的中国的"文字狱",并且说,这"都是我所怕却也就常还想(虽然想了自然又怕)的东西,往往互相牵引连带着,这几乎成了我的精神上的压迫之一"。——这才是他的真正关注所在,我们甚至可以感到,周作人写到这里,是相当动感情的。"反对任何形式的精神压迫",这是周作人1930年代三大基本思想命题之一(另两个是"反嗜杀"与"反奴性",写有《关于活埋》《关于傅青主》等文),也是他坚守的思想底线。在他看来,精神压迫是东西方共有的现象,但他又指出,西方"巫术案"是宗教的,中国"文字狱"则是儒教政治的,"其一可以随时代过去,其一则不可也"。现在我们终于明白,前文所说周作人之"有闲无暇",实是由并未随着时代过去的现实的精神压迫与文字狱所引起,那么,他最后捉到纸上的是这样一只"猫",正揭示了他内心深处的现实关怀。——周作人的"闭门读书"并非不问世事。但他的表达却是如此曲折,而又欲说还休:"我们今日且谈巫术,论老姨与猫,若文字狱等亦是很好题目,容日后再谈,盖其事言之长矣。"这使我们不禁想起鲁迅的《病后杂谈》:周氏兄弟同样反对历史与现实的"文字狱",却有着如此不同的反应方式与表达方式。

【思考题】

本文的表达,有两点颇值得注意。

1. 周作人对文题《赋得猫》有这样的解释:"这是先有题目而做文章的,故曰赋得,不过我写文章是以不切题为宗旨。"周作人在好些地方都谈到他的这一写作经验;所谓"不切题"就是"找到一个着手点"便随意"敷陈开去"。他的得意门生废名更有一个很好的说法,叫作"无全书(文)在胸而姑涉笔成书(文)",即不作预先设计,笔随人意,兴之所至地自然流泻。周作人称之为"情生文,文生情";他解释说:"这好像是一道流水,大约总是向东去朝宗于海,他流过的地方,凡有什么汉港湾曲,总得潆洄一番,有什么岩石水草,总要披忼弄一下子再往前去,这都不是他行程的主脑,但除去这些也就别无行程了。"这就不只是行文的自然,也是行文的摇曳与迂回、徐缓,自有一种周作人所称道的日本作家夏目漱石的"低回趣味"。——顺便说一句,鲁迅也颇为欣赏这样的"低回趣味",并认为中国文字是"急促之文",难以达到这样的"从容与美",并以自己的有些作品文字过于"逼促"为憾。相对而言,周作人的文字就更自然、从容。他自己大概也颇为自得,一再强调,他的"不切题""文生情,情生文"的原则,完全"异于作古文者之作古文,而是从新的散文中间变化出来的一种新的格式"。差别就在"作"与"不作"、"刻意结构"还是"反结构"。

后来郁达夫对"周作人文体"有过一个概括与描述:"舒徐自在,信笔所至,初看似乎散漫支离,过于繁琐,但仔细一读,却觉得他的漫谈,句句含有分量,一篇之中,少一句就不对,多一字也不可,读完之后,还想翻转来从头再读的。"(《〈中国新文学大系·散文二集〉导言》)。你初读本文,大概也会有"散漫支离,过于繁琐"的感觉,但请"仔细一读",并谈谈你对"以不切题为宗旨"的"周作人文体"的体会与评价。

2. 本文似乎给人以烦琐之感,是因为引文占了多半,后来又发展成一种"文抄公体"的散文,或称"笔记体散文",而且成为周作人三四十年代散文的主要文体,代表作除本文外,还有《游山日记》(收《风雨谈》)、《关于傅青主》(收《风雨谈》)、《关于活埋》(收《苦竹杂记》)、《无生老母的信息》(收《知堂乙酉文编》)等。所谓"文抄公文体"是指一篇之中主要是大段抄引古书(或外国书)的文体。对于周作人来说,"抄书"是一个与想象中的友人(古人、外国人)结缘的过程。因此,所抄之书及作者均经过严格挑选,都是与他有缘的。这样,在这类"文抄公体"散文里,所引古人、外国人的文字与周作人的点评浑然融为一体,引文有如"龙身",评点即是"点睛"之笔,全文渗透着"周作人味"(这也是周作人的概念,他认为散文除"文词和思想"外,还要有"气味")。读这类散文,读者忽而游刃于千载万里,与周作人化了的古人、外国人对话,忽而又与周作人本人直接交流,心灵的空间既开阔又自由。另一方面,由于文章主体是或古涩或华美、优雅的古文或翻译文字,而连缀其间的周作人的点评则是简明、朴实的现代白话,二者有机结合,互相调剂,使这类"文抄公体"散文常兼具两种文体之美,古涩而丰腴,华丽而朴实,别有一番风姿。

但仍然有不同意见,周作人的"文抄公体"散文也不是每一篇都达到了上述境界。周作人的老友林语堂即批评周作人"专抄古书,不发表意见"。周作人对此类批评的反应是:"眼光也只是皮毛",颇有不被理解的寂寞之感。——作为新一代的年轻人,你读这类散文,有何感觉与看法?

【拓展阅读】

1. 钱理群:《钱理群读周作人》,新华出版社 2011 年版。
2. 朱光潜:《雨天的书》,《朱光潜全集》第 8 卷,安徽教育出版社 1992 年版。

第四章 茅　盾

　　茅盾、郁达夫、老舍、张爱玲和沈从文、萧红、赵树理，都是现代文学重量级作家。他们创造的文学世界：文学"上海""北京""香港""湘西""东北""山西"，是中国现代文学图景中最具中国特色和吸引力的部分。他们的作品所提供的是在相互对照和补充中分外丰富的中国现代都市文学和乡土文学的奇观。其所展现的是中国现代社会和文学的现代化困境，以及与之相应的心理和审美的困境：老舍作品中的"京味"，沈从文的"寂寞"，张爱玲的"苍凉的手势"，都包孕着说不尽的文化的、心理的以及审美的内涵。中国现代文化中的各种因子——地方文化、民间文化、多民族文化、外来文化、传统雅俗文化——都在他们的作品中汇集，激荡，他们出入其间，进行着文学语言和形式的自由创造，以其色彩缤纷的多样性与相当的深度和广度，丰富、发展着中国的现代文学，构成其主体。

　　茅盾（1896—1981），原名沈德鸿，字雁冰。1920 年代即以"沈雁冰"之名活跃于新文学舞台，以文学运动的组织者（《小说月报》主编，文学研究会的主要发起人）和文艺批评家的身份，产生了很大影响。在《读〈倪焕之〉》这一评论文章里，他对第一个十年的新文学有过这样的反省：鲁迅的《呐喊》写到了"老中国的暗陬的乡村，以及生活在这暗陬的老中国的儿女们，没有都市中青年们的心的跳动"；而郁达夫等作家的创作，虽然写到了都市青年，但"所反映的人生还是极狭小的，局部的"，"没有表现出'彷徨'的广阔深入的背景"。因此，当 1927 年沈雁冰用"茅盾"的笔名创作《幻灭》，以小说家的身份出现时，就找到了两个新的突破口，并以此形成自己的鲜明特色。

　　首先是"都市文学"的新开拓：随着 1930 年代中国工业化和现代化进程的加速，以上海为中心的现代都市越来越成为国家政治、经济、文化的中心，向文学提出了反映都市生活和各阶层人的"心的跳动"的历史要求。都市文学就成为新文学第二个十年文学发展的新的生长点，茅盾也因此成为继鲁迅、周作人之后影响最大的作家。

茅盾的影响在于他创造了文学的新范式。有研究者指出,茅盾是一位具有社会科学家气质的小说家,又是中国最早接受马克思主义的现代作家,并有较高的理论修养和较为丰富的革命实践经验。这都在他的创作中打下了深刻的烙印。如叶圣陶所说,"他写《子夜》是兼具文艺家写作品与科学家写论文的精神的"(《略谈雁冰兄的文学工作》)。由此形成了他创造的文学范式的两大特点:一是重视题材的社会性、主题的重大性,创作和历史尽量同步,反映时代全貌及其发展的史诗性,追求巨大的思想深度与广阔的历史内容;二是着重从经济生活的变动反映都市社会的演变,用阶级及阶级斗争的观念来观察、分析、表现处于复杂的社会关系中的人物典型,并且鲜明地表现出作者的政治倾向性。这样的小说艺术与社会科学的结合,就创造了"社会剖析小说"模式,而根本有别于新感觉派,以及张爱玲式、老舍式的都市文学。

这两大特点,决定了茅盾更倾心于长篇小说的艺术,他在小说结构、场面描写以及表现人物心理活动的丰富性等方面都做了自觉的试验;茅盾是作为一位开创性的长篇小说艺术家而存在于现代文学史上的。

《子夜》(节选)

云飞轮船果然泊在一条大拖船——所谓"公司船"的外边。那只大藤椅已经放在云飞船头,两个精壮的脚夫站在旁边。码头上冷静静地,没有什么闲杂人;轮船局里的两三个职员正在那里高声吆喝,轰走那些围近来的黄包车夫和小贩。荪甫他们三位走上了那"公司船"的甲板时,吴老太爷已经由云飞的茶房扶出来坐上藤椅子了。福生赶快跳过去,做手势,命令那两个脚夫抬起吴老太爷,慢慢地走到"公司船"上。于是儿子,女儿,女婿,都上前相见。虽然路上辛苦,老太爷的脸色并不难看,两圈红晕停在他的额角。可是他不作声,看看儿子,女儿,女婿,只点了一下头,便把眼睛闭上了。

这时候,和老太爷同来的四小姐蕙芳和七少爷阿萱也挤上那"公司船"。
"爸爸在路上好么?"
杜姑太太——吴二小姐,拉住了四小姐,轻声问。
"没有什么。只是老说头眩。"
"赶快上汽车罢!福生,你去招呼一八八九号的新车子先开来。"
荪甫不耐烦似的说。让两位小姐围在老太爷旁边,荪甫和竹斋,阿萱就先走到码头上。一八八九号的车子开到了,藤椅子也上了岸,吴老太爷也被扶进汽车里坐定了,二小姐——杜姑太太跟着便坐在老太爷旁边。本来还是闭着眼睛的吴老太爷被二小姐身上的香气一刺激,便睁开眼来看一下,颤着声音慢慢地说:

"芙芳,是你么?要蕙芳来!蕙芳!还有阿萱!"

苏甫在后面的车子里听得了,略皱一下眉头,但也不说什么。老太爷的脾气古怪而且执拗,苏甫和竹斋都知道。于是四小姐蕙芳和七少爷阿萱都进了老太爷的车子。二小姐芙芳舍不得离开父亲,便也挤在那里。两位小姐把老太爷夹在中间。马达声音响了,一八八九号汽车开路,已经动了,忽然吴老太爷又锐声叫了起来:

"《太上感应篇》①!"

这是裂帛似的一声怪叫。在这一声叫喊中,吴老太爷的残余生命力似乎又复旺炽了;他的老眼闪闪地放光,额角上的淡红色转为深朱,虽然他的嘴唇簌簌地抖着。

一八八九号的汽车夫立刻把车煞住,惊惶地回过脸来。苏甫和竹斋的车子也跟着停止。大家都怔住了。四小姐却明白老太爷要的是什么。她看见福生站在近旁,就唤他道:

"福生,赶快到云飞的大餐间里拿那部《太上感应篇》来!是黄绫子的书套!"

吴老太爷自从骑马跌伤了腿,终至成为半肢疯以来,就虔奉《太上感应篇》,二十余年如一日;除了每年印赠而外,又曾恭楷手抄一部,是他坐卧不离的。

一会儿,福生捧着黄绫子书套的《感应篇》来了。吴老太爷接过来恭恭敬敬摆在膝头,就闭了眼睛,干瘪的嘴唇上浮出一丝放心了的微笑。

"开车!"

二小姐轻声喝,松了一口气,一仰脸把后颈靠在弹簧背垫上,也忍不住微笑。这时候,汽车愈走愈快,沿着北苏州路向东走,到了外白渡桥转弯朝南,那三辆车便像一阵狂风,每分钟半英里,一九三〇年式的新纪录。

坐在这样近代交通的利器上,驱驰于三百万人口的东方大都市上海的

---

① 《太上感应篇》:书名。内容多取自东晋葛洪的《抱朴子》,是一部宣扬道家因果报应等迷信思想的书。

第四章 茅 盾

大街,而却捧了《太上感应篇》,心里专念着文昌帝君①的"万恶淫为首,百善孝为先"的诰诫,这矛盾是很显然的了。而尤其使这矛盾尖锐化的,是吴老太爷的真正虔奉《太上感应篇》,完全不同于上海的借善骗钱的"善棍"。可是三十年前,吴老太爷却还是顶括括的"维新党"。祖若父两代侍郎,皇家的恩泽不可谓不厚,然而吴老太爷那时却是满腔子的"革命"思想。普遍于那时候的父与子的冲突,少年的吴老太爷也是一个主角。如果不是二十五年前习武骑马跌伤了腿,又不幸而渐渐成为半身不遂的毛病,更不幸而接着又赋悼亡②,那么现在吴老太爷也许不至于整天捧着《太上感应篇》罢?然而自从伤腿以后,吴老太爷的英年浩气就好像是整个儿跌丢了;二十五年来,他就不曾跨出他的书斋半步!二十五年来,除了《太上感应篇》,他就不曾看过任何书报!二十五年来,他不曾经验过书斋以外的人生!第二代的"父与子的冲突"又在他自己和荪甫中间不可挽救地发生。而且如果说上一代的侍郎可算得又怪僻,又执拗,那么,吴老太爷正亦不弱于乃翁;书斋便是他的堡寨,《太上感应篇》便是他的护身法宝,他坚决的拒绝了和儿子妥协,亦既有十年之久了!

虽然此时他已经坐在一九三〇年式的汽车里,然而并不是他对儿子妥协。他早就说过,与其目击儿子那样的"离经叛道"的生活,倒不如死了好!他绝对不愿意到上海。荪甫向来也不坚持要老太爷来,此番因为土匪实在太嚣张,而且邻省的共产党红军也有燎原之势,让老太爷高卧家园,委实是不妥当。这也是儿子的孝心。吴老太爷根本就不相信什么土匪,什么红军,能够伤害他这虔奉文昌帝君的积善老子!但是坐卧都要人扶持,半步也不能动的他,有什么办法。他只好让他们从他的"堡寨"里抬出来,上了云飞轮船,终于又上了这"子不语"的怪物——汽车。正像二十五年前是这该诅咒的半身不遂使他不能到底做成"维新党",使他不得不对老侍郎的"父"屈服,现在仍是这该诅咒的半身不遂使他又不能"积善"到底,使他不得不对新式企业家的"子"妥协了!他就是那么样始终演着悲剧!

但毕竟尚有《太上感应篇》这护身法宝在他手上,而况四小姐蕙芳,七少爷阿萱一对金童玉女,也在他身旁,似乎虽入"魔窟",亦未必竟堕"德行",所以吴老太爷闭目养了一会神以后,渐渐泰然怡然睁开眼睛来了。

汽车发疯似的向前飞跑。吴老太爷向前看。天哪!几百个亮着灯光的

---

① 文昌帝君:道教奉为主宰人间功名禄籍的神。
② 赋悼亡:西晋文学家潘岳长于诗赋,其妻死后,曾赋悼亡诗三首,后因称丧妻为"赋悼亡"。

窗洞像几百只怪眼睛,高耸碧霄的摩天建筑,排山倒海般地扑到吴老太爷眼前,忽地又没有了;光秃秃的平地拔立的路灯杆,无穷无尽地,一杆接一杆地,向吴老太爷脸前打来,忽地又没有了;长蛇阵似的一串黑怪物,头上都有一对大眼睛放射出叫人目眩的强光,啵——啵——地吼着,闪电似的冲将过来,准对着吴老太爷坐的小箱子冲将过来!近了!近了!吴老太爷闭了眼睛,全身都抖了。他觉得他的头颅仿佛是在颈脖子上旋转;他眼前是红的,黄的,绿的,黑的,发光的,立方体的,圆锥形的,——混杂的一团,在那里跳,在那里转;他耳朵里灌满了轰,轰,轰!轧,轧,轧!啵,啵,啵!猛烈嘈杂的声浪会叫人心跳出腔子似的。

不知经过了多少时候,吴老太爷悠然转过一口气来,有说话的声音在他耳边动荡:

"四妹,上海也不太平呀!上月是公共汽车罢工,这月是电车了!上月底共产党在北京路闹事,捉了几百,当场打死了一个。共产党有枪呢!听三弟说,各工厂的工人也都不稳。随时可以闹事。时时想暴动。三弟的厂里,三弟公馆的围墙上,都写满了共产党的标语……"

"难道巡捕不捉么?"

"怎么不捉!可是捉不完。啊哟!真不知道哪里来的这许多不要性命的人!——可是,四妹,你这一身衣服实在看了叫人笑。这还是十年前的装束!明天赶快换一身罢!"

是二小姐芙芳和四小姐蕙芳的对话。吴老太爷猛睁开了眼睛,只见左右前后都是像他自己所坐的那种小箱子——汽车。都是静静地一动也不动。横在前面不远,却像开了一道河似的,从南到北,又从北到南,匆忙地杂乱地交流着各色各样的车子;而夹在车子中间,又有各色各样的男人女人,都像有鬼赶在屁股后似的跌跌撞撞地快跑。不知从什么高处射来的一道红光,又正落在吴老太爷身上。

这里正是南京路同河南路的交叉点,所谓"抛球场"。东西行的车辆此时正在那里静候指挥交通的红绿灯的命令。

"二姊,我还没见过三嫂子呢。我这一身乡气,会惹她笑痛了肚子罢。"

蕙芳轻声说,偷眼看一下父亲,又看看左右前后安坐在汽车里的时髦女人。芙芳笑了一声,拿出手帕来抹一下嘴唇。一股浓香直扑进吴老太爷的鼻子,痒痒地似乎怪难受。

"真怪呢!四妹。我去年到乡下去过,也没看见像你这一身老式的衣裙。"

"可不是。乡下女人的装束也是时髦得很呢,但是父亲不许我——"

像一枝尖针刺入吴老太爷迷惘的神经,他心跳了。他的眼光本能地瞥到二小姐芙芳的身上。他第一次意识地看清楚了二小姐的装束;虽则尚在五月,却因今天骤然闷热,二小姐已经完全是夏装;淡蓝色的薄纱紧裹着她的壮健的身体,一对丰满的乳房很显明地突出来,袖口缩在臂弯以上,露出雪白的半只臂膊。一种说不出的厌恶,突然塞满了吴老太爷的心胸,他赶快转过脸去,不提防扑进他视野的,又是一位半裸体似的只穿着亮纱坎肩,连肌肤都看得分明的时装少妇,高坐在一辆黄包车上,翘起了赤裸裸的一只白腿,简直好像没有穿裤子。"万恶淫为首"!这句话像鼓槌一般打得吴老太爷全身发抖。然而还不止此。吴老太爷眼珠一转,又瞥见了他的宝贝阿萱却正张大了嘴巴,出神地贪看那位半裸体的妖艳少妇呢!老太爷的心卜地一下狂跳,就像爆裂了似的再也不动,喉间是火辣辣地,好像塞进了一大把的辣椒。

此时指挥交通的灯光换了绿色,吴老太爷的车子便又向前进。冲开了各色各样车辆的海,冲开了红红绿绿的耀着肉光的男人女人的海,向前进!机械的骚音,汽车的臭屁,和女人身上的香气,霓虹电管的赤光——一切梦魇似的都市的精怪,毫无怜悯地压到吴老太爷朽弱的心灵上,直到他只有目眩,只有耳鸣,只有头晕!直到他的刺激过度的神经像要爆裂似的发痛,直到他的狂跳不歇的心脏不能再跳动!

呼卢呼卢的声音从吴老太爷的喉间发出来,但是都市的骚音太大了,二小姐,四小姐和阿萱都没有听到。老太爷的脸色也变了,但是在不断的红绿灯光的映射中,谁也不能辨别谁的脸色有什么异样。

汽车是旋风般向前进。已经穿过了西藏路,在平坦的静安寺路上开足了速率。路旁隐在绿荫中射出一点灯光的小洋房连排似的扑过来,一眨眼就过去了。五月夜的凉风吹在车窗上,猎猎地响。四小姐蕙芳像是摆脱了什么重压似的松一口气,对阿萱说:

"七弟,这可长住在上海了。究竟上海有什么好玩,我只觉得乱烘烘地叫人头痛。"

"住惯了就好了。近来是乡下土匪太多,大家都搬到上海来。四妹,你看这一路的新房子,都是这两年内新盖起来的。随你盖多少新房子,总有那么多的人来住。"

二小姐接着说,打开她的红色皮包,取出一个粉扑,对着皮包上装就的小镜子便开始化起妆来。

"其实乡下也还太平。谣言还没有上海那么多。七弟,是么?"

"太平?不见得罢!两星期前开来了一连兵,刚到关帝庙里驻扎好了,就向商会里要五十个年青的女人——补洗衣服;商会说没有,那些八太爷就自己出来动手拉。我们隔壁开水果店的陈家嫂不是被他们拉了去么?我们家的陆妈也是好几天不敢出大门……"

"真作孽!我们在上海一点不知道。我们只听说共产党要掳女人去共。"

"我在镇上就不曾见过半个共军。就是那一连兵,叫人头痛!"

"吓,七弟,你真糊涂!等到你也看见,那还了得!竹斋说,现在的共产党真厉害,九流三教里,到处全有。防不胜防。直到像雷一样打到你眼前,你才觉到。"

这么说着,二小姐就轻轻吁一声。四小姐也觉毛骨悚然。只有不很懂事的阿萱依然张大了嘴胡胡地笑。他听得二小姐把共产党说成了神出鬼没似的,便觉得非常有趣;"会像雷一样的打到你眼前来么?莫不是有了妖术罢!"他在肚子里自问自答。这位七少爷今年虽已十九岁,虽然长的极漂亮,却因为一向就做吴老太爷的"金童",很有几分傻。

此时车上的喇叭突然呜呜地叫了两声,车子向左转,驶入一条静荡荡的浓荫夹道的横马路,灯光从树叶的密层中洒下来,斑斑驳驳地落在二小姐她们身上。车子也走得慢了。二小姐赶快把化妆皮包收拾好,转脸看着老太爷轻声说:

"爸爸,快到了。"

"爸爸睡着了!"

"七弟,你喊得那么响!二姊,爸爸闭了眼睛养神的时候,谁也不敢惊动他!"

但是汽车上的喇叭又是呜呜地连叫三声,最后一声拖了个长尾巴。这是暗号。前面一所大洋房的两扇乌油大铁门霍地荡开,汽车就轻轻地驶进门去。阿萱猛的从坐位上站起来,看见苏甫和竹斋的汽车也衔接着进来,又看见铁门两旁站着四五个当差,其中有武装的巡捕。接着,砰——的一声,铁门就关上了。此时汽车在花园里的柏油路上走,发出细微的丝丝的声音。黑森森的树木夹在柏油路两旁,三三两两的电灯在树荫间闪烁。蓦地车又转弯,眼前一片雪亮,耀的人眼花,五开间三层楼的一座大洋房在前面了,从屋子里散射出来的无线电音乐在空中回翔,咕——的一声,汽车停下。

有一个清脆的声音在汽车旁边叫:

"太太！老太爷和老爷他们都来了！"

从晕眩的突击中方始清醒过来的吴老太爷吃惊似的睁开了眼睛。但是紧抓住了这位老太爷的觉醒意识的第一刹那却不是别的，而是刚才停车在"抛球场"时七少爷阿萱贪婪地看着那位半裸体似的妖艳少妇的那种邪魔的眼光，以及四小姐蕙芳说的那一句"乡下女人装束也时髦得很呢，但是父亲不许我——"的声浪。

刚一到上海这"魔窟"，吴老太爷的"金童玉女"就变了！

无线电音乐停止了，一阵女人的笑声从那五开间洋房里送出来，接着是高跟皮鞋错落地阁阁地响，两三个人形跳着过来，内中有一位粉红色衣服，长身玉立的少妇，袅着细腰抢到吴老太爷的汽车边，一手拉开了车门，娇声笑着说：

"爸爸，辛苦了！二姊，这是四妹和七弟么？"

同时就有一股异常浓郁使人窒息的甜香，扑头压住了吴老太爷。而在这香雾中，吴老太爷看见一团蓬蓬松松的头发乱纷纷地披在白中带青的圆脸上，一对发光的滴溜溜转动的黑眼睛，下面是红得可怕的两片嘻开的嘴唇。蓦地这披发头扭了一扭，又响出银铃似的声音：

"苏甫！你们先进去。我和二姊扶老太爷！四妹，你先下来！"

吴老太爷集中全身最后的生命力摇一下头。可是谁也没有理他。四小姐擦着那披发头下去了，二小姐挽住老太爷的左臂，阿萱也从旁帮一手，老太爷身不由主的便到了披发头的旁边了，就有一条滑腻的臂膊箍住了老太爷的腰部，又是一串艳笑，又是兜头扑面的香气。吴老太爷的心只是发抖，《太上感应篇》紧紧地抱在怀里。有这样的意思在他的快要炸裂的脑神经里通过："这简直是夜叉，是鬼！"

超乎一切以上的憎恨和忿怒忽然给与吴老太爷以长久未有的力气。仗着二小姐和吴少奶奶的半扶半抱，他很轻松的上了五级的石阶，走进那间灯火辉煌的大客厅了。满客厅的人！迎面上前的是苏甫和竹斋。忽然又飞跑来两个青年女郎，都是披着满头长发，围住了吴老太爷叫唤问好。她们嘈杂地说着笑着，簇拥着老太爷到一张高背沙发椅里坐下。

吴老太爷只是瞪出了眼睛看。憎恨，忿怒，以及过度刺激，烧得他的脸色变为青中带紫。他看见满客厅是五颜六色的电灯在那里旋转，旋转，而且愈转愈快。近他身旁有一个怪东西，是浑圆的一片金光，荷荷地响着，徐徐向左右移动，吹出了叫人气噎的猛风，像是什么金脸的妖怪在那里摇头作法。而这金光也愈摇愈大,塞满了全客厅,弥漫了全空间了!一切红的绿的电灯,一切长方形,椭圆形,多角形的家具,一切男的女的人们,都在这金光中跳着转着。粉红色的吴少奶奶,苹果绿色的一位女郎,淡黄色的又一女郎,都在那里疯狂地跳,跳!她们身上的轻绡掩不住全身肌肉的轮廓,高耸的乳峰,嫩红的乳头,腋下的细毛!无数的高耸的乳峰,颤动着、颤动着的乳峰,在满屋子里飞舞了!而夹在这乳峰的舞阵中间的,是荪甫的多疱的方脸,以及满是邪魔的阿萱的眼光。突然吴老太爷又看见这一切颤动着飞舞着的乳房像乱箭一般射到他胸前,堆积起来,堆积起来,重压着、重压着,压在他胸脯上,压在那部摆在他膝头的《太上感应篇》上,于是他又听得狂荡的艳笑,房屋摇摇欲倒。

"邪魔呀!"吴老太爷似乎这么喊,眼里迸出金花。他觉得有千万斤压在他胸口,觉得脑袋里有什么东西爆裂了,碎断了;猛的拔地长出两个人来,粉红色的吴少奶奶和苹果绿色的女郎,都嘻开了血色的嘴唇像要来咬。吴老太爷脑壳里梆的一响,两眼一翻,就什么都不知道了。

(选自《茅盾全集》第3卷,人民文学出版社1984年版。)

【简析】

《子夜》是茅盾的主要代表作。茅盾自称他的创作意图在于"大规模地描写中国社会现象"(《1933年1月版〈子夜〉"后记"》),因此,小说展现的是1930年代中国都市的全景图:在世界经济大危机下,中国经济大崩溃中的买办资产阶级与民族资产阶级之间的生死搏斗,工人的骚动与反抗,中小城镇商业的凋残,农民的破产与暴动,知识分子的苦闷与堕落,革命政党内部的分歧与斗争;作者的笔触同时伸向经济、社会、政治、家庭、社交娱乐生活各个领域,深入到公司营业厅、交易所、银行公会、工厂车间、码头、公寓、舞场、客厅、密室、书房、公园、大饭店、大马路、跑马厅、浴室、棚户区……大上海的各个角落,围绕着小说主人公民族资本家吴荪甫的悲剧命运,对1930年代上海社会各阶级、各阶层的人的思想、性格、命运进行了百科全书式的展示。借用恩格斯对巴尔扎克《人间喜剧》的评价,今天我们要了解1930年代上海的都市生活,茅盾《子夜》所提供的细节,可能比"当时所有的职业的历史学家、经济学家和统计学家"的著作要丰富得多(参看《恩格斯致玛·哈克奈斯[1988年4月初]》)。

《子夜》在长篇小说艺术的尝试,也是多方面的。其中小说结构的实验尤其引人注目。本书所选"吴老太爷之死",即可看出茅盾的苦心经营。小说以久居乡下的吴老太爷"因为土匪太嚣张,而且邻省的共产党红军似乎燎原之势"而来到上海起笔,实际起了"序幕"的作用。其结构上的意义有三:一方面是以吴老太爷为没落地主的代表,他和资本家吴荪甫的冲突,如作者在文中所析,象征着"第二代的父子的冲突"(第一代是维新派的吴老太爷和他忠于皇室的父亲的冲突);而吴老太爷来到现代大都市上海即猝死,不仅象征着封建地主的旧的一章已经结束,开始了新兴资产阶级新的历史悲喜剧,而且象征着现代城市取代古老乡村的新时代也已到来。另一方面,更是借吴老太爷从动乱农村到都市避难这一情节,以及汽车上关于"上海也不太平"的谈话,引入了从农村到城市都处于动荡状态的时代大背景。接着又通过吴老太爷的丧事这一大场面的描写,让小说人物全部出场,就势将小说的矛盾全面铺开。这就收到了一石三鸟的效果,可谓匠心独运。

【思考题】

1. 本文最具特色的,自然是有关吴老太爷的"都市感觉"的文字,请仔细体味相关语言的声、色变幻与节奏感。新感觉派作家穆时英的《夜总会里的五个人》里也有都市光影声色的描写:"红的街,绿的街,蓝的街,紫的街,——强烈的色调化妆着的都市啊。"不妨将本文与穆时英的这篇小说对读,以体会和比较其异同。

2. 本文重在心理描写,同时穿插着分析性文字;在小说的下一个场面中,吴老太爷倒下,客人们等候最后结果,现代青年诗人范博文大发议论:"去罢,你这古老的僵尸!去罢,我已经看见五千年的僵尸的旧中国也已经在新时代的暴风雨中很快很快地在那里风化了!"试仔细阅读相关文字,以体味"社会剖析小说"的特点。

【拓展阅读】

王中忱:《都市空间·时代性·革命现实主义——读〈子夜〉》,见《中学生课外文献名著导读》,人民文学出版社2000年版。

第五章　郁达夫

郁达夫的《沉沦》出版于 1921 年 10 月 15 日,也是新文学第一部小说集;评论者当时就指出,"不能不说第一的",还有"他那种惊人的取材与大胆的描写"(成仿吾:《〈沉沦〉的评论》)。所谓"惊人的取材",是指他的"自叙传"的写法:不仅取材于自身的生活经验与体验,更要充分展现自己的个性。他的代表作(如《青烟》《过去》《春风沉醉的晚上》《迷羊》)多用第一人称,叙述者就是他自己;即使用第三人称(如《沉沦》《南迁》《茫茫夜》《采石矶》),写的仍是自己的化身。他坦承写作的目的就是要"赤裸裸的把我的心境写出来"(《写完了〈莴萝集〉的最后一篇》)。研究者因此说他的作品"所记录的,主要是情绪的历史,即所谓'心史'"(赵园:《郁达夫及其创作散论》),而且不仅是个人的心史,也是时代的心史。郁达夫小说里的抒情主人公的形象,是一个"零余者":从乡村或小城镇流落到城市,又不被接受的都市流浪汉。这其实就是郁达夫自己的真实处境与身份:瞿秋白就曾经把创造社作家称作都市"薄海民"(Bohemian),"被中国畸形的资本主义关系的发展所'挤出轨道'的孤儿"(《〈鲁迅杂感选集〉序》)。郁达夫所要抒发的,就是包括他自己在内的二三十年代中国都市流浪汉的苦闷,这本身就构成了他对方兴未艾的中国都市文学的贡献。郁达夫的独特之处还在于,他所表现的时代苦闷,不仅是"生之苦闷"(生活的极度贫困),更是"性的苦闷"(精神苦闷的集中表现),而且还有"大胆的描写",不仅有对人的情欲的正面肯定,更有病态心理的暴露、变态性欲的描写,展现了现代小说里少见的感伤美和病态美。如此惊世骇俗,还引发了"什么是不道德的文学"的论争,周作人曾为之辩护,这都是轰动一时的。

郁达夫在艺术上的贡献,自然是"自叙体现代抒情小说"的创造。"抒情诗的小说"的概念是周作人提出的,强调"小说不仅是叙事写景,还可以抒情","内容上必要有悲欢离合,结构上必要有葛藤、极点与收场,才得谓之小说,这种意见,正如 19 世纪的戏曲的三一律,已经是过去的东西了"(《〈晚间的来客〉译者注》)。郁达夫的小说即是最早的成功实验:全无完整的情节,似乎没有周密的构思,也不讲究章法,只努力写出个人情绪的流动和心理的变化,并随意插入主观浸润的景物描写,随时发表议论性的长篇独白,全靠激情和才气信笔写去,松散和粗糙也在所不顾,却以真实、真挚、真诚的情感、姿态,打动了无数读者。

被人称道的,还有郁达夫的语言。论者说,他的小说与散文的语言都"极其清新明净","这种文笔的干净,主要得自古文的训练","状物写景,常能以一字传神,却又极其自然,没有刻意经营的痕迹,精美处常似不意得之"(赵园:《郁达夫及其创作散论》),这都显示了郁达夫深厚的古典文学修养。这样,郁达夫小说和散文内在的古典味,与显而易见的异质性(郁达夫从不掩饰自己所受西方浪漫主义和现代主义的影响)之间,就形成了一种艺术的张力,这是最能显示郁达夫创作的丰富性的。

春风沉醉的晚上

一

在沪上闲居了半年,因为失业的结果,我的寓所迁移了三处。最初我住在静安寺路南的一间同鸟笼似的永也没有太阳晒着的自由的监房里。这些自由的监房的住民,除了几个同强盗小窃一样的凶恶裁缝之外,都是些可怜的无名文士,我当时所以送了那地方一个 Yellow Grub Street[①] 的称号。在这 Grub Street 里住了一个月,房租忽涨了价,我就不得不拖了几本破书,搬上跑马厅附近一家相识的栈房里去。后来在这栈房里又受了种种逼迫,不得不搬了,我便在外白渡桥北岸的邓脱路中间,日新里对面的贫民窟里,寻了一间小小的房间,迁移了过去。

邓脱路的这几排房子,从地上量到屋顶,只有一丈几尺高。我住的楼上的那间房间,更是矮小得不堪。若站在楼板上伸一伸懒腰,两只手就要把灰黑的屋顶穿通的。从前面的衖里跛进了那房子的门,便是房主的住房。在破布,洋铁罐,玻璃瓶,旧铁器堆满的中间,侧着身子走进两步,就有一张中间有几根横档跌落的梯子靠墙摆在那里。用了这张梯子往上面的黑黝黝的一个二尺宽的洞里一接,即能走上楼去。黑沉沉的这层楼上,本来只有猫额

---

① 黄种人的寒士街。(按:寒士街系伦敦以往的一条街名。)

那样大,房主人却把它隔成了两间小房,外面一间是一个N烟公司的女工住在那里,我所租的是梯子口头的那间小房,因为外间的住者要从我的房里出入,所以我的每月的房租要比外间的便宜几角小洋。

我的房主,是一个五十来岁的弯腰老人。他的脸上的青黄色里,映射着一层暗黑的油光。两只眼睛是一只大一只小,颧骨很高,额上颊上的几条皱纹里满砌着煤灰,好像每天早晨洗也洗不掉的样子。他每日于八九点钟的时候起来,咳嗽一阵,便挑了一只竹篮出去,到午后的三四点钟总仍旧是挑了一只空篮回来的,有时挑了满担回来的时候,他的竹篮里便是那些破布,破铁器,玻璃瓶之类。象这样的晚上,他必要去买些酒来喝喝,一个人坐在床沿上瞎骂出许多不可捉摸的话来。

我与间壁的同寓者的第一次相遇,是在搬来的那天午后。春天的急景已经快晚了的五点钟的时候,我点了一枝蜡烛,在那里安放几本刚从栈房里搬过来的破书。先把它们叠成了两方堆,一堆小些,一堆大些,然后把两个二尺长的装画的画架覆在大一点的那堆书上。因为我的器具都卖完了,这一堆书和画架白天要当写字台,晚上可当床睡的。摆好了画架的板,我就朝着了这张由书叠成的桌子,坐在小一点的那堆书上吸烟,我的背系朝着梯子的接口的。我一边吸烟,一边在那里呆看放在桌上的蜡烛火,忽然听见梯子口上起了响动。回头一看,我只见了一个自家的扩大的投射影子,此外什么也辨不出来,但我的听觉分明告诉我说:"有人上来了。"我向暗中凝视了几秒钟,一个圆形灰白的面貌,半截纤细的女人的身体,方才映到我的眼帘上来。一见了她的容貌,我就知道她是我的间壁的同居者了。因为我来找房子的时候,那房主的老人便告诉我说,这屋里除了他一个人外,楼上只住着一个工女。我一则喜欢房价的便宜,二则喜欢这屋里没有别的女人小孩,所以立刻就租定了的。等她走上了梯子,我才站起来对她点了点头说:

"对不起,我是今朝才搬来的,以后要请你照应。"

她听了我这话,也并不回答,放了一双漆黑的大眼,对我深深的看了一眼,就走上她的门口去开了锁,进房去了。我与她不过这样的见了一面,不晓是什么原因,我只觉得她是一个可怜的女子。她的高高的鼻梁,灰白长圆的面貌,清瘦不高的身体,好象都是表明她是可怜的特征。但是当时正为了生活问题在那里操心的我,也无暇去怜惜这还未曾失业的女工,过了几分钟我又动也不动的坐在那一小堆书上看蜡烛光了。

在这贫民窟里过了一个多礼拜,她每天早晨七点钟去上工和午后六点多钟下工回来,总只见我呆呆的对着了蜡烛或油灯坐在那堆书上。大约她的好奇心被我那痴不痴呆不呆的态度挑动了罢,有一天她下了工走上楼来的时候,我依旧和第一天一样的站起来让她过去。她走到了我的身边忽而停住了脚,看了我一眼,吞吞吐吐好象怕什么似的问我说:

"你天天在这里看的是什么书?"

(她操的是柔和的苏州音,听了这一种声音以后的感觉,是怎么也写不出来的,所以我只能把她的言语译成普通的白话。)

我听了她的话,反而脸上涨红了。因为我天天呆坐在那里,面前虽则有几本外国书摊着,其实我的脑筋昏乱得很,就是一行一句也看不进去。有时候我只用了想象在书的上一行与下一行中间的空白里,填些奇异的模型进去。有时候我只把书里边的插画翻开来看看,就了那些插画演绎些不近人情的幻想出来。我那时候的身体因为失眠与营养不良的结果,实际上已经成了病的状态了。况且又因为我的唯一的财产的一件棉袍子已经破得不堪,白天不能走出外面去散步和房里全没有光线进来,不论白天晚上,都要点着油灯或蜡烛的缘故,非但我的全部健康不如常人,就是我的眼睛和脚力,也局部的非常萎缩了。在这样状态下的我,听了她这一问,如何能够不红起脸来呢?所以我只是含含糊糊的回答说:

"我并不在看书,不过什么也不做呆坐在这里,样子一定不好看,所以把这几本书摊放着的。"她听了这话,又深深的看了我一眼,作了一种不解的形容,依旧的走到她的房里去了。

那几天里,若说我完全什么事情也不去找,什么事情也不曾干,却是假的。有时候,我的脑筋稍微清新一点下来,也会译过几首英法的小诗,和几篇不满四千字的德国的短篇小说,于晚上大家睡熟的时候,不声不响的出去投邮,寄投给各新开的书局。因为当时我的各方面就职的希望,早已经完全断绝了,只有这一方面,还能靠了我的枯燥的脑筋,想想法子看。万一中了他们编辑先生的意,把我译的东西登了出来,也不难得着几块钱的酬报。所以我自迁移到邓脱路以后,当她第一次同我讲话的时候,这样的译稿已经发出了三四次了。

二

在乱昏昏的上海租界里住着,四季的变迁和日子的过去是不容易觉得的。我搬到了邓脱路的贫民窟之后,只觉得身上穿在那里的那件破棉袍子一天一天的重了起来,热了起来,所以我心里想:

"大约春光也已经老透了罢!"

但是囊中很羞涩的我,也不能上什么地方去旅行一次,日夜只是在那暗室的灯光下呆坐。有一天,大约是午后了,我也是这样的坐在那里,间壁的同住者忽而手里拿了两包用纸包好的物件走了上来,我站起来让她走的时候,她把手里的纸包放了一包在我的书桌上说:

"这一包是葡萄浆的面包,请你收藏着,明天好吃的。另外我还有一包香蕉买在这里,请你到我房里来一道吃罢!"

我替她拿住了纸包,她就开了门邀我进她的房里去。共住了这十几天,她好象已经信用我是一个忠厚的人的样子。我见她初见我的时候脸上流露出来的那一种疑惧的形容完全没有了。我进了她的房里,才知道天还未暗,因为她的房里有一扇朝南的窗,太阳反射的光线从这窗里投射进来,照见了小小的一间房,由二条板铺成的一张床,一张黑漆的半桌,一只板箱,和一只圆凳。床上虽则没有帐子,但堆着有二条洁净的青布被褥。半桌上有一只小洋铁箱摆在那里,大约是她的梳头器具,洋铁箱上已经有许多油污的点子了。她一边把堆在圆凳上的几件半旧的洋布棉袄,粗布裤等收在床上,一边就让我坐下。我看了她那殷勤待我的样子,心里倒不好意思起来,所以就对她说:

"我们本来住在一处,何必这样的客气。"

"我并不客气,但是你每天当我回来的时候,总站起来让路,我却觉得对不起得很。"

这样的说着,她就把一包香蕉打开来让我吃。她自家也拿了一只,在床上坐下,一边吃一边问我说:

"你何以只住在家里,不出去找点事情做做?"

"我原是这样的想,但是找来找去总找不着事情。"

"你有朋友么?"

"朋友是有的,但是到了这样的时候,他们都不和我来往了。"

"你进过学堂么?"

"我在外国的学堂里曾经念过几年书。"

"你家在什么地方?何以不回家去?"

她问到了这里,我忽而感觉到我自己的现状了。因为自去年以来,我只是一日一日的萎靡下去,差不多把"我是什么人","我现在所处的是怎么一种境遇","我的心里还是悲还是喜"这些观念都忘掉了。经她这一问,我重新把半年来困苦的情形一层一层的想了出来。所以听她的问话以后,我只是呆呆的看她,半响说不出话来。她看了我这个样子,以为我也是一个无家

可归的流浪人,脸上就立时起了一种孤寂的表情,微微的叹着说:

"唉!你也是同我一样的么?"

微微的叹了一声之后,她就不说话了。我看她的眼圈上有些潮红起来,所以就想了一个另外的问题问她说:

"你在工厂里做的是什么工作?"

"是包纸烟的。"

"一天作几个钟头工?"

"早晨七点钟起,晚上六点钟止,中上休息一个钟头,每天一共要作十个钟头的工。少作一点钟就要扣钱的。"

"扣多少钱?"

"每月九块钱,所以是三块钱十天,三分大洋一个钟头。"

"饭钱多少?"

"四块钱一月。"

"这样算起来,每月一个钟点也不休息,除了饭钱,可省下五块钱来。够你付房钱买衣服的么?"

"哪里够呢!并且那管理人要……啊啊!我……我所以非常恨工厂的。你吸烟的么?"

"吸的。"

"我劝你顶好还是不吸。就吸也不要去吸我们工厂的烟。我真恨死它在这里。"

我看看她那一种切齿怨恨的样子,就不愿意再说下去。把手里捏着的半个吃剩的香蕉咬了几口,向四边一看,觉得她的房里也有些灰黑了,我站起来道了谢,就走回到了我自己的房里。她大约作工倦了的缘故,每天回来大概是马上就入睡的,只有这一晚上,她在房里好象是直到半夜还没有就寝。从这一回之后,她每天回来,总和我说几句话。我从她自家的口里听得,知道她姓陈,名叫二妹,是苏州东乡人,从小系在上海乡下长大的。她父亲也是纸烟工厂的工人,但是去年秋天死了。她本来和她父亲同住在那间房里,每天同上工厂去的,现在却只剩了她一个人了。她父亲死后的一个多月,她早晨上工厂去也一路哭了去,晚上回来也一路哭了回来的。她今年十七岁,也无兄弟姊妹,也无近亲的亲戚。她父亲死后的葬殓等事,是他于未死之前把十五块钱交给楼下的老人,托这老人包办的。她说:

"楼下的老人倒是一个好人,对我从来没有起过坏心,所以我得同父亲在日一样的去作工;不过工厂的一个姓李的管理人却坏得很,知道我父亲死了,就天天想戏弄我。"

她自家和她父亲的身世,我差不多全知道了,但她母亲是如何的一个人,死了呢还是活在哪里,假使还活着,住在什么地方等等,她却从来还没有说及过。

三

天气好像变了。几日来我那独有的世界,黑暗的小房里的腐浊的空气,同蒸笼里的蒸气一样,蒸得人头昏欲晕。我每年在春夏之交要发的神经衰弱的重症,遇了这样的气候,就要使我变成半狂。所以我这几天来,到了晚上,等马路上人静之后,也常常走出去散步去。一个人在马路上从狭隘的深蓝天空里看看群星,慢慢的向前行走,一边作些漫无涯涘的空想,倒是于我的身体很有利益。当这样的无可奈何,春风沉醉的晚上,我每要在各处乱走,走到天将明的时候才回家里。我这样的走倦了回去就睡,一睡直可睡到第二天的日中,有几次竟要睡到二妹下工回来的前后方才起来。睡眠一足,我的健康状态也渐渐的回复起来了。平时只能消化半磅面包的我的胃部,自从我的深夜游行的练习开始之后,进步得几乎能容纳面包一磅了。这事在经济上虽则是一大打击,但我的脑筋,受了这些滋养,似乎比从前稍能统一。我于游行回来之后,就睡之前,却做成了几篇 Allan Poe① 式的短篇小说,自家看看,也不很坏。我改了几次,抄了几次,一一投邮寄出之后,心里虽然起了些微细的希望,但是想想前几回的译稿的绝无消息,过了几天,也便把它们忘了。

邻住者的二妹,这几天来,当她早晨出去上工的时候,我总在那里酣睡,只有午后下工回来的时候,有几次有见面的机会。但是不晓是什么原因,我觉得她对我的态度,又回到从前初见面的时候的疑惧状态去了。有时候她深深的看我一眼,她的黑晶晶,水汪汪的眼睛里,似乎是满含着责备我规劝我的意思。

我搬到这贫民窟里住后,约摸已经有二十多天的样子。一天午后我正点上蜡烛,在那里看一本从旧书铺里买来的小说的时候,二妹却急急忙忙的走上楼来对我说:

"楼下有一个送信的在那里,要你拿了印子去拿信。"

她对我讲这话的时候,她的疑惧我的态度更表示得明显,她好像在那里

---

① 即爱伦・坡,美国小说家。

说:"呵呵,你的事件是发觉了啊!"我对她这种态度,心里非常痛恨,所以就气急了一点,回答她说:

"我有什么信?不是我的!"

她听了我这气愤愤的回答,更好象是得了胜利似的,脸上忽涌出了一种冷笑说:

"你自家去看罢!你的事情,只有你自家知道的!"

同时我听见楼底下门口果真有一个邮差似的人在催着说:

"挂号信!"

我把信取来一看,心里就突突的跳了几跳,原来我前回寄去的一篇德文短篇的译稿,已经在某杂志上发表了,信中寄来的是五元钱的一张汇票。我囊里正是将空的时候,有了这五元钱,非但月底要预付的来月的房金可以无忧,并且付过房金以后,还可以维持几天食料。当时这五元钱对我的效用的广大,是谁也不能推想得出来的。

第二天午后,我上邮局去取了钱,在太阳晒着的大街上走了一会,忽而觉得身上就淋出了许多汗来。我向我前后左右的行人一看,复向我自家的身上一看,就不知不觉的把头低俯了下去。我颈上头上的汗珠,更同盛雨似的,一颗一颗的钻出来了。因为当我在深夜游行的时候,天上并没有太阳,并且料峭的春寒,于东方微白的残夜,老在静寂的街巷中留着,所以我穿的那件破棉袍子,还觉得不十分与节季违异。如今到了阳和的春日晒着的这日中,我还不能自觉,依旧穿了这件夜游的敝袍,在大街上阔步,与前后左右的和节季同时进行的我的同类一比,我哪得不自惭形秽呢?我一时竟忘了几日后不得不付的房金,忘了囊中本来将尽的些微的积聚,便慢慢的走上了闸路的估衣铺去。好久不在天日之下行走的我,看看街上来往的汽车人力车,车中坐着的华美的少年男女,和马路两边的绸缎铺金银铺窗里的丰丽的陈设,听听四面的同蜂衙似的嘈杂的人声,脚步声,车铃声,一时倒也觉得是身到了大罗天上的样子。我忘记了我自家的存在,也想和我的同胞一样的欢歌欣舞起来,我的嘴里便不知不觉的唱起几句久忘了的京调来了。这一时的涅槃幻境,当我想横越过马路,转入闸路去的时候,忽而被一阵铃声惊破了。我抬起头来一看,我的面前正冲来了一乘无轨电车,车头上站着的那肥胖的机器手,伏出了半身,怒目的大声骂我说:

"猪头三!侬(你)艾(眼)睛勿散(生)咯!跌杀时,叫旺(黄)够(狗)抵侬(命)噢!"我呆呆的站住了脚,目送那无轨电车尾后卷起了一道灰尘,向北过去之后,不知是从何处发出来的感情,忽而竟禁不住哈哈哈哈的笑了几声。等得四面的人注视我的时候,我才红了脸慢慢的走向了闸路里去。

我在几家估衣铺里,问了些夹衫的价钱,还了他们一个我所能出的数目。几个估衣铺的店员,好象是一个师父教出的样子,都摆下了脸面,嘲弄着说:

"侬(你)寻萨咯(什么)凯(开)心!马(买)勿起好勿要马(买)咯!"

一直问到五马路边上的一家小铺子里,我看看夹衫是怎么也买不成了,才买定了一件竹布单衫,马上就把它换上。手里拿了一包换下的棉袍子,默默的走回家来。一边我心里却在打算:

"横竖是不够用了,我索性来痛快的用它一下罢。"同时我又想起了那天二妹送我的面包香蕉等物。不等第二次的回想,我就寻着了一家卖糖食的店,进去买了一块钱巧格力,香蕉糖,鸡蛋糕等杂食。站在那店里,等店员在那里替我包好来的时候,我忽而想起我有一月多不洗澡了,今天不如顺便也去洗一个澡罢。

洗好了澡,拿了一包棉袍子和一包糖食,回到邓脱路的时候,马路两旁的店家,已经上电灯了。街上来往的行人也很稀少,一阵从黄浦江上吹来的日暮的凉风,吹得我打了几个冷痉。我回到了我的房里,把蜡烛点上,向二妹的房门一照,知道她还没有回来。那时候我腹中虽则饥饿得很,但我刚买来的那包糖食怎么也不愿意打开来,因为我想等二妹回来同她一道吃。我一边拿出书来看,一边口里尽在咽唾液下去。等了许多时候,二妹终不回来,我的疲倦不知什么时候出来战胜了我,就靠在书堆上睡着了。

四

二妹回来的响动把我惊醒的时候,我见我面前的一枝十二盎司一包的洋蜡烛已经点去了二寸的样子,我问她是什么时候了?她说:

"十点的汽管刚刚放过。"

"你何以今天回来得这样迟?"

"厂里因为销路大了,要我们作夜工。工钱是增加的,不过人太累了。"

"那你可以不去做的。"

"但是工人不够,不做是不行的。"

她讲到这里,忽而滚了两粒眼泪出来,我以为她是作工作得倦了,故而动了伤感,一边心里虽在可怜她,但一边看了她这同小孩似的脾气,却也感着了些儿快乐。把糖食包打开,请她吃了几颗之后,我就劝她说:

"初作夜工的时候不惯,所以觉得困倦,作惯了以后,也没有什么的。"

她默默的坐在我的半高的由书叠成的桌上,吃了几颗巧格力,对我看了几眼,好象是有话说不出来的样子。我就催她说:

"你有什么话说?"

她又沉默了一会,便断断续续的问我说:

"我……我……早想问你了,这几天晚上,你每晚在外边,可在与坏人作伙友么?"

我听了她这话,倒吃了一惊,她好象在疑我天天晚上在外面与小窃恶棍混在一块。她看我呆了不答,便以为我的行为真的被她看破了,所以就柔柔和和的连续着说:

"你何苦要吃这样好的东西,要穿这样好的衣服?你可知道这事情是靠不住的。万一被人家捉了去,你还有什么面目做人。过去的事情不必去说它,以后我请你改过了罢。……"

我尽是张大了眼睛,张大了嘴,呆呆的在看她,因为她的思想太奇突了,使我无从辩解起。她沉默了数秒钟,又接着说:

"就以你吸的烟而论,每天若戒绝了不吸,岂不可省几个铜子。我早就劝你不要吸烟,尤其是不要吸那我所痛恨的N工厂的烟,你总是不听。"

她讲到了这里,又忽而落了几滴眼泪。我知道这是她为怨恨N工厂而滴的眼泪,但我的心里,怎么也不许我这样的想,我总要把它们当作因规劝我而洒的。我静静儿的想了一会,等她的神经镇静下去之后,就把昨天的那封挂号信的来由说给她听,又把今天的取钱买物的事情说了一遍,最后更将我的神经衰弱症和每晚何以必要出去散步的原因说了。她听了我这一番辩解,就信用了我,等我说完之后,她颊上忽而起了两点红晕,把眼睛低下去看看桌上,好象是怕羞似的说:

"噢,我错怪你了,我错怪你了。请你不要多心,我本来是没有歹意的。因为你的行为太奇怪了,所以我想到了邪路里去。你若能好好儿的用功,岂不是很好么?你刚才说的那——叫什么的——东西,能够卖五块钱,要是每天能做一个,多么好呢?"

我看了她这种单纯的态度,心里忽而起了一种不可思议的感情,我想把两只手伸出去拥抱她一回,但是我的理性却命令我说:

"你莫再作孽了!你可知道你现在处的是什么境遇!你想把这纯洁的处女毒杀么?恶魔,恶魔,你现在是没有爱人的资格的呀!"

我当那种感情起来的时候,曾把眼睛闭上了几秒钟,等听了理性的命令以后,才把眼睛开了开来,我觉得我的周围,忽而比前几秒钟更光明了。对

她微微的笑了一笑,我就催她说:

"夜也深了,你该去睡了罢!明天你还要上工去的呢!我从今天起,就答应你把纸烟戒下来罢。"

她听了我这话,就站了起来,很喜欢的回到她的房里去睡了。

她去之后,我又换上一枝洋蜡烛,静静儿的想了许多事情:

"我的劳动的结果,第一次得来的这五块钱已经用去了三块了。连我原有的一块多钱合起来,付房钱之后,只能省下二三角小洋来,如何是好呢!

"就把这破棉袍子去当罢!但是当铺里恐怕不要。

"这女孩子真是可怜,但我现在的境遇,可是还赶她不上,她是不想做工而工作要强迫她做,我是想找一点工作,终于找不到。

"就去作筋肉的劳动吧!啊啊,但是我这一双弱腕,怕吃不下一部黄包车的重力。

"自杀!我有勇气,早就干了。现在还能想到这两个字,足证我的志气还没有完全消磨尽哩!

"哈哈哈哈!今天的那无轨电车的机器手!他骂我什么来?

"黄狗,黄狗倒是一个好名词,

………"

我想了许多零乱断续的思想,终究没有一个好法子,可以救我出目下的穷状来。听见工厂的汽笛,好象在报十二点钟了,我就站了起来,换上了白天脱下的那件破棉袍子,仍复吹熄了蜡烛,走出外面去散步。

贫民窟里的人已经睡眠静了。对面日新里的一排临邓脱路的洋楼里,还有几家点着了红绿的电灯,在那里弹罢拉拉衣加。一声二声清脆的歌音,带着哀调,从静寂的深夜的冷空气里传到我的耳膜上来,这大约是俄国的飘泊的少女,在那里卖钱的歌唱。天上罩满了灰白的薄云,同腐烂的尸体似的沉沉的盖在那里。云层破处也能看得出一点两点星来,但星的近处,黝黝看得出来的天色,好象有无限的哀愁蕴藏着的样子。

一九二三年七月十五日

(选自《郁达夫文集》第1卷,花城出版社、香港三联书店1983年版。)

【简析】

在郁达夫的笔下,男主人公(常是中国留日学生)在彷徨无路中,总要遭遇一些现代都市里的沦落女子,或妓女,或旅馆侍女,或酒馆当炉女,显然承袭了中国传统的"倡优士子"的模式,不免使人联想起白居易的《琵琶行》与马致远的《青山泪》等元杂剧。在这篇《春风沉醉的晚上》里,古代的倡优变成了现代工厂里的女工,她不仅仍然常受猥亵,而且时刻面临失业的威胁,与小说中实际已沦为都市流浪汉的"我",同是无处安身。当小说写到陈二妹以"孤寂的表情,微微的叹着说:'唉!你也是同我一样的么?'"时,是有一种格外动人的力量的:"他们都是无家可归的人,是永远离开了农村的都市人;他们都是用体力或智力——劳动力作为商品去换取报酬的人。这里甚至失去了'劳心'、'劳力'的传统界限和高低贵贱之分,只有'有业'和'失业'之分"(黄子平:《同是天涯沦落人——一个"叙事模式"的抽样分析》)。——"同是天涯沦落人"的千古绝唱,被赋予了如此鲜明、丰富的现代意义,这同样发人深省。

【思考题】

1. 要细心体会小说叙述的主观色彩:作者怎样通过"我"的听觉、视角和感觉,写出女主人公的面貌、身材、眼睛和语音的?又怎样通过"好久不在天日之下行走的我"的生理反应、感觉以至幻境,描写都市街景的?小说结尾的都市夜空,又融入了"我"怎样的感受与情愫?

2. 在陈二妹解除了对"我"的误解以后,小说有两段"零乱断续的思想"独白,值得细细琢磨:你如何理解这郁达夫式的"欲情净化"和自我选择的困惑?

【拓展阅读】

1. 周作人:《沉沦》,见《郁达夫研究资料》(下),天津人民出版社1982年版。

2. 黄子平:《同是天涯沦落人——一个"叙事模式"的抽样分析》,《中国现代文学研究》1985年第3期。

第六章 老 舍

老舍(1899—1966),现代小说家、戏剧家。老舍的文学是与北京这个城市紧密联系在一起的:老舍是北京的创造物,他又发现与创造了艺术的北京。而北京在中国文化中占有一种特殊地位:长期作为封建王朝的首都,明清以来逐渐形成的具有独特韵味的北京文化,成了中国传统文化的典型代表;到近代,又成为"五四"新文化的发源地。正是与这样的北京文化的血肉联系,中国传统文化与"五四"新文化的汇合,培育、造就了老舍的文学,在一个重要方面显示了中国现代文学的特质。

作为一个作家,老舍始终关注的是北京城里的"人",尤其是北京胡同里的"市民"和"旗人";在某种程度上可以说老舍的文学是与市民阶层和旗人有着血缘和精神联系的文学。研究者称老舍是"中国市民阶层最重要的表现者与批判者,是现代文学史上最杰出的市民诗人",是有充分理由的。"五四"新文学兴起以后,现代文学在广大知识青年中赢得了最广泛的读者,但在一个相当长的时间里,市民阶层的读者却一直被鸳鸯蝴蝶派的作品所吸引;正是老舍所创造的全新市民文学的出现,才使现代文学开始在市民阶层中立足,从而获得了雅俗共赏的特质。而旗人即满族的命运进入文学视野,则显示了现代文学的多民族特色,也同样引人注目。

断魂枪

沙子龙的镖局已改成客栈。

东方的大梦没法子不醒了。炮声压下去马来与印度野林中的虎啸。半醒的人们,揉着眼,祷告着祖先与神灵;不大会儿,失去了国土、自由与主权。门外立着不同面色的人,枪口还热着。他们的长矛毒弩,花蛇斑彩的厚盾,都有什么用呢;连祖先与祖先所信的神明全不灵了啊!龙旗的中国也不再神秘,有了火车呀,穿坟过墓破坏着风水。枣红色多穗的镖旗,绿鲨皮鞘的钢刀,响着串铃的口马,江湖上的智慧与黑话,义气与声名,连沙子龙,他的武艺、事业,都梦似的成昨夜的。今天是火车、快枪,通商与恐怖。听说,有人还要杀下皇帝的头呢!

这是走镖已没有饭吃,而国术还没被革命党与教育家提倡起来的时候。

谁不晓得沙子龙是短瘦、利落、硬棒,两眼明得像霜夜的大星?可是,现在他身上放了肉。镖局改了客栈,他自己在后小院占着三间北房,大枪立在墙角,院子里有几只楼鸽。只是在夜间,他把小院的门关好,熟习熟习他的"五虎断魂枪"。这条枪与这套枪,二十年的工夫,在西北一带,给他创出来:"神枪沙子龙"五个字,没遇见过敌手。现在,这条枪与这套枪不会再替他增光显胜了;只是摸摸这凉、滑、硬而发颤的杆子,使他心中少难过一些而已。只有在夜间独自拿起枪来,才能相信自己还是"神枪沙"。在白天,他不大谈武艺与往事;他的世界已被狂风吹了走。

在他手下创练起来的少年们还时常来找他。他们大多数是没落子弟,都有点武艺,可是没地方去用。有的在庙会上去卖艺:踢两趟腿,练套家伙,翻几个跟头,附带着卖点大力丸,混个三吊两吊的。有的实在闲不起了,去弄筐果子,或挑些毛豆角,赶早儿在街上论斤吆喝出去。那时候,米贱肉贱,肯卖膀子力气本来可以混个肚儿圆;他们可是不成:肚量既大,而且得吃口管事儿的;干饽饽辣饼子咽不下去。况且他们还时常去走会:五虎棍、开路、太狮少狮……虽然算不了什么——比起走镖来——可是到底有个机会活动活动,露露脸。是的,走会捧场是买脸的事,他们打扮的象个样儿,至少得有条青洋绉裤子,新漂白细市布的小褂,和一双鱼鳞洒鞋——顶好是青缎子抓地虎靴子。他们是神枪沙子龙的徒弟——虽然沙子龙并不承认——得到处露脸,走会得赔上俩钱,说不定还得打场架。没钱,上沙老师那里去求。沙老师不含糊,多少不拘,不让他们空着手儿走。可是,为打架或献技去讨教一个招数,或是请给说个"对子"——什么空手夺刀,或虎头钩进枪——沙老师有时说句笑话,马虎过去:"教什么?拿开水浇吧!"有时直接把他们赶出去。他们不大明白沙老师是怎么了,心中也有点不乐意。

可是,他们到处为沙老师吹腾,一来是愿意使人知道他们的武艺有真传授,受过高人的指教;二来是为激动沙老师:万一有人不服气而找上老师来,老师难道还不露一两手真的么?所以:沙老师一拳就砸倒了个牛!沙老师一脚把人踢到房上去,并没使多大的劲!他们谁也没见过这种事,但是说着说着,他们相信这是真的了,有年月,有地方,千真万确,敢起誓!

王三胜——沙子龙的大伙计——在土地庙拉开了场子,摆好了家伙。

抹了一鼻子茶叶末色的鼻烟,他抡了几下竹节钢鞭,把场子打大一些。放下鞭,没向四围作揖,叉着腰念了两句:"脚踢天下好汉,拳打五路英雄!"向四围扫了一眼:"乡亲们,王三胜不是卖艺的;玩艺儿会几套,西北路上走过镖,会过绿林中的朋友。现在闲着没事,拉个场子陪诸位玩玩。有爱练的尽管下来,王三胜以武会友,有赏脸的,我陪着。神枪沙子龙是我的师傅;玩艺地道!诸位,有愿下来的没有?"他看着,准知道没人敢下来,他的话硬,可是那条钢鞭更硬,十八斤重。

王三胜,大个子,一脸横肉,努着对大黑眼珠,看着四围。大家不出声。他脱了小褂,紧了紧深月白色的"腰里硬",把肚子杀进去。给手心一口唾沫,抄起大刀来:

"诸位,王三胜先练趟瞧瞧。不白练,练完了,带着的扔几个;没钱,给喊个好,助助威。这儿没生意口。好,上眼!"

大刀靠了身,眼珠努出多高,脸上绷紧,胸脯子鼓出,像两块老桦木根子。一跺脚,刀横起,大红缨子在肩前摆动。削砍劈拨,蹲越闪转,手起风生,忽忽直响。忽然刀在右手心上旋转,身弯下去,四围鸦雀无声,只有缨铃轻叫。刀顺过来,猛的一个"跺泥",身子直挺,比众人高着一头,黑塔似的。收了势:"诸位!"一手持刀,一手叉腰,看着四围。稀稀的扔下几个铜钱,他点点头。"诸位!"他等着,等着,地上依旧是那几个亮而削薄的铜钱,外层的人偷偷散去。他咽了口气:"没人懂!"他低声的说,可是大家全听见了。

"有功夫!"西北角上一个黄胡子老头儿答了话。

"啊?"王三胜好似没听明白。

"我说:你——有——功——夫!"老头子的语气很不得人心。

放下大刀,王三胜随着大家的头往西北看。谁也没看重这个老人:小干巴个儿,披着件粗蓝布大衫,脸上窝窝瘪瘪,眼陷进去很深,嘴上几根细黄胡,肩上扛着条小黄草辫子,有筷子那么细,而绝对不象筷子那么直顺。王三胜可是看出这老家伙有功夫,脑门亮,眼睛亮——眼眶虽深,眼珠可黑得象两口小井,深深的闪着黑光。王三胜不怕:他看得出别人有功夫没有,可更相信自己的本事,他是沙子龙手下的大将。

"下来玩玩,大叔!"王三胜说得很得体。

点点头,老头儿往里走。这一走,四外全笑了。他的胳臂不大动;左脚往前迈,右脚随着拉上来,一步步的往前拉扯,身子整着,象是患过瘫痪病。蹭到场中,把大衫扔在地上,一点没理会四围怎样笑他。

"神枪沙子龙的徒弟,你说?好,让你使枪吧;我呢?"老头子非常的干脆,很象久想动手。

人们全回来了,邻场耍狗熊的无论怎么敲锣也不中用了。

"三截棍进枪吧?"王三胜要看老头子一手,三截棍不是随便就拿得起来的家伙。

老头子又点点头,拾起家伙来。

王三胜努着眼,抖着枪,脸上十分难看。

老头子的黑眼珠更深更小了,象两个香火头,随着面前的枪尖儿转,王三胜忽然觉得不舒服,那俩黑眼珠似乎要把枪尖吸进去!四外已围得风雨不透,大家都觉出老头子确是有威。为躲那对眼睛,王三胜耍了个枪花。老头子的黄胡子一动:"请!"王三胜一扣枪,向前躬步,枪尖奔了老头子的喉头去,枪缨打了一个红旋。老人的身子忽然活展了,将身微偏,让过枪尖,前把一挂,后把撩王三胜的手。拍,拍,两响,王三胜的枪撒了手。场外叫了好。王三胜连脸带胸口全紫了,抄起枪来;一个花子,连枪带人滚了过来,枪尖奔了老人的中部。老头子的眼亮得发着黑光;腿轻轻一屈,下把掩裆,上把打着刚要抽回的枪杆;拍,枪又落在地上。

场外又是一片彩声。王三胜流了汗,不再去拾枪,努着眼,木在那里。老头子扔下家伙,拾起大衫,还是拉拉着腿,可是走得很快了。大衫搭在臂上,他过来拍了王三胜一下:

"还得练哪,伙计!"

"别走!"王三胜擦着汗:"你不离,姓王的服了!可有一样,你敢会会沙老师?"

"就是为会他才来的!"老头子的干巴脸上皱起点来,似乎是笑呢。"走;收了吧;晚饭我请!"

王三胜把兵器拢在一处,寄放在变戏法二麻子那里,陪着老头子往庙外走。后面跟着不少人,他把他们骂散了。

"你老贵姓?"他问。

"姓孙哪,"老头子的话与人一样,都那么干巴。"爱练;久想会会沙子龙。"

沙子龙不把你打扁了!王三胜心里说。他脚底下加了劲,可是没把孙老头落下。他看出来,老头子的腿是老走着查拳门中的连跳步;交起手来,必定很快。但是,无论他怎么快,沙子龙是没对手的。准知道孙老头要吃亏,他心中痛快了些,放慢了些脚步。

"孙大叔贵处?"

"河间的,小地方。"孙老者也和气了些:"月棍年刀一辈子枪,不容易见功夫!说真的,你那两手就不坏!"

王三胜头上的汗又回来了,没言语。

到了客栈,他心中直跳,唯恐沙老师不在家,他急于报仇。他知道老师不爱管这种事,师弟们已碰过不少回钉子,可是他相信这回必定行,他是大伙计,不比那些毛孩子;再说,人家在庙会上点名叫阵,沙老师还能丢这个脸么?

"三胜,"沙子龙正在床上看着本《封神榜》,"有事吗?"三胜的脸又紫了,嘴唇动着,说不出话来。

沙子龙坐起来,"怎么了,三胜?"

"栽了跟头!"

只打了个不甚长的哈欠,沙老师没别的表示。

王三胜心中不平,但是不敢发作;他得激动老师:"姓孙的一个老头儿,门外等着老师呢;把我的枪,枪,打掉了两次!"他知道"枪"字在老师心中有多大分量。没等吩咐,他慌忙跑出去。

客人进来,沙子龙在外间屋等着呢。彼此拱手坐下,他叫三胜去泡茶。三胜希望两个老人立刻交了手,可是不能不沏茶去。孙老者没话讲,用深藏着的眼睛打量沙子龙。沙很客气:

"要是三胜得罪了你,不用理他,年纪还轻。"

孙老者有些失望,可也看出沙子龙的精明。他不知怎样好了,不能拿一个人的精明断定他的武艺。"我来领教领教枪法!"他不由地说出来。

沙子龙没接碴儿。王三胜提着茶壶走进来——急于看二人动手,他没管水开了没有,就沏在壶中。

"三胜,"沙子龙拿起个茶碗来,"去找小顺们去,天汇见,陪孙老者吃饭。"

"什么!"王三胜的眼珠几乎掉出来。看了看沙老师的脸,他敢怒而不敢言地说了声"是啦!"走出去,撅着大嘴。

"教徒弟不易!"孙老者说。

"我没收过徒弟。走吧,这个水不开!茶馆去喝,喝饿了就吃。"沙子龙从桌子上拿起缎子褡裢,一头装着鼻烟壶,一头装着点钱,挂在腰带上。

"不,我还不饿!"孙老者很坚决,两个"不"字把小辫从肩上抡到后边去。

"说会子话儿。"

"我来为领教领教枪法。"

"功夫早搁下了,"沙子龙指着身上,"已经放了肉!"

"这么办也行,"孙老者深深的看了沙老师一眼:"不比武,教给我那趟五虎断魂枪。"

"五虎断魂枪?"沙子龙笑了:"早忘干净了!早忘干净了!告诉你,在我这儿住几天,咱们各处逛逛,临走,多少送点盘缠。"

"我不逛,也用不着钱,我来学艺!"孙老者立起来,"我练趟给你看看,看够得上学艺不够!"一屈腰已到了院中,把楼鸽都吓飞起去。拉开架子,他打了趟查拳:腿快,手飘洒,一个飞脚起去,小辫儿飘在空中,象从天上落下来一个风筝;快之中,每个架子都摆得稳,准,利落;来回六趟,把院子满都打到,走得圆,接得紧,身子在一处,而精神贯串到四面八方。抱拳收势,身儿缩紧,好似满院乱飞的燕子忽然归了巢。

"好!好!"沙子龙在台阶上点着头喊。

"教给我那趟枪!"孙老者抱了抱拳。

沙子龙下了台阶,也抱着拳:"孙老者,说真的吧;那条枪和那套枪都跟我入棺材,一齐入棺材!"

"不传?"

"不传!"

孙老者的胡子嘴动了半天,没说出什么来。到屋里抄起蓝布大衫,拉拉着腿:"打搅了,再会!"

"吃过饭走!"沙子龙说。

孙老者没言语。

沙子龙把客人送到小门,然后回到屋中,对着墙角立着的大枪点了点头。

他独自上了天汇,怕是王三胜们在那里等着。他们都没有去。

王三胜和小顺们都不敢再到土地庙去卖艺,大家谁也不再为沙子龙吹胜;反之,他们说沙子龙栽了跟头,不敢和个老头儿动手;那个老头子一脚能踢死个牛。不要说王三胜输给他,沙子龙也不是他的对手。不过呢,王三胜到底和老头子见了个高低,而沙子龙连句硬话也没敢说。"神枪沙子龙"慢慢似乎被人们忘了。

夜静人稀,沙子龙关好了小门,一气把六十四枪刺下来;而后,挂着枪,望着天上的群星,想起当年在野店荒林的威风。叹一口气,用手指慢慢摸着凉滑的枪身,又微微一笑,"不传!不传!"

(选自《老舍全集》第7卷,人民文学出版社1999年版。)

【简析】

作为一个现代作家,老舍始终把他观察、描写的重心放在中国社会大转型、大变动中,北京"城"与"人"(市民、旗人)的命运,"心"(思想、情感、心理)的反应与变动。而且他十分善于将这样的关注转换为小说的叙述。在《断魂枪》里,作者用"沙子龙的镖局已改成客栈"一句起笔,并作为单独的一个段落:这不仅是一个事实陈述,更是一种隐喻与象征,而且读者还能从几乎毫无修饰的冷静叙述中,感受到丝丝无奈(试作朗读即不难体味),从而形成了小说的"调子",笼罩全篇。然后又插入一段议论(多用议论本是老舍小说的一个特点,却往往为读者与研究者所忽略):"东方的大梦没法子不醒了。炮声压下去的马来与印度野林中的虎啸。半醒的人们,揉着眼,祷告着祖先和神灵;不大会儿,失去了国土、自由与主权。"——在老舍看来,以"火车,快枪,通商与恐怖"为标志的"今天"(即学者笔下的"现代中国"),是在外国枪炮打压下,以"失去国土、自由与主权"为代价的历史变迁的结果;于是就有了在这样的时代大背景下他的主人公的命运:"沙子龙,他的武艺、事业,都梦似的变成昨夜的。"如论者所说,他所直面与描写的正是"现代化过程中消失的文化(民间技艺)"。而这种描写又是牵动了老舍全部复杂情感的:"断魂"所隐喻的不仅是主人公的心理反应,更是作者自己的心态。这里既充满了对民间"绝活"(它是北京文化的有机组成部分)优美、精巧、潇洒、舒展的招式、作派的不由自主的欣赏、陶醉,以及由这种美的失传油然而生的伤悼、惆怅,更有着与主人公同样的在变动中坚守的尊严感,同样掩饰不住的是无力回天的惋叹。所有这一切主观情愫与客观描绘的融合,就构成了老舍小说特有的诗意与"味儿",即研究者所说的"京味"(赵园:《北京:城与人》)。

【思考题】

1. 老舍是公认的中国现代文学的语言大师。读他的小说必须从欣赏他的语言入手。

(1) 请反复阅读"王三胜练场""黄胡子老头与王三胜练场""黄胡子老头在沙子龙面前自练"以及小说结尾"沙子龙深夜自练"这四段描写,以体会前文所说的老舍小说中的"京味";在此基础上大声朗读,以体味老舍语言与"说书艺术"的关系。

(2) 对老舍语言在现代文学史的贡献与地位,周作人有一个到位的分析:"中国用白话写小说已有四五百年的历史,由言文一致渐近而为纯净的语体。在清朝后半成功的两部大作可为代表,即《红楼梦》与《儿女英雄传》。现代的小说意思尽管翻新,用语可有凭借,仍向着这一路进行,至老舍出,更加重北京话的分子,故其著作正可与《红楼》、《儿女》相比,其情形正同,非是偶然也。"(《〈骆驼祥子〉日译本序》)这自然是一个很高的评价,其中有两点很值得注意:其一,强调老舍对现代白话文学(也就是我们通常所说的"现代汉语文学")的贡献,其路子是"由言文一致渐近而为纯净的语体"。这正是老舍的自觉追求,用他自己的话说,就是要"把顶平凡的话调动得生动有力",烧出白话的"原味儿"来;同时又在俗白中追求讲究、精致的美(这本身就是北京文化的特征),写出"简单的,有力的,可读,而且美好的文章",做到了平易而不粗俗,考究而不雕琢,俗而能雅,清浅中有韵味。其二,指出了老舍语言的渊源,所继承的是《红楼梦》与《英雄儿女传》所代表的"'北京话'的'官话'文学语言"传统,并有新的发展。请结合本文及老舍其他作品的语言实例,对周作人的这两个观点作进一步的阐述与展开。

2. 学术界有人认为《断魂枪》属于武侠小说,也有人不同意这种说法,认为老舍虽然写到了民间武术技艺,但旨趣与描写都不同于通常的武侠小说。谈谈你的看法,并作出你的分析。

正红旗下(节选)

大姐的公婆和大姐夫

大姐的婆婆口口声声地说:"父亲是子爵①,丈夫是佐领②,儿子是骁骑校③。"这都不假;可是,她的箱子底儿上并没有什么沉重的东西。有她的胖脸为证,她爱吃。这并不是说,她有钱才要吃好的。不!没钱,她会以子爵女儿、佐领太太的名义去赊。她不但自己爱赊,而且颇看不起不敢赊,不喜欢赊的亲友。虽然没有明说,她大概可是这么想:不赊东西,白作旗人!

我说她"爱"吃,而没说她"讲究"吃。她只爱吃鸡鸭鱼肉,而不会欣赏什么山珍海味。不过,她可也有讲究的一面:到十冬腊月,她要买两条丰台

---

① 子爵:清代世袭爵位中较低的一级。
② 佐领:清八旗兵制里带领三四百人的军官。
③ 骁(xiāo)骑校:佐领属下的小军官。

暖洞子①生产的碧绿的、尖上还带着一点黄花的王瓜②，摆在关公面前；到春夏之交，她要买些用小蒲包装着的、头一批成熟的十三陵大樱桃，陈列在供桌上。这些，可只是为显示她的气派与排场。当她真想吃的时候，她会买些冒充樱桃的"山豆子"，大把大把地往嘴里塞，既便宜又过瘾。不管怎么说吧，她经常拉下亏空，而且是债多了不愁，满不在乎。

对债主子们，她的眼瞪得特别圆，特别大；嗓音也特别洪亮，激昂慷慨地交代：

"听着！我是子爵的女儿，佐领的太太，娘家婆家都有铁杆儿庄稼！俸银俸米到时候就放下来，欠了日子欠不了钱，你着什么急呢！"

这几句豪迈有力的话语，不难令人想起二百多年前清兵入关时候的威风，因而往往足以把债主子打退四十里。不幸，有时候这些话并没有发生预期的效果，她也会瞪着眼笑那么一两下，叫债主子吓一大跳；她的笑，说实话，并不比哭更体面一些。她的刚柔相济，令人啼笑皆非。

她打扮起来的时候总是使大家都感到遗憾。可是，气派与身份有关，她还非打扮不可。该穿亮纱，她万不能穿实地纱；该戴翡翠簪子，决不能戴金的。于是，她的几十套单、夹、棉、皮、纱衣服，与冬夏的各色首饰，就都循环地出入当铺，当了这件赎那件，博得当铺的好评。据看见过阎王奶奶的人说：当阎王奶奶打扮起来的时候，就和盛装的大姐婆婆相差无几。

因此，直到今天，我还摸不清她的丈夫怎么会还那么快活。在我幼年的时候，我觉得他是个很可爱的人。是，他不但快活，而且可爱！除了他也爱花钱，几乎没有任何缺点。我首先记住了他的咳嗽，一种清亮而有腔有调的咳嗽，叫人一听便能猜到他至小是四品官儿。他的衣服非常整洁，而且带着樟脑的香味，有人说这是因为刚由当铺拿出来，不知正确与否。

无论冬夏，他总提着四个鸟笼子，里面是两只红颏，两只蓝靛颏儿。他不养别的鸟，红、蓝颏儿雅俗共赏，恰合佐领的身份。只有一次，他用半年的俸禄换了一只雪白的麻雀。不幸，在白麻雀的声誉刚刚传遍九城③的大茶馆之际，也不知怎么就病故了，所以他后来即使看见一只雪白的老鸦也不再动心。

在冬天，他特别受我的欢迎：在他的怀里，至少藏着三个蝈蝈葫芦，每个

---

① 暖洞子：暖窖，温室。
② 王瓜：就是黄瓜。
③ 九城：指整个北京城。

都有摆在古玩铺里去的资格。我并不大注意葫芦。使我兴奋的是它们里面装着的嫩绿蝈蝈,时时轻脆地鸣叫,仿佛夏天忽然从哪里回到北京。

在我的天真的眼中,他不是来探亲家,而是和我来玩耍。他一讲起养鸟、养蝈蝈与蛐蛐的经验,便忘了时间,以至我母亲不管怎样为难,也得给他预备饭食。他也非常天真。母亲一暗示留他吃饭,他便咳嗽一阵,有腔有调,有板有眼,而后又哈哈地笑几声才说:

"亲家太太,我还真有点饿了呢!千万别麻烦,到天泰轩叫一个干炸小丸子、一卖木樨肉、一中碗酸辣汤,多加胡椒面和香菜,就行啦!就这么办吧!"

这么一办,我母亲的眼圈儿就分外湿润那么一两天!不应酬吧,怕女儿受气;应酬吧,钱在哪儿呢?那年月走亲戚,用今天的话来说,可真不简单!

亲家爹虽是武职,四品顶戴的佐领,却不大爱谈怎么带兵与打仗。我曾问过他是否会骑马射箭,他的回答是咳嗽了一阵,而后马上又说起养鸟的技术来。这可也的确值得说,甚至值得写一本书!看,不要说红、蓝颏儿们怎么养,怎么蹓,怎么"押",在换羽毛的季节怎么加意饲养,就是那四个鸟笼子的制造方法,也够讲半天的。不要说鸟笼子,就连笼里的小磁食罐,小磁水池,以及清除鸟粪的小竹铲,都是那么考究,谁也不敢说它们不是艺术作品!是的,他似乎已经忘了自己是个武官,而把毕生的精力都花费在如何使小罐小铲、咳嗽与发笑都含有高度的艺术性,从而随时沉醉在小刺激与小趣味里。

他还会唱呢!有的王爷会唱须生[①],有的贝勒[②]会唱《金钱豹》,有的满族官员由票友而变为京剧名演员……。戏曲和曲艺成为满人生活中不可缺少的东西,他们不但爱去听,而且喜欢自己粉墨登场。他们也创作,大量地创作,岔曲、快书、鼓词等等。我的亲家爹也当然不甘落后。遗憾的是他没有足够的财力去组成自己的票社,以便亲友家庆祝孩子满月,或老太太的生日,去车马自备、清茶恭候地唱那么一天或一夜,耗财买脸,傲里夺尊,誉满九城。他只能加入别人组织的票社,随时去消遣消遣。他会唱几段联珠快书。他的演技并不很高,可是人缘很好,每逢献技都博得亲友们热烈喝彩。美中不足,他走票的时候,若遇上他的夫人也盛装在场,他就不由地想起阎王奶奶来,而忘了词儿。这样丢了脸之后,他回到家来可也不闹气,因为夫

[①] 须生:京剧角色"生旦净末丑","生"的一种。其他还有"小生""武生"等。
[②] 贝勒:清代较高的世袭爵位,属于"王""侯"一级的满语称谓。

妻们大吵大闹会喊哑了他的嗓子。倒是大姐的婆婆先发制人,把日子不好过,债务越来越多,统统归罪于他爱玩票,不务正业,闹得没结没完。他一声也不出,只等到她喘气的时候,他才用口学着三弦的声音,给她弹个过门儿:"登根儿哩登登"。艺术的熏陶使他在痛苦中还能够找出自慰的办法,所以他快活——不过据他的夫人说,这是没皮没脸,没羞没臊!

……

……大姐夫虽已成了家,并且是不会骑马的骁骑校,可是在不少方面还像个小孩子,跟他的爸爸差不多。是的,他们老爷儿俩到时候就领银子,终年都有老米吃,干吗注意天有多么高,地有多么厚呢?生活的意义,在他们父子看来,就是每天要玩耍,玩得细致,考究,入迷。大姐夫不养靛颏儿,而英雄气概地玩鹞子和胡伯喇①,威风凛凛地去捕儿只麻雀。这一程子,他玩腻了鹞子与胡伯喇,改为养鸽子。他的每只鸽子都值那么一二两银子;"满天飞元宝",是他爱说的一句豪迈的话。他收藏的几件鸽铃都是名家制作,由古玩摊子上搜集来的。

大姐夫需要杂拌儿②,每年如是:他用各色洋纸糊成小高脚碟,以备把杂拌儿中的糖豆子、大扁杏仁等等轻巧地放在碟上,好像是为给他自己上供。一边摆弄,一边吃;往往小纸碟还没都糊好,杂拌儿已经不见了;尽管是这样,他也得到一种快感。杂拌儿吃完,他就设计糊灯笼,好在灯节悬挂起来。糊完春灯,他便动手糊风筝。这些小事情,他都极用心地去作;一两天或好几天,他逢人必说他手下的工作,不管人家爱听不爱听。在不断的商讨中,往往得到启发,他就从新设计,以期出奇制胜,有所创造。若是别人不愿意听,他便都说给我大姐,闹得大姐脑子里尽是春灯与风筝,以至耽误了正事,招得婆婆鸣炮一百零八响!

他们玩耍,花钱,可就苦了我的大姐。在家庭经济不景气的时候,他们不能不吵嘴,以资消遣。十之八九,吵到下不来台的时候,就归罪于我的大姐,一致进行讨伐。大姐夫虽然对大姐还不错,可是在混战之中也不敢不骂她。好嘛,什么都可以忍受,可就是不能叫老人们骂他怕老婆。因此,一来二去,大姐增添了一种本事:她能够在炮火连天之际,似乎听到一些声响,又似乎什么也没听见。似乎是她给自己的耳朵安上了避雷针。可怜的大姐!

……

---

① 胡伯喇:一种能捕食麻雀的凶鸟。
② 杂拌儿:什锦果脯。

二姐跑到大姐婆家的时候,大姐的公公正和儿子在院里放花炮。今年,他们负债超过了往年的最高纪录。腊月二十三过小年,他们理应想一想怎么还债,怎么节省开支,省得在年根底下叫债主子们把门环子敲碎。没有,他们没有那么想。大姐婆婆不知由哪里找到一点钱,买了头号的大糖瓜,带芝麻的和不带芝麻的,摆在灶王面前,并且瞪着眼下命令:"吃了我的糖,到天上多说几句好话,别不三不四地顺口开河,瞎扯!"两位男人呢,也不知由哪里弄来一点钱,都买了鞭炮。老爷儿俩都脱了长袍。老头儿换上一件旧狐皮马褂,不系钮扣,而用一条旧布褡包松拢着,十分潇洒。大姐夫呢,年轻火力壮,只穿着小棉袄,直打喷嚏,而连说不冷。鞭声先起,清脆紧张,一会儿便火花急溅,响成一片。儿子放单响的麻雷子,父亲放双响的二踢脚,间隔停匀,有板有眼:噼啪噼啪,咚;噼啪噼啪,咚;——当! 这样放完一阵,父子相视微笑,都觉得放炮的技巧九城第一,理应得到四邻的热情夸赞。……
……

二哥福海

……

在亲友中,二哥福海到处受欢迎。他长得短小精悍,既壮实又秀气,既漂亮又老成。圆圆的白净子脸,双眼皮,大眼睛。他还没开口,别人就预备好听两句俏皮而颇有道理的话。及至一开口,他的眼光四射,满面春风,话的确俏皮,而不伤人;颇有道理,而不老气横秋。他的脑门以上总是青青的,象年画上胖娃娃的青头皮那么清鲜,后面梳着不松不紧的大辫子,既稳重又飘洒。他请安请得最好看:先看准了人,而后俯首急行两步,到了人家的身前,双手扶膝,前腿实,后腿虚,一趋一停,毕恭毕敬。安到话到,亲切诚挚地叫出来:"二婶儿,您好!"而后,从容收腿,挺腰敛胸,双臂垂直,两手向后稍拢,两脚并齐"打横儿"。这样的一个安,叫每个接受敬礼的老太太都哈腰儿还礼,并且暗中赞叹:我的儿子要能够这样懂得规矩,有多么好啊!

他请安好看,坐着好看,走道儿好看,骑马好看,随便给孩子们摆个金鸡独立,或骑马蹲裆式就特别好看。他是熟透了的旗人,既没忘记二百多年来的骑马射箭的锻炼,又吸收了汉族、蒙族和回族的文化。论学习,他文武双全;论文化,他是"满汉全席"。他会骑马射箭,会唱几段(只是几段)单弦牌子曲,会唱几句(只是几句)汪派的《文昭关》①,会看点风水,会批八字儿。

---

① 汪派的《文昭关》:清代著名京剧老生汪桂芬唱的关于伍子胥的戏目。

他知道怎么养鸽子，养鸟，养骡子与金鱼。可是他既不养鸽子、鸟，也不养骡子与金鱼。他有许多正事要作，如代亲友们去看棺材，或介绍个厨师傅等等，无暇养那些小玩艺儿。大姐夫虽然自居内行，养着鸽子，或架着大鹰，可是每逢遇见福海二哥，他就甘拜下风，颇有意把他的满天飞的元宝都廉价卖出去。福海二哥也精于赌钱，牌九、押宝、抽签子、掷骰子、斗十胡、踢球、"打老打小"，他都会。但是，他不赌。只有在老太太们想玩十胡而凑不上手的时候，他才逢场作戏，陪陪她们。他既不多输，也不多赢。若是赢了几百钱，他便买些糖豆大酸枣什么的分给儿童们。

他这个熟透了的旗人其实也就是半个、甚至于是三分之一的旗人。这可与血统没有什么关系。以语言来说，他只会一点点满文，谈话，写点什么，他都运用汉语。他不会吟诗作赋，也没学过作八股或策论，可是只要一想到文艺，如编个岔曲，写副春联，他总是用汉文去思索，一回也没考虑过可否试用满文。当他看到满、汉文并用的匾额或碑碣，他总是欣赏上面的汉字的秀丽或刚劲，而对旁边的满字便只用眼角照顾一下，敬而远之。至于北京话呀，他说的是那么漂亮，以至使人认为他是这种高贵语言的创造者。即使这与历史不大相合，至少他也应该分享"京腔"创作者的一份儿荣誉。是的，他的前辈们不但把一些满文词儿收纳在汉语之中，而且创造了一种轻脆快当的腔调；到了他这一辈，这腔调有时候过于轻脆快当，以至有时候使外乡人听不大清楚。

可是，惊人之笔是在这里：他是个油漆匠！我的大舅是三品亮蓝顶子的参领①，而儿子居然学过油漆彩画，谁能说他不是半个旗人呢？我大姐的婚事是我大舅给作的媒人。大姐婆婆是子爵的女儿、佐领的太太，按理说她绝对不会要个旗兵的女儿作儿媳妇，不管我大姐长的怎么俊秀，手脚怎么利落。大舅的亮蓝顶子起了作用。大姐的公公不过是四品呀。在大姐结婚的那天，大舅亲自出马作送亲老爷，并且约来另一位亮蓝顶子的，和两位红顶子的，二蓝二红，都戴花翎，组成了出色的送亲队伍。而大姐的婆婆呢，本来可以约请四位红顶子的来迎亲，可是她以为我们绝对没有能力组织个强大的队伍，所以只邀来四位五品官儿，省得把我们都吓坏了。结果，我们取得了绝对压倒的优势，大快人心！受了这个打击，大姐婆婆才不能不管我母亲叫亲家太太，而姑母也乘胜追击，郑重声明：她的丈夫（可能是汉人！）也作过二品官！

---

① 参领：佐领之上的军官。统领的兵要比佐领多五倍。

大姐后来嘱咐过我，别对她婆婆说，二哥福海是拜过师的油漆匠。是的，若是当初大姐婆婆知道二哥的底细，大舅作媒能否成功便大有问题了，虽然他的失败也不见得对大姐有什么不利。

　　二哥有远见，所以才去学手艺。按照我们的佐领制度，旗人是没有什么自由的，不准随便离开本旗，随便出京；尽管可以去学手艺，可是难免受人家的轻视。他应该去当兵，骑马射箭，保卫大清皇朝。可是，旗族人口越来越多，而旗兵的数目是有定额的。于是，老大老二也许补上缺，吃上钱粮，而老三老四就只好赋闲。这样，一家子若有几个白丁，生活就不能不越来越困难。这种制度曾经扫南荡北，打下天下；这种制度可也逐渐使旗人失去自由，失去自信，还有多少人终身失业。

　　同时，吃空头钱粮的在在皆是，又使等待补缺的青年失去有缺即补的机会。我姑母，一位寡妇，不是吃着好几份儿钱粮么？

　　我三舅有五个儿子，都虎头虎脑的，可都没有补上缺。可是，他们住在郊外，山高皇帝远。于是这五虎将就种地的种地，学手艺的学手艺，日子过得很不错。福海二哥大概是从这里得到了启发，决定自己也去学一门手艺。二哥也看得很清楚：他的大哥已补上了缺，每月领四两银子；那么他自己能否也当上旗兵，就颇成问题。以他的聪明能力而当一辈子白丁，甚至连个老婆也娶不上，可怎么好呢？他的确有本领，骑术箭法都很出色。可是，他的本领只足以叫他去作枪手，替崇家的小罗锅，或明家的小瘸子去箭中红心，得到钱粮。是呀，就是这么一回事：他自己有本领，而补不上缺，小罗锅与小瘸子肯花钱运动，就能通过枪手而当兵吃饷！二哥在得一双青缎靴子或几两银子的报酬而外，还看明白：怪不得英法联军直入公堂地打进北京，烧了圆明园！凭吃几份儿饷银的寡妇、小罗锅、小瘸子，和象大姐公公那样的佐领、象大姐夫那样的骁骑校，怎么能挡得住敌兵呢！他决定去学手艺！是的，历史发展到一定的阶段，总会有人，象二哥，多看出一两步棋的。

　　大哥不幸一病不起，福海二哥才有机会补上了缺。于是，到该上班的时候他就去上班，没事的时候就去作点油漆活儿，两不耽误。老亲旧友们之中，有的要漆一漆寿材，有的要油饰两间屋子以备娶亲，就都来找他。他会替他们省工省料，而且活儿作得细致。

　　当二哥作活儿的时候，他似乎忘了他是参领的儿子，吃着钱粮的旗兵。他的工作服，他的认真的态度，和对师兄师弟的亲热，都叫他变成另一个人，一个汉人，一个工人，一个顺治与康熙所想象不到的旗人。

二哥还信白莲教①！他没有造反、推翻皇朝的意思，一点也没有。他只是为坚守不动烟酒的约束，而入了"理门"②。本来，在友人让烟让酒的时候，他拿出鼻烟壶，倒出点茶叶末颜色的闻药来，抹在鼻孔上，也就够了。大家不会强迫一位"在理儿的"破戒。可是，他偏不说自己"在理儿"，而说：我是白莲教！不错，"理门"确与白莲教有些关系，可是在一般人的心目中，"在理儿"是好事，而白莲教便有些可怕了。母亲便对他说过："老二，在理儿的不动烟酒，很好！何必老说白莲教呢，叫人怪害怕的！"二哥听了，便爽朗地笑一阵："老太太！我这个白莲教不会造反！"母亲点点头："对！那就好！"

大姐夫可有不同的意见。在许多方面，他都敬佩二哥。可是，他觉得二哥的当油漆匠与自居为白莲教徒都不足为法。大姐夫比二哥高着一寸多。二哥若是虽矮而不显着矮，大姐夫就并不太高而显着晃晃悠悠。干什么他都慌慌张张，冒冒失失。长脸，高鼻子、大眼睛，他坐定了的时候显得很清秀体面。可是，他总坐不住，象个手脚不识闲的大孩子。一会儿，他要看书，便赶紧拿起一本《五虎平西》③——他的书库里只有一套《五虎平西》，一部《三国志演义》，四五册小唱本儿，和他幼年读过的一本《六言杂字》④。刚拿起《五虎平西》，他想起应当放鸽子，于是顺手儿把《五虎平西》放在窗台上，放起鸽子来。赶到放完鸽子，他到处找《五虎平西》，急得又嚷嚷又跺脚。及至一看它原来就在窗台上，便不去管它，而哼哼唧唧地往外走，到街上去看出殡的。

他很珍视这种想干什么就干什么的"自由"。他以为这种自由是祖宗所赐，应当传之永远，"子子孙孙永宝用"！因此，他觉得福海二哥去当匠人是失去旗人的自尊心，自称白莲教是同情叛逆。前些年，他不记得是哪一年了，白莲教不是造过反吗？

在我降生前的几个月里，我的大舅、大姐的公公和丈夫，都真着了急。他们都激烈地反对变法。大舅的理由很简单，最有说服力：祖宗定的法不许变！大姐公公说不出更好的道理来，只好补充了一句：要变就不行！事实上，这两位官儿都不大知道要变的是哪一些法，而只听说：一变法，旗人就须

---

① 白莲教：这里指义和团。白莲教本为明末农民组织，清末的义和团继承了白莲教的传统，民间将它们混同。
② 理门：指在理会，是当时流行于北方的一种会道门组织。入会者是严禁烟酒的。
③ 《五虎平西》：讲宋代狄青征西故事的演义小说。
④ 《六言杂字》：旧时流行的启蒙识字读本。用六言韵文编写。

自力更生,朝廷不再发给钱粮了。

大舅已年过五十,身体也并不比大舅妈强着多少,小辫儿须续上不少假头发才勉强够尺寸,而且因为右肩年深日久地向前探着,小辫儿几乎老在肩上扛着,看起来颇欠英武。自从听说要变法,他的右肩更加突出,差不多是斜着身子走路,象个断了线的风筝似的。

大姐的公公很硬朗,腰板很直,满面红光。他每天一清早就去溜鸟儿,至少要走五六里路。习以为常,不走这么多路,他的身上就发僵,而且鸟儿也不歌唱。尽管他这么硬朗,心里海阔天空,可是听到铁杆庄稼有点动摇,也颇动心,他的咳嗽的音乐性减少了许多。他找了我大舅去。

笼子还未放下,他先问有猫没有。变法虽是大事,猫若扑伤了蓝靛颏儿,事情可也不小。

"云翁!"他听说此地无猫,把鸟笼放好,有点急切地说:"云翁!"

大舅的号叫云亭。在那年月,旗人越希望永远作旗人,子孙万代,可也越爱摹仿汉人。最初是高级知识分子,在名字而外,还要起个字雅音美的号。慢慢地,连参领佐领们也有名有号,十分风雅。到我出世的时候,连原来被称为海二哥和恩四爷的旗兵或白丁,也都什么臣或什么甫起来。是的,亭、臣、之、甫是四个最时行的字。大舅叫云亭,大姐的公公叫正臣,而大姐夫别出心裁地自称多甫,并且在自嘲的时节,管自己叫豆腐。多甫也罢,豆腐也罢,总比没有号好的多。若是人家拱手相问:您台甫①?而回答不出,岂不比豆腐更糟么?

大舅听出客人的语气急切,因而不便马上动问。他比客人高着一品,须拿出为官多年,经验丰富,从容不迫的神态来。于是,他先去看鸟,而且相当内行地夸赞了几句。直到大姐公公又叫了两声云翁,他才开始说正经话:"正翁!我也有点不安!真要是自力更生,您看,您看,我五十多了,头发掉了多一半,肩膀越来越歪,可叫我干什么去呢?这不是什么变法,是要我的老命!"

"嚡!是!"正翁轻嗽了两下,几乎完全没有音乐性。"是!出那样主意的人该剐!云翁,您看我,我安分守己,自幼儿就不懂要星星,要月亮!可是,我总得穿的整整齐齐,干干净净吧?我总得炒点腰花,来个木樨肉下饭吧?我总不能不天天买点嫩羊肉,喂我的蓝靛颏儿吧?难道这些都是不应该的?应该!应该!"

---

① 台甫:旧时向对方询问表字的敬语。

"咱们哥儿们没作过一件过分的事！"

"是嘛！真要是不再发钱粮，叫我下街去卖……"正翁把手捂在耳朵上，学着小贩的吆喝，眼中含着泪，声音凄楚："赛梨哪，辣来换！我，我……"他说不下去了。

"正翁，您的身子骨儿比我结实多了。我呀，连卖半空儿多给，都受不了啊！"

"云翁！云翁！您听我说！就是给咱们每人一百亩地，自耕自种，咱们有办法没有？"

"由我这儿说，没有！甭说我拿不动锄头，就是拿得动，我要不把大拇脚趾头锄掉了，才怪！"

老哥俩又讨论了许久，毫无办法。于是就一同到天泰轩去，要了一斤半柳泉居自制的黄酒，几个小烧（烧子盖与炸鹿尾之类），吃喝得相当满意。吃完，谁也没带着钱，于是都争取记在自己的账上，让了有半个多钟头。

可是，在我降生的时候，变法之议已经完全作罢，而且杀了几位主张变法的人。云翁与正翁这才又安下心去，常在天泰轩会面。每逢他们听到卖萝卜的"赛梨哪，辣来换"的呼声，或卖半空花生的"半空儿多给"的吆喝，他们都有点怪不好意思；作了这么多年的官儿，还是沉不住气呀！

多甫大姐夫，在变法潮浪来得正猛的时节，佩服了福海二哥，并且不大出门，老老实实地在屋中温习《六言杂字》。他非常严肃地跟大姐讨论："福海二哥真有先见之明！我看咱们也得想个法！"

"对付吧！没有过不去的事！"大姐每逢遇到难以解决的问题，总是拿出这句名言来。

"这回呀，就怕对付不过去！"

"你有主意，就说说吧！多甫！"大姐这样称呼他，觉得十分时髦、漂亮。

"多甫？我是大豆腐！"大姐夫惨笑了几声。"现而今，当瓦匠、木匠、厨子、裱糊匠什么的，都有咱们旗人。"

"你打算……"大姐微笑地问，表示嫁鸡随鸡，嫁狗随狗，他去学什么手艺，她都不反对。

"学徒，来不及了！谁收我这么大的徒弟呢？我看哪，我就当鸽贩子去，准行！鸽子是随心草儿，不爱，白给也不要；爱，十两八两也肯花。甭多了，每月我只作那么一两号俏买卖，就够咱们俩吃几十天的！"

"那多么好啊！"大姐信心不大地鼓舞着。

大姐夫挑了两天，才狠心挑出一对紫乌头来，去作第一号生意。他并舍不得出手这一对,可是朝廷都快变法了,他还能不坚强点儿么?及至到了鸽子市上,认识他的那些贩子们一口一个多甫大爷,反倒卖给他两对鸽铃,一对凤头点子。到家细看,凤头是用胶水粘合起来的。他没敢再和大姐商议,就偷偷撤销了贩卖鸽子的决定。

变法的潮浪过去了,他把大松辫梳成小紧辫,摹仿着库兵,横眉立目地满街走,倒仿佛那些维新派是他亲手消灭了的。同时,他对福海二哥也不再那么表示钦佩。反之,他觉得二哥是脚踩两只船,有钱粮就当兵,没有钱粮就当油漆匠,实在不能算个地道的旗人,而且难免白莲教匪的嫌疑。

书归正传:大舅妈拜访完了我的姑母,就同二哥来看我们。大舅妈问长问短,母亲有气无力地回答,老姐儿们都落了点泪。收起眼泪,大舅妈把我好赞美了一顿:多么体面哪!高鼻子,大眼睛,耳朵有多么厚实!

福海二哥笑起来:"老太太,这个小兄弟跟我小时候一样的不体面!刚生下来的娃娃都看不出模样来!你们老太太呀……"他没往下说,而又哈哈了一阵。

母亲没表示意见,只叫了声:"福海!"

"是!"二哥急忙答应,他知道母亲要说什么。"您放心,全交给我啦!明天洗三①,七姥姥八姨的总得来十口八口儿的,这儿二妹妹管装烟倒茶,我跟小六儿(小六儿是谁,我至今还没弄清楚)当厨子,两杯水酒,一碟炒蚕豆,然后是羊肉酸菜热汤儿面,有味儿没味儿,吃个热乎劲儿。好不好?您哪!"

母亲点了点头。

"有爱玩小牌儿的,四吊钱一锅。您一丁点心都别操,全有我呢!完了事,您听我一笔账,决不会叫您为难!"说罢,二哥转向大舅妈:"我到南城有点事,太阳偏西,我来接您。"

大舅妈表示不肯走,要在这儿陪伴着产妇。

二哥又笑了:"奶奶,您算了吧!凭您这全本连台的咳嗽,谁受得了啊!"

这句话正碰在母亲的心坎上。她需要多休息、睡眠,不愿倾听大舅妈的咳嗽。

二哥走后,大舅妈不住地叨唠:这个二鬼子!这个二鬼子!

可是"二鬼子"的确有些本领,使我的洗三办得既经济,又不完全违背

---

① 洗三:婴儿出生第三日进行的洗浴仪式。

"老妈妈论"①的原则。

（选自《老舍全集》第8卷，人民文学出版社1999年版。）

【简析】

　　老舍是旗人的后代，但他真正以旗人，特别是旗人文化的命运作为艺术表现的主要对象，却是写于1960年代的这部长篇小说《正红旗下》——在此之前，他只是在写作1940年代的《四世同堂》里写到小文夫妇时，涉及旗人的命运，但却不是描写的重点。《正红旗下》的写作，显然受到了1949年以后，强调新中国的文学是多民族文学的文学思潮的鼓励与影响；但因为是对消失的文化的眷顾，自然有怀旧之嫌而显得不合时宜，终于半途辍稿而不能完篇。其间的曲折，不仅作者的写作心态颇耐玩味，而且也从一个侧面显示了共和国文学即当代文学的某些特点。

　　和其他共和国文学一样，小说的写作有着明确的意图指向，即"由几代旗人形象完整地概括旗人的历史命运，写出一种文化的没落和一个民族复兴的希望"（参看赵园：《北京：城与人》）。因此，《正红旗下》的写作，既充分调动了老舍丰厚的生活与语言积累，又融入了他的理性思考与判断；于是就有了"人物描写与人物分析相结合"的笔法。

　　"二百多年积下的历史尘垢，使一般的旗人既忘了自谴，也忘了自励。我们创造了一种独具风格的生活方式：有钱的真讲究，没钱的穷讲究。生命就这么沉浮在有讲究的一汪死水里"：小说中对"大姐的公、婆和大姐夫"的描写，就精细而传神地展现了这样的"独具风格的生活方式"。其中的礼仪文明、生活的艺术与随遇而安的人生态度，充分地显示了旗人文化作为没落的贵族文化的特征，而如研究者所说，这也正是北京文化"略嫌夸张却因而更生动的标本"。

　　作者这样谈到他笔下的"二哥福海"："他是熟透了的旗人"；但他又是"一个顺治和康熙所想象不到的旗人"，因此，他"其实也就是半个、甚至于是三分之一的旗人"。这看似矛盾的判断却准确地揭示了"二哥福海"在旗人与旗人文化中的特殊地位与价值：一方面，在他身上集中了旗人与旗人文化的美（作者以"好看"二字概之，即所谓"请安好看，坐着好看，走道儿好看，骑马好看，随便给孩子们摆个金鸡独立，或骑马蹲裆式就特别好看"）和智慧（"论学习，他文武双全；论文化，他是'满汉全席'"）；但他又是"历史

---

① 老妈妈论：指老太太们的陈旧规矩。论，读成"令儿"。

发展到一定阶段"必然出现的能够"多看一两步棋",因而走上"再造"之路的旗人中的"新人"(描写"理想市民"本是老舍的一贯追求,写作《正红旗下》时更受到革命意识形态的启迪与影响,以描写"新人"为写作的主要目标)。小说中对二哥福海的"油漆匠"身份选择的夸大、强调,是意味深长的:由"吃皇粮"、寄生于特权而走上自食其力之路,由贵族的王府大宅走向平民市井,老舍从中看到了自己的民族的希望,并且深藏着一种民族的自尊与骄傲。

【思考题】

1. 老舍在小说中这样谈到二哥福海的语言:"至于北京话呀,他说的是那么漂亮,以至使人认为他是这高贵语言的创造者,即使这与历史不大相合,至少他也应该分享'京腔'创造者的一份儿荣誉。是的,他的前辈们不但把一些满文词儿收纳在汉语之中,而且创造了一种清脆快当的腔调;到了他这一辈,这腔调有时候过于清脆快当,以至有时候使外乡人听不清楚。"——这几乎可以视为老舍的北京语言观,以及他自己的语言追求的宣言书:关于北京语言的"高贵"性("说"的文化的自豪感与优越意识),它的创造者(从满族贵族到已成为北京平民的他们的后代),它独有的语言风格——以"漂亮"与"清脆快当"为主要特征的"京腔",等等。试以本文及老舍和其他京派作家的京味小说的语言为例,谈谈你对北京方言的看法与理解,以及北京方言对现代汉语文学语言的影响与贡献。

2. 《正红旗下》与《断魂枪》其实是有着类似的主题的,所描写的都是变革中消亡的文化,或如论者所说,内蕴着"文化演变中文化的贬值,价值调整中价值的失落"的悲剧。这种悲剧感,在《断魂枪》里表现为一种浓而淡的诗意,而在《正红旗下》里却渗入了喜剧的因素。细读小说中关于大姐的婆婆的"吃"与"打扮",以及她怒斥债主的描写,关于"大姐的公公和儿子在院里放鞭炮"的场面描写,你都可以感觉到作者既是赞赏、惋惜又是调侃的眼光;即使是关于二哥福海"请安"姿势、神态的出神入化般的描写,读者在连声叫好之后,也会品尝到几分悲哀几分可笑的余味。正是这样的悲、喜剧的杂糅,形成了老舍式的"幽默"。请在文本阅读中细心体会老舍的这种小说风格,并作进一步的分析。

【拓展阅读】

赵园:《北京:城与人》,北京大学出版社2014年版。

第七章　张爱玲

张爱玲(1920—1995),现代小说家、散文家。张爱玲在中国现代文学史上是一个独特的存在:她的文学生涯的辉煌鼎盛时期只有两年(1943—1945),是特定时间(战乱时期)、空间(沦陷区的上海与香港)交汇下彗星般出现的天才;但她的作品却超越时空,直到21世纪还深刻地影响着内地和香港、台湾地区的中国文学。这乃是因为她的创造所具有的个人性与边缘性,用她自己的话来说,这是现代文学图景中一个她所独具的"苍凉的手势"。由此而产生的是阅读的新奇感与巨大的阐释空间,所激发的是新的想象力与新的可能性。这或许正是张爱玲之于中国现代文学的意义。

中国的众多作家都如沈从文那样,以一个"乡下人"的眼光来观察和表现中国现代都市;即如老舍这样的市民诗人所倾心的也是老市民的世界,而对现代化过程中的都市变迁怀有深刻的疑惧;张爱玲则坦然宣称:"我喜欢听市音。比我较有诗意的人在枕上听松涛,听海啸,我是非听得电车响才睡得觉的。"(《公寓生活记趣》)于是,在她的笔下,出现了对于现代都市里的世俗日常人生的审美观照。而这样的观照里,又注入了她在战争的动乱中所获得的刻骨铭心的生命体验:"甚么都是模糊,瑟缩。靠不住","还有更大的破坏要来,有一天我们的文明,不论是升华,还是浮华,都要成为过去","人觉得自己被抛弃了。为要证实自己的存在,抓住一点真实的,最基本的东西,不能不求助于古老的记忆,人类在一切时代之中生活过的记忆"。这里,一方面是对世俗生活与现实时空的超越,感受到所有时代、整个文明的"惘惘的威胁"而体味历史的"苍凉",同时感受着人生无奈的虚无;另一方面却因此而加深了对现时现刻的、具体可感的、真实的、最基本的世俗生活之美的鉴赏和依恋,并形成了"凡人比英雄更能代表这时代总量"的历史观,以及"素朴地歌咏人生的安稳""参差对照的写法"等写作的、美学的追求。人们因此而赞扬张爱玲在古老的记忆与现代体验之间的汇通,赞扬她自由地出入于传统与现代、雅与俗之间。质疑者在指出"张爱玲的世俗气是在那虚无的照耀之下,变得艺术了"的同时,又感叹于"当她略一眺望到人生的虚无,便回落到世俗无聊之中"(王安忆:《世俗的张爱玲》)。

人们在欣赏张爱玲作品中新旧意境交错的同时,也为她新旧文字的糅合所吸引。作为中国晚清士大夫文化走向式微以后的最后一个传人,这位上海滩的才女骨子里的古典笔墨趣味、感受方式与表达上的深刻的现代性,使她的语言有一种特殊的韵味,形成了现代文学史上独一无二的"张体",而且几乎不可重复。

倾城之恋(存目)

(选自《张爱玲文集》第2卷,安徽文艺出版社1992年版。)

【简析】

作家王安忆评论说,《倾城之恋》是张爱玲"最好的小说之一",也是"张爱玲与她的人物走得最近的一次,这故事还是包含她人生观最全部的一个"(《世俗的张爱玲》)。《倾城之恋》的标题显然来自"倾国倾城"这个家喻户晓的成语,它原指君王迷恋女色而亡国,后来就演变成女性美色的赞誉。在某种程度上,张爱玲的《倾城之恋》是对这一古老传统故事的现代改写或颠覆。女主人公白流苏,不是因为貌美而获得"倾城"之恋,却是"倾城"即战争带来的大都市(香港)的倾覆,而使她赢得了"恋"之"圆满收场",小说描写的"倾城"与"恋(爱)"都因此而获得了别样的意味。本来,小说的男女主人公:"他",一个"洋派的中国人","不过是一个自私的男子;"她","一个真正的中国女人",也"不过是一个自私的女人";因此,他们之"恋",充满了算计,真真假假,虚虚实实,半推半就,若即若离,在翻译家、批评家傅雷看来,尽是些"无聊的调情","玩世不恭的享乐主义者的精神游戏","既没有真正的欢畅,也没有刻骨的悲哀","情欲里没有惊心动魄的表现",总之,"骨子里贫血"(《论张爱玲的小说》)。但1941年12月8日,日本侵略军炮声一响,戏剧性地改变了一切,战火中"剩下点断墙颓壁,失去记忆的文明人在黄昏中跌跌绊绊摸来摸去,像是找点什么,其实是什么都完了","在这动荡的世界里,钱财,地产,天长地久的一切,全不靠了。靠得住的只有她腔子里的这口气,还有睡在她身边的这个人",他们也终于成了"一对平凡的夫妻"。但这于"文明的废墟"上所感悟的人生虚无和"想抓住什么"的意义追求,也只是一个"刹那",然后一切恢复世俗,只剩下"胡琴咿咿哑哑拉着,在万盏灯的夜晚,拉过来又拉过去"的"苍凉"。傅雷因此批评说:"《倾城之恋》的华彩胜过了骨干:两个主角的缺陷,也就是作品本身的缺陷。"张爱玲则辩解说:"从腐旧家庭出来的流苏,香港之战的洗礼并不曾将她感化成为革命女性;香港之战影响范柳原,使他转向平实的生活,终于结婚了,但婚姻并不使他变为圣人,完全放弃往日的生活习惯与作风。因之柳原与流苏的结局,虽然多少是健康的,仍旧是庸俗;就事论事,他们也只能如此。"(《自己的文章》)

【思考题】

1. 张爱玲的小说艺术的一个重要方面,是她对以《红楼梦》为代表的传统小说与通俗文体的重视、借鉴与改造。而她的观照却是从读者的阅读趣味入手,这是抓住要害的:"百二十回《红楼梦》对小说的影响大到无法估计。等到十九世纪末《海上花(列传)》出版的时候,阅读趣味已经形成了,唯一的标准是传奇化的情节,写实的细节。"(《国语本〈海上花〉译后记》)如研究者所说,"张爱玲的小说正是在以上两方面尊重了这一阅读趣味,又通过对它们的改造、转换而融入属于她个人的现代体验和文化趣味"(范智红:《在"古老的记忆"与现代体验之间》)。她的第一部小说《传奇》本身就宣示着一种自觉的继承,而她自己的创造与特色则在于"反高潮"的结构方式,即所谓"艳异的空气的制造与突然的跌落,传奇里的人性呱呱叫起来"。据说这也受到了《聊斋志异》的启示。

应该说,本篇正是这样的"反高潮"结构的成功实验:小说既充满了"艳异的空气",结尾"香港的沦陷"更是"突发的跌落",改变了人们对情节发展的预期,在主人公命运与关系的突转中,获得了对其人性及"这不可理喻的世界"的全新体验与认识。请结合文本,对此作更深入、细致的分析。

2. 细节描写的繁富,已成为公认的张爱玲小说的特点,尽管人们对此评价并不一致。而张爱玲的创造则在细节描写的心灵化、意象的刻意营造。本篇多处出现的"墙"的意象,是为人们所称道的。请作出你的分析。

3. 张爱玲曾自诩"对于色彩,音符,字眼,我极为敏感","我学写文章,爱用色彩浓厚,音韵铿锵的字眼"(《天才梦》),并说作家是因为沉迷"文字的韵味"而"心甘情愿守在'文字狱'里"(《论写作》)。请以本篇为例,对张爱玲的语言作一番赏析。

4. "参考文献"中所选的傅雷(迅雨)的批评文字和张爱玲本人的反诘,引发了后来研究者的许多争论。请结合你的阅读体验,谈谈你的看法。中国华侨出版社出版的《张爱玲评说六十年》一书收集了有关争论文章,可参考。

【拓展阅读】

1. 迅雨(傅雷):《论张爱玲的小说》,见《张爱玲评说六十年》,中国华侨出版社2001年版。
2. 张爱玲:《自己的文章》,见《张爱玲评说六十年》,中国华侨出版社2001年版。

第八章　沈从文

沈从文(1902—1988),现代小说家、散文家。沈从文是中国最重要的现代乡土作家,他所提供的"湘西文学世界",已成为中国现代文学中最具特色与光彩的文学景观之一,其中所积淀的20世纪中国文化与文学经验,更具有长远的生命力。

研究者注意到一个简单的事实:沈从文的文学乡土世界不是在湘西,而是在远离本土的现代都市构造的。具体地说,是在北京、上海、青岛、昆明完成的,其中最重要的自然是北京与上海。于是,就有了一个乡下人与两个都市的相遇与相撞,湘西乡土文化与北京、上海都市文化的相遇与相撞:沈从文的乡土文学是他的都市体验和乡土记忆相互融合的产物。这或许也是整个中国现代乡土文学的一个特征。

进一步考察,人们又注意到:湘西是中国边地,也就相对完整地保留了乡土中国的文化。北京明清以来作为皇城而成为中国文化的中心;在近代却艰难而缓慢地经历了向现代都市转化的过程,传统北京文化在衰落,又顽强地存在着,使变化中的北京依然保留着某种乡土性。而上海却是按照西方模式建立起来的现代都市,是现代中国的一个象征。三个区域空间——湘西、北京、上海,几乎概括了所谓转型期的中国的主要文化形态。现在都凝聚于沈从文一身:这是历史对沈从文的特殊照顾,并且选择他来作这转型期的中国的观察者与描述者。

如果将沈从文与其他几位观察者与描写者,如前文所介绍的老舍和张爱玲联系起来,就会发现,老舍与张爱玲分别作为描写转型中的北京文化与上海文化的标志性作家,他们是从文化的内部进行观察的,而沈从文却是一个异己者,一个闯入者,除了留下他另类的审视与描写以外,还把他的观察与体验融入了自己的乡土记忆。

边城（节选）

　　由四川过湖南去，靠东有一条官路。这官路将近湘西边境到了一个地方名为"茶峒"的小山城时，有一小溪，溪边有座白色小塔，塔下住了一户单独的人家。这人家只一个老人，一个女孩子，一只黄狗。

　　小溪流下去，绕山岨流，约三里便汇入茶峒的大河，人若过溪越小山走去，则只一里路就到了茶峒城边。溪流如弓背，山路如弓弦，故远近有了小小差异。小溪宽约廿丈，河床为大片石头作成。静静的水即或深到一篙不能落底，却依然清澈透明，河中游鱼来去皆可以计数。小溪既为川湘来往孔道，限于财力不能搭桥，就安排了一只方头渡船，一次连人带马，约可以载二十位，人数多时则反复来去。渡船头竖了一枝小小竹竿，挂着一个可以活动的铁环，溪岸两端水面牵了一段废缆，有人过渡时，把铁环挂在废缆上，船上人则引手攀缘那横缆，慢慢的牵船过对岸去。船将拢岸了，管理这渡船的，一面口中嚷着"慢点慢点"，自己霍的跃上了岸，拉着铁环，于是人货牛马全上了岸，翻过小山不见了。渡头为公家所有，故过渡人不必出钱，有人心中不安，抓了一把钱掷到船板上时，管渡船的必为一一拾起，仍然塞到那人手心里去，俨然吵嘴时的认真神气："我有了口粮，三斗米，七百钱，够了！谁要这个！？"

　　但不成，不管如何还是有人把钱的。管船人也为了心安起见，便把这些钱托人到茶峒去买茶叶和草烟，将茶峒出产的上等草烟，挂在自己腰带边，遇渡的谁需要这东西皆慷慨奉赠，估计那远路人对于身边草烟引起了相当的注意时，便把一小束草烟扎到那人包袱上去，一面说，"不吸这个吗，这好的，这妙的，送人也很合式！"茶叶则在六月里放进大缸里去，用开水泡好，给过路人解渴。

　　管理这渡船的，就是住在塔下的那个老人。活了七十年，从二十岁起便守在这小溪边，五十年来不知把船来去渡了若干人。年纪虽那么老了，本来应当休息了，但天不许他休息，他仿佛便不能够同这一分生活离开。他从不思索自己的职务对于本人的意义，只是静静的很忠实的在那里活下去。代替了天，使他在日头升起时，感到生活的力量，当日头落下时，又不至于思量与日头同时死去的，是那个伴在他身旁的女孩子。他惟一的朋友为一只渡船与一只黄狗，惟一的亲人便只那个女孩子。

　　女孩子的母亲，老船夫的独生女，十五年前同一个茶峒军人，很秘密的背着那忠厚爸爸发生了暧昧关系。有了小孩子后,这屯戍军士便想约了她一同向下游逃去。但从逃走的行为上看来,一个违悖了军人的责任,一个却必得离开孤独的父亲。经过一番考虑后,军人见她无远走勇气,自己也不便毁去作军人的名誉,就心想:一同去生既无法聚首,一同去死当无人可以阻拦,首先服了毒。事情业已为作渡船夫的父亲知道,父亲却不加上一个有分量的字眼儿,只作为并不听到过这事情一样,仍然把日子很平静的过下去。女儿一面怀了羞惭一面却怀了怜悯,仍守在父亲身边,待到腹中小孩生下后,却到溪边吃了许多冷水死去了。在一种奇迹中这遗孤居然已长大成人,一转眼间便十三岁了。为了住处两山多篁竹,翠色逼人而来,老船夫随便为这可怜的孤雏,拾取了一个近身的名字,叫作"翠翠"。

翠翠在风日里长养着,故把皮肤变得黑黑的,触目为青山绿水,故眸子清明如水晶。自然既长养她且教育她,故天真活泼,处处俨然如一只小兽物。人又那么乖,如山头黄麂一样,从不想到残忍事情,从不发愁,从不动气。平时在渡船上遇陌生人对她有所注意时,便把光光的眼睛瞅着那陌生人,作成随时皆可举步逃入深山的神气,但明白了人无机心后,就又从从容容的在水边玩耍了。

老船夫不论晴雨,皆守在船头,有人过渡时,便略弯着腰,两手缘引了竹缆,把船横渡过小溪。有时疲倦了,躺在临溪大石上睡着了,人在隔岸招手喊过渡,翠翠不让祖父起身,就跳下船去,很敏捷的替祖父把路人渡过溪,一切皆溜刷在行,从不误事。有时又与祖父黄狗一同在船上,过渡时与祖父一同动手,船将近岸边,祖父正向客人招呼:"慢点,慢点"时,那只黄狗便口衔绳子,最先一跃而上,且俨然懂得如何方为尽职似的,把船绳紧衔着拖船拢岸。

风日清和的天气,无人过渡,镇日长闲,祖父同翠翠便坐在门前大岩石上晒太阳,或把一段木头从高处向水中抛去,嗾使身边黄狗自岩石高处跃下,把木头衔回来。或翠翠与黄狗皆张着耳朵,听祖父说些城中多年以前的战争故事。或祖父同翠翠两人,各把小竹作成的竖笛,逗在嘴边吹着迎亲送女的曲子,过渡人来了,老船夫放下了竹管,独自跟到船边去,横溪渡人,在岩上的一个,见船开动时,于是锐声喊着:

"爷爷,爷爷,你听我吹——你唱!"

爷爷到溪中央便很快乐的唱起来,哑哑的声音同竹管声,振荡在寂静空气里,溪中仿佛也热闹了一些。(实则歌声的来复,反而使一切更寂静了一些了。)

有时过渡的是从川过东茶峒的小牛,是羊群,是新娘子的花轿,翠翠必争着作渡船夫,站在船头,懒懒的攀引缆索,让船缓缓的过去,牛羊花轿上岸后,翠翠必跟着走,站到小山头,目送这些东西走去很远了,方回转船上,把船牵靠近家的岸边。且独自低低的学小羊叫着,学母牛叫着,或采一把野花缚在头上,独自装扮新娘子。

茶峒山城只隔渡头一里路,买油买盐时,逢年过节祖父得喝一杯酒时,祖父不上城,黄狗就伴同翠翠入城里去备办东西。到了买杂货的铺子里,有大把的粉条,大缸的白糖,有炮仗,有红蜡烛,莫不给翠翠一种很深的印象,回到祖父身边,总把这些东西说个半天。那里河边还有许多船,比起渡船来全大得多,有趣味得多,翠翠也不容易忘记。

……

还是两年前的事。五月端阳,渡船头祖父找人作了代替,便带了黄狗同翠翠进城,过大河边去看划船。河边站满了人,四只朱色长船在潭中滑着,龙船水刚刚涨过,河中水皆豆绿色,天气又那么明朗,鼓声蓬蓬响着,翠翠抿着嘴一句话不说,心中充满了不可言说的快乐。河边人太多了一点,各人皆尽张着眼睛望河中,不多久,黄狗还在身边,祖父却挤得不见了。

翠翠一面注意划船,一面心想"过不久祖父总会找来的"。但过了许久,祖父还不来,翠翠便稍稍有点儿着慌了。先是两人同黄狗进城前一天,祖父就问翠翠:"明天城里划船,倘若一个人去看,人多怕不怕?"翠翠就说:"人多我不怕,但自己只是一个人可不好玩。"于是祖父想了半天,方想起一个住在城中的老熟人,赶夜里到城里去商量,请那老人来看一天渡船,自己却陪翠翠进城玩一天。且因为那人比渡船老人更孤单,身边无一个亲人,也无一只狗,因此便约好了那人早上过家中来吃饭,喝一杯雄黄酒。第二天那人来了,吃了饭,把职务委托那人以后,翠翠等便进了城。到路上时,祖父想起什么似的,又问翠翠,"翠翠,翠翠,人那么多,好热闹,你一个人敢到河边看龙船吗?"翠翠说:"怎么不敢?可是一个人有什么意思。"到了河边后,长潭里的四只红船,把翠翠的注意力完全占去了,身边祖父似乎也可有可无了。祖父心想:"时间还早,到收场时,至少还得三个时刻。溪边的那个朋友,也应当来看看年青人的热闹,回去一趟,换换地位还赶得及。"因此就告翠翠,"人太多了,站在这里看,不要动,我到别处有事情,无论如何总赶得回来伴你回家。"翠翠正为两只竞速并进的船迷着,祖父说的话毫不思索皆答应了。祖父知道黄狗在翠翠身边,也许比他自己在她身边还稳当,于是便回家看船去了。

祖父到了那渡船处时,见代替他的老朋友,正站在白塔下注意听远处鼓声。

祖父喊他,请他把船拉过来,两人渡过小溪仍然站到白塔下去。那人问老船夫为什么又跑回来,祖父就说想替他一会儿故把翠翠留在河边,自己赶回来,好让他也过河边去看看热闹,且说,"看得好,就不必再回来,只须见了翠翠告她一声,翠翠到时自会回家的,小丫头不敢回家,你就伴她走走!"但那替手对于看龙船已无什么兴味,却愿意同老船夫在这溪边大石上各自再喝两杯烧酒。老船夫十分高兴,把酒葫芦取出,推给城中来的那一个。两人一面谈些端午旧事,一面喝酒,不到一会,那人却在岩石上为烧酒醉倒了。

人既醉倒了,无从入城,祖父为了责任又不便与渡船离开,留在河边的翠翠便不能不着急了。

河中划船的决了最后胜负后,城里军官已派人驾小船在潭中放了一群鸭子,祖父还不见来。翠翠恐怕祖父也正在什么地方等着她,因此带了黄狗各处丛中挤着去找寻祖父,结果还是不得祖父的踪迹。后来看看天快要黑了,军人扛了长凳出城看热闹的,皆已陆续扛了那凳子回家。潭中的鸭子只剩下三五只,捉鸭人也渐渐的少了。落日向上游翠翠家中那一方落去,黄昏把河面装饰了一层薄雾。翠翠望到这个景致,忽然想起一个怕人的想头,她想:"假若爷爷死了?"

她记起祖父嘱咐她不要离开原来地方那一句话,便又为自己解释这想头的错误,以为祖父不来必是进城去或到什么熟人处去,被人拉着喝酒,故一时不能来的。正因为这也是可能的事,她又不愿在天未断黑以前,同黄狗赶回家去,只好站在那石码头边等候祖父。

再过一会,对河那两只长船已泊到对河小溪里去不见了,看龙船的人也差不多全散了。吊脚楼有娼妓的人家,已上了灯,且有人敲小斑鼓弹月琴唱曲子。另外一些人家,又有划拳行酒的吵嚷声音。同时泊在吊脚楼下的一些船只,上面也有人在摆酒炒菜,把青菜萝卜之类,倒进滚热油锅里去时发出沙——的声音。河面已朦朦胧胧,看去好像只有一只白鸭在潭中浮着,也只剩一个人追着这只鸭子。

翠翠还是不离开码头,总相信祖父会来找她,同她一起回家。

吊脚楼上唱曲子声音热闹了一些,只听到下面船上有人说话,……潭上那只白鸭慢慢的向翠翠所在的码头边游来,翠翠想:"再过来些我就捉住你!"于是静静的等着,但那鸭子将近岸边三丈远近时,却有个人笑着,喊那船上水手。原来水中还有个人,那人已把鸭子捉到手,却慢慢的"踹水"游近岸边的。船上人听到水面的喊声,在隐约里也喊道:"二老,二老,你真干,你今天得了五只罢。"那水上人说:"这家伙狡猾得很,现在可归我了。""你这时捉鸭子,将来捉女人,一定有同样的本领。"水上那一个不再说什么,手脚并用的拍着水傍了码头。湿淋淋的爬上岸时,翠翠身旁的黄狗,仿佛警告水中人似的,汪汪的叫了几声,那人方注意到翠翠。码头上已无别的人,那人问:"是谁人?"

"是翠翠!"

"翠翠又是谁?"

"是碧溪岨撑渡船的孙女。"

"你在这儿做什么?"

"我等我爷爷。我等他来。"

"等他来他可不会来,你爷爷一定到城里军营里喝了酒,醉倒后被人抬回去了!"

"他不会这样子,他答应来找我,他就一定会来的。"

"这里等也不成,到我家里去,到那边点了灯的楼上去,等爷爷来找你好不好?"

翠翠误会邀她进屋里去那个人的好意,正记着水手说的妇人丑事,她以为那男子就是要她上有女人唱歌的楼上去,本来从不骂人,这时正因等候祖父太久了,心中焦急得很,听人要她上去,以为欺侮了她,就轻轻的说:

"悖时砍脑壳的!"

话虽轻轻的,那男的却听得出,且从声音上听得出翠翠年纪,便带笑说:"怎么,你骂人!你不愿意上去,要耽在这儿,回头水里大鱼来咬了你,可不要叫喊!"

翠翠说:"鱼咬了我也不管你的事。"

那黄狗好像明白翠翠被人欺侮了,又汪汪的吠起来,那男子把手中白鸭举起,向黄狗吓了一下,便走上河街去了。黄狗为了自己被欺还想追过去,翠翠便喊:"狗,狗,你叫人也看人叫!"翠翠意思仿佛只在告给狗"那轻薄男子还不值得叫",但男子听去的却是另外一种好意,放肆的笑着,不见了。

又过了一阵,有人从河街拿了一个废缆做成的火炬,喊叫着翠翠的名字来找寻她,到身边时翠翠却不认识那个人。那人说:老船夫回到家中,不能来接她,故搭了过渡以口信来告翠翠要她即刻就回去。翠翠听说是祖父派来的,就同那人一起回家,让打火把的在前引路,黄狗时前时后,一同沿了城墙向渡口走去。翠翠一面走一面问那拿火把的人,是谁告他就知道她在河边。那人说这是二老告他的,他是二老家里的伙计,送翠翠回家后还得回转河街。

翠翠说:"二老他怎么知道我在河边?"

那人便笑着说:"他从河里捉鸭子回来,在码头上见你,他说好意请你上家里坐坐,等候你爷爷,你还骂过他!"

翠翠带了点儿惊讶轻轻的问:"二老是谁?"

那人也带了点儿惊讶说:"二老你还不知道?就是傩送二老!就是岳云!他要我送你回去!"

傩送二老在茶峒地方不是一个生疏的名字!

翠翠想起自己先前骂人那句话,心里又吃惊又害羞,再也不说什么,默默的随了那火把走去。

翻过了小山岨,望得见对溪家中火光时,那一方面也看见了翠翠方面的火把,老船夫即刻把船拉过来,一面拉船一面哑声儿喊问:"翠翠,翠翠,是不是你?"翠翠不理会祖父,口中却轻轻的说:"不是翠翠,不是翠翠,翠翠早被大河里鲤鱼吃去了。"翠翠上了船,二老派来的人,打着火把走了,祖父牵着船问:"翠翠,你怎么不答应我,生我的气了吗?"

翠翠站在船头还是不作声。翠翠对祖父那一点儿埋怨,等到把船拉过了溪,一到了家中,看明白了醉倒的另一个老人后,就完事了。但另一件事,属于自己不关祖父的,却使翠翠沉默了一个夜晚。

……

翠翠一天比一天大了,无意中提到什么时,会红脸了。时间在成长她,似乎正催促她,使她在另外一件事情上负点儿责。她欢喜看扑粉满脸的新嫁娘,喜欢说到关于新嫁娘的故事,欢喜把野花戴到头上去,还欢喜听人唱歌。茶峒人的歌声,缠绵处她已领略得出。她有时仿佛孤独了一点,爱坐在岩石上去,向天空一片云一颗星凝眸。祖父若问:"翠翠,想什么?"她便带着点儿害羞情绪,轻轻的说:"翠翠不想什么。"但在心里却同时又自问:"翠翠,你想什么?"同是自己也在心里答着:"我想的很远,很多。可是我不知想些什么!"她的确在想,又的确连自己也不知在想些什么。这女孩子身体既发育得很完全,在本身上因年龄自然而来的一件"奇事",也使她多了些思索。

祖父明白这类事情对于一个女子的影响,祖父心情也变了些。祖父是一个在自然里活了七十年的人,但在人事上的自然现象,就有了些不能安排处。因为翠翠的长成,使祖父记起了些旧事,从掩埋在一大堆时间里的故事中,重新找回了些东西。

翠翠的母亲,某一时节原同翠翠一个样子。眉毛长,眼睛大,皮肤红红的。也乖得使人怜爱——也懂在一些小处,使家中长辈快乐。也仿佛永远不会同家中这一个分开。但一点不幸来了,她认识了那个兵。这些事从老船夫说来谁也无罪过,只应"天"去负责。翠翠的祖父口中不怨天,心却不能完全同意这种不幸的安排。到底还像年青人,说是放下了,也正是不能放下的莫可奈何容忍到的一件事!

并且那时还有个翠翠。如今假若翠翠又同妈妈一样,老船夫的年龄,还能把小雏儿再抚育下去吗?人愿意神却不同意!人太老了,应当休息了,凡是一个良善的乡下人,所应得到劳苦与不幸,全得到了。假若另外高处有一个上帝,这上帝且有一双手支配一切,很明显的事,十分公道的办法,是应把祖父先收回去,再来让那个年青的在新的生活上得到应分接受那一分的。

可是祖父不那么想。他为翠翠担心。他有时便躺到门外岩石上,对着星子想他的心事。他以为死是应当快到了的,正因为翠翠人已长大了,证明自己也真正老了。无论如何,得让翠翠有个着落。翠翠既是她那可怜母亲交把他的,翠翠大了,他也得把翠翠交给一个人,他的事才算完结!交给谁?必需什么样的方不委屈她?

前儿天顺顺家天保大老过溪时,同祖父谈话,这心直口快的青年人,第一句话就说:

"老伯伯,你翠翠长得真标致,再过两年,若我有闲空能留在茶峒照料事情,不必像老鸦到处飞,我一定每夜到这溪边来为翠翠唱歌。"

祖父用微笑奖励这种自白。一面把船拉动,一面把那双小眼睛瞅着大老。

于是大老又说:

"翠翠太娇了,我担心她只宜于听点茶峒人的歌声,不能作茶峒女子做媳妇的一切正经事。我要个能听我唱歌的情人,却更不能缺少个照料家务的媳妇。'又要马儿不吃草,又要马儿走得好',唉,这两句话说是古人为我说的!"

祖父慢条斯理把船转了头,让船尾傍岸,就说:

"大老,也有这种事儿!你瞧着吧。"

那青年走去后,祖父温习着那些出于一个男子口中的真话,实在又愁又喜。翠翠若应当交把一个人,这个人是不是适宜于照料翠翠?当真交把了他,翠翠是不是愿意?

……

有人带了礼物到碧溪岨,掌水码头的顺顺,当真请了媒人为儿子向渡船的认亲戚来了。老船夫慌慌张张把这个人渡过溪口,一同到家里去。翠翠正在屋门前剥豌豆,来了客并不如何注意。但一听到客人进门说"贺喜贺喜",心中有事,不敢再蹲在屋门边,就装作追赶菜园地的鸡,拿了竹响篙唰唰的摇着,一面口中轻轻喝着,向屋后白塔跑去了。

来人说了些闲话,言归正传转述到顺顺的意见时,老船夫不知如何回答,只是很惊惶的搓着两只茧结的大手,且神气中则只像在说:"那好的,那妙的。"其实这老头子却不曾说过一句话。

来人把话说完后,就问作祖父的意见怎么样。老船夫笑着把头点着说:"大老想走车路,这个很好。可是我得问问翠翠,看她自己主张怎么样。"来人被打发走后,祖父在船头叫翠翠下河边来说话。

翠翠拿了一簸箕豌豆下到溪边,上了船,娇娇的问她的祖父:"爷爷,你有什么事?"祖父笑着不说什么,只看翠翠。看了许久。翠翠坐到船头,低下头去剥豌豆,耳中听着远处竹篁里的黄鸟叫。翠翠想:"日子长咧,爷爷话也长了。"翠翠心跳着。

过了一会祖父说:"翠翠,翠翠,先前那个人来作什么,你知道不知道。"

翠翠说:"我不知道。"说后脸同颈脖全红了。

祖父看看那种情景,明白翠翠的心事了,便把眼睛向远处望去,在空雾里望见了十五年前翠翠的母亲,老船夫心中非常柔和了。轻轻的自言自语说:"每一只船总要有个码头,每一只雀儿得有个巢。"他同时想起那个可怜的母亲过去的事情,心中有了一点隐痛,却勉强笑着。

翠翠呢,正从山中黄鸟杜鹃叫声里,以及伐竹人嗖嗖一下一下的砍伐竹声音里,想到许多事情。老虎咬人的故事,与人对骂时四句头的山歌,造纸作坊中的方坑,熔铁炉里泄出的铁汁,耳朵听来的,眼睛看到的,她似乎皆去温习它。她其所以这样作,又似乎全只为了希望忘掉眼前的一桩事而起。但她实在有点误会了。

祖父说:"翠翠,船总顺顺家里请人来为大老作媒,讨你作媳,问我愿不愿。我呢,人老了。再过三年两载会过去的,我没有不愿的事情。这是你自己的事,你自己想想,自己来说。愿意,就成了;不愿意,也好。"

翠翠弄明白了,人来做媒的大老,不曾把头抬起,心忡忡的跳着,脸烧得厉害,仍然剥她的豌豆,且随手把空豆荚抛到水中去,望着它们在流水中从从容容的流去,自己也俨然从容了许多。

见翠翠总不作声,祖父于是笑了,且说:"翠翠,想几天不碍事。洛阳桥并不是一个晚上弄得好的,要日子咧。前次那人来的就问我说到这件事,我已经就告过他:车是车路,马是马路,想爸爸作主,请媒人正正经经来说是车路;要自己作主,站到对溪高崖竹林里为你唱三年六个月的歌是马路,——你若欢喜走马路,我相信人家会为你在日头下唱热情的歌,在月光下唱温柔的歌,一直唱到吐血喉咙烂!"

翠翠不作声,心中只想哭,可是也无理由可哭。祖父是再说下去,便引到死过了的母亲来了。说了一阵,沉默了。翠翠悄悄把头摆过一些,祖父眼中也已酿了一汪眼泪。翠翠又惊又怕怯生生的说:"爷爷,你怎么的?"祖父不作声,用大手掌擦着眼睛,小孩子似的咕咕笑着,跳上岸跑回家去了。

翠翠想赶去却不赶去。

雨后放晴的天气,日头炙到人肩上背上已有了点儿力量。溪边芦苇水杨柳,菜园中菜蔬,莫不繁荣滋茂,带着一分有野性的生气。草丛里绿色蚱蜢各处飞着,翅膀搏动空气时皆习习作声。枝头新蝉声音已渐渐宏大。两山深翠逼人,竹篁中有黄鸟与竹雀杜鹃鸣叫。翠翠感觉着,望着,听着,同时也思索着:

"爷爷今年七十岁……三年六个月的歌——谁送那只白鸭子呢?……得碾子的好运气,碾子得谁更是好运气?……"

痴着,忽地站起,半簸箕豌豆便倾倒到水中去了。伸手把那簸箕从水中捞起时,隔溪有人喊过渡。

……

祖父把船拉回来时,见翠翠痴痴的坐在岸边,问她是什么事,翠翠不作声。祖父要她去烧火煮饭,想了一会儿,觉得自己哭得可笑,一个人便回到屋中去。坐在黑黝黝的灶边把火烧燃后,她又走到门外高崖上去,喊叫她的祖父,要他回家里来,在职务上毫不儿戏的老船夫,因为明白过渡人皆是赶回城中吃晚饭的人,来一个就渡一个,不便要人站在那岸边呆等,故不上岸来。只站在船头告翠翠,且让他做点事,把人渡完事后,就会回家里来吃饭。

翠翠第二次请求祖父祖父不理会,她坐在悬崖上,很觉得悲伤。

天夜了,有一匹大萤火虫尾上闪着蓝光,很迅速的从翠翠身旁飞过去,翠翠想,"看你飞得多远!"便把眼睛随着那萤火虫的明光追去。杜鹃又叫了。

"爷爷,为什么不上来?我要你!"

在船上的祖父听到这种带着娇有点儿埋怨的声音,一面粗声粗气的答道:"翠翠,我就来,我就来!"一面心中却自言自语:"翠翠,爷爷不在了,你将怎么样?"

老船夫回到家中时,见家中还黑黝黝的,只灶间有火光,见翠翠坐在灶边矮条凳上,用手蒙着眼睛。

走过去才晓得翠翠已哭了许久。祖父一个下半天来,皆弯着个腰在船上拉来拉去,歇歇时手也酸了,腰也酸了,照规矩,一到家里就会嗅到锅中所焖瓜菜的味道,且可见到翠翠安排晚饭在灯光下跑来跑去的影子。

祖父说:"翠翠,我来慢了,你就哭,这还成吗?我死了呢?"

翠翠不作声。

祖父又说:"不许哭,做一个大人,不管有什么事皆不许哭,要硬扎一点,结实一点,方配活到这块土地上!"

翠翠把手从眼睛边移开,靠近了祖父身边去,"我不哭了。"

两人作饭时,祖父为翠翠说到一些有趣味的故事。因此提到了死去了的翠翠的母亲。两人在豆油灯下把饭吃过后,老船夫因为工作疲倦,喝了半碗白酒,故饭后兴致极好,又同翠翠到门外高崖上月光下去说故事。说了些那个可怜母亲的乖巧处,同时且说到那可怜母亲性格强硬处,使翠翠听来神往倾心。

翠翠抱膝坐在月光下,傍着祖父身边,问了许多关于那个可怜母亲的故事。间或吁一口气,似乎心中压上了些分量沉重的东西,想挪移得远一点,才吁着这种气,可是却无从把东西挪开。

月光如银子,无处不可照及,山上篁竹在月光下皆成为黑色。身边虫声繁密如落雨。间或不知道从什么地方,忽然会有一只草莺"落落落落落"啭着她的喉咙,不久之间,这小鸟儿又好像明白这是半夜,便仍然闭着那小小眼儿安睡了。

祖父夜来兴致很好,为翠翠把故事说下去,就提到了本城人二十年前唱歌的风气,如何驰名于川黔边地。翠翠的父亲,便是唱歌的第一手,能用各种比喻解释爱与憎的结子,这些事也说到了。翠翠母亲如何爱唱歌,且如何同父亲在未认识以前在白日里对歌,一个在半山上竹篁里砍竹子,一个在溪面渡船上拉船,这些事也说到了。

翠翠问:"后来怎么样?"

祖父说:"后来的事长得很,最重要的事情,就是这种歌唱出了你。"

老船夫做事累了睡了,翠翠哭倦了也睡了。翠翠不能忘记祖父所说的事情,梦中灵魂为一种美妙歌声浮起来了,仿佛轻轻的各处飘着,上了白塔,下了菜园,到了船上,又复飞窜过悬崖半腰——去作什么呢?摘虎耳草!白日里拉船时,她仰头望着崖上那些肥大虎耳草已极熟习。

一切皆像是祖父说的故事,翠翠只迷迷糊糊的躺在粗麻布帐子里草荐上,以为这梦做得顶美顶甜。祖父却在床上醒着,张起个耳朵听对溪高崖上的人唱了半夜的歌。他知道那是谁唱的,他知道是河街上天保大老走马路的第一着,又忧愁又快乐的听下去。翠翠因为日里哭倦了,睡得正好,他就不去惊动她。

第二天,天一亮翠翠就同祖父起身了,用溪水洗了脸,把早上说梦的忌讳去掉了,翠翠赶忙同祖父去说昨晚上所梦的事情。

"爷爷,你说唱歌,我昨天就在梦里听到一种歌声,又软又缠绵,我像跟了这声音各处飞,飞到对溪悬崖半腰,摘了一大把虎耳草,得到了虎耳草,我可不知道把这个东西交给谁去了。我睡得真好,梦的真有趣!"

祖父温和悲悯的笑着,并不告给翠翠昨晚上的事实。

祖父心里想:"做梦一辈子更好,还有人在梦里作宰相咧。"

昨晚上唱歌的,老船夫还以为是天保大老,日来便要翠翠守船,借故到城里去送药,在河街见到了大老,就一把拉住那小伙子,很快乐的说:"大老,你这个人,又走车路又走马路,是怎样一个狡猾东西!"

但老船夫却作错了一件事情,把昨晚唱歌人"张冠李戴"了。这两弟兄昨晚上同时到碧溪岨去,为了作哥哥的走车路占了先,无论如何也不肯先开腔唱歌,一定得让那弟弟先唱。弟弟一开口,哥哥却因为明知不是敌手,更不能开口了。翠翠同她祖父晚上听到的歌声,便全是那个傩送二老所唱的。大老伴弟弟回家时,就决定了同茶峒地方离开,驾家中那只新油船下驶,好忘却了上面的一切。这时正想下河去看新船装货。老船夫见他冷冷的,不明白他的意思,就用眉眼做了一个可笑的记号,表示他明白大老的冷淡处是装成的,表示他有消息可以奉告。

他拍了大老一下,轻轻的说:"你唱得很好,别人在梦里听着你那个歌,为那个歌带得很远,走了不少的路!"

大老望着弄渡船的老船夫涎皮的老脸,轻轻的说:

"算了吧,你把宝贝女儿送给了竹雀吧。"

这句话使老船夫完全弄不明白他的意思。大老从一个吊脚楼甬道走下河去了,老船夫也跟着下去,到了河边,见那只新船正在装货,许多油篓子搁到岸边,一个水手正在用茅草扎成长束,备作船舷上挡浪用的茅把,还有人在河边用脂油擦桨板。老船夫问那个坐在大太阳下扎茅把的水手,这船什

么日子下行,谁押船。那水手把手指着大老。老船夫搓着手说:

"大老,听我说句正经话,你那件事走车路,不对;走马路,你有分的!"

那大老把手指着窗口说:"伯伯,你看那边,你要竹雀做孙女婿,竹雀在那里啊!"

老船夫抬头望到二老,正在窗口整理一个鱼网。

回碧溪岨到渡船上时,翠翠问:"爷爷,你同谁吵了架,面色那样难看!"

祖父莞尔而笑,他到城里的事情,不告给翠翠一个字。

大老坐了那只新油船向下河走去了,留下傩送二老在家。……

二老有机会唱歌却从此不再到碧溪岨唱歌。十五过去了,十六也过去了,到了十七,老船夫忍不住了,进城往河街去找寻那个年青小伙子,到城门边正预备入河街时,就遇着上次为大老作保山的杨马兵,正牵了一匹骡马预备出城,一见老船夫,就拉住了他:

"伯伯,我正有事情告你,碰巧你就来城里!"

"什么事?"

"天保大老坐下水船到茨滩出了事,闪不知这个人掉到滩下漩水里就淹坏了。早上顺顺家里得到这个信,听说二老一早就赶去了。"

这消息同有力巴掌一样重重的捆了他那么一下,他不相信这是当真的消息。他故作从容的说:

"天保大老淹坏了吗?从不闻有水鸭子被水淹坏的!"

"可是那只水鸭子仍然有那么一次被淹坏了……我赞成你的卓见,不让那小子走车路十分顺手。"

从马兵言语上,老船夫还十分怀疑这个新闻,但从马兵神气上注意,老船夫却看清楚这是个真的消息了。他惨惨的说:

"我有什么卓见可言?这是天意!……"老船夫说时心中充满了感情。

特为证明那马兵所说的话,有多少可靠处,老船夫同马兵分手后,于是匆匆赶到河街上去。到了顺顺家门前,正有人烧纸钱,许多人围在一处说话。掺加进去听听,所说的便是杨马兵提到的那件事。但一到有人发现了身后的老船夫时,大家便把话语转了方向,故意来谈下河油价涨落情形了。老船夫心中很不安,正想找一个比较要好的水手谈谈。

一会船总顺顺从外面回来了,样子沉沉的,这豪爽正直的中年人,正似乎为不幸打倒,努力想挣扎爬起的神气,一见到老船夫就说:"老伯伯,我们谈的那件事情吹了吧。天保大老已经坏了,你知道了吧。"

老船夫两只眼睛红红的,把手搓着,"怎么的,这是真事!是昨天,是前天？"

另一个像是赶路同来报信的，插嘴说道："十六中上，船搁到石包子上，船头进了水，大老想把篙撇着，人就弹到水中去了。"

老船夫说："你眼见他下水吗？"

"我还与他同时下水！"

"他说什么？"

"什么都来不及说！这几天来他都不说话！"

老船夫把头摇摇，向顺顺那么瞅了一眼。船总顺顺像知道他的心中不安处，说："伯伯，一切是天，算了吧。我这里有大兴场送来的好烧酒，你拿一点去喝罢。"一个伙计用竹筒上了一筒酒，用新桐木叶蒙着筒口，交给了老船夫。

老船夫把酒拿走，到了河街后，低头向河码头走去，到河边天保大老前天上船处去看看。杨马兵还在那里放马到沙地上打滚，自己坐在柳树荫下乘凉，老船夫就走过去请马兵试试那大兴场的烧酒，两人兴致似乎皆好些了，老船夫告给杨马兵，十四夜里二老两兄弟过碧溪岨唱歌那件事情。

那马兵听到后便说："伯伯，你是不是以为翠翠愿意二老应该派归二老……"

话未说完，傩送二老却从河街下来了。这年青人正像要远行的样子，一见了老船夫就回头走去。杨马兵就喊他说："二老，二老，你来，有话同你说呀！"

二老站定了，问马兵"有什么话说"。马兵望望老船夫，就向二老说："你来，有话说！"

"什么话？"

"我听人说你已经走了，——你过来我同你说，我不会吃掉你！"

那黑脸宽肩膊，样子虎虎有生气的傩送二老，勉强似的笑着，到了柳荫下时，老船夫指着河上游远处那座新碾坊说："二老，听人说那碾坊将来是归你的！归了你，派我来守碾子，行不行？"

二老仿佛听不惯这个询问的用意，便不作声。杨马兵看风头有点儿僵，便说："二老，你怎么的，预备下去吗？"那年青人把头点点，就走开了。

老船夫讨了个没趣，赶回碧溪岨去，到了渡船上时，就装作把事情看得极随便似的，告给翠翠。

"翠翠，城里出了件新鲜事情，天保大老驾油船下辰州，掉到茨滩淹坏了。"

翠翠因为听不懂,对于这个报告最先好像全不在意,祖父又说:

"翠翠,这是真事,上次来到这里做保山的杨马兵,还说我早不答应亲事极有见识!"

翠翠瞥了祖父一眼,见他眼睛红红的,知道他喝了酒,且有了点事情不高兴,心中想:"谁撩你生气?"船到家边时,祖父不自然的笑着向家中走去,翠翠守船,半天不闻祖父声息,赶回家去看看,见祖父正坐在门槛上编草鞋耳子。

翠翠见祖父神气极不对,就蹲到他身前去。

"爷爷,你怎么的?"

"天保当真死了!二老生了我们的气,以为他家中出这件事情是我们分派的!"

有人在溪边大喊渡船过渡,祖父匆匆出去了。翠翠坐在那屋角隅稻草上,心中极乱,等等还不见祖父回来,就哭起来了。

……

黄昏时天气十分郁闷,溪面各处飞着红蜻蜓。天上已起了云,热风把两山竹篁吹得声音极大,看样子到晚上必落大雨。翠翠守在渡船上,看着那些溪面飞来飞去的蜻蜓,心也极乱。看祖父脸上颜色惨惨的,放心不下,便又赶回家中去。先以为祖父一定早睡了,谁知还坐在门槛上打草鞋!

"爷爷,你要多少双草鞋,床头上不是还有十四双吗?怎么不好好的躺一躺?"

老船夫不作声,却站起身来昂头向天空望着,轻轻的说:"翠翠,今晚上要落大雨响大雷的!回头把我们的船系到岩下去,这雨大哩。"

翠翠说:"爷爷,我真吓怕!"翠翠怕的似乎并不是晚上要来的雷雨。

老船夫似乎也懂得那个意思,就说:"怕什么?一切要来的都得来,不必怕!"

夜间果然落了大雨,挟以吓人的雷声。电光从屋脊上掠过时,接着就是訇的一个炸电。翠翠在暗中抖着,祖父也醒了,知道她害怕,且担心她招凉,还起身来把一条布单搭到她身上去。祖父说:

"翠翠,不要怕!"

翠翠说:"我不怕!"说了还想说:"爷爷你在这里我不怕!"

訇的一个大雷,接着是一种超越雨声而上的洪大倾圮声。两人皆以为一定是溪岸悬岸崩落了;担心到那只渡船,会早已压在崖石上面去了。

祖孙两人便默默的躺在床上听雨声雷声。

但无论如何大雨,过不久,翠翠却仍然就睡着了。醒来时天已亮了,雨不知在何时业已止息,醒来只听到溪两岸山沟里注水入溪的声音,翠翠爬起身来看看祖父还似乎睡得很好,开了门走出去,门前已成为一个水沟,一股水便从塔后哗哗的流来,从前面悬崖直堕而下。并且各处皆是那么一种临时的水道。屋旁菜园地已为山水冲乱了,菜秧皆掩在粗砂泥里了。再走过前面去看看溪里一切,才知道溪中也涨了大水,已满过了码头,水脚快到茶缸边了。下到码头去的那条路,正同一条小河一样,哗哗的泄着黄泥水。过渡的那一条横溪牵定的缆绳,已被水淹去了,泊在崖下的渡船,已不见了。

　　翠翠看看屋前悬崖并不崩坍,故当时还不注意渡船的失去。但再过一阵,她上下搜索不到这东西,无意中回头一看,屋后白塔已不见了,一惊非同小可。赶忙向屋后跑去,才知道白塔也已坍倒,大堆砖石极凌乱的摊在那儿,翠翠吓慌得不知所措,只锐声叫她的祖父。祖父不起身,也不答应,就赶回家里去,到得祖父床边摇了祖父许久,祖父还不作声。原来这个老年人在雷雨将息时已死去了。

　　翠翠于是大哭起来。

　　……

　　碧溪岨的白塔,与茶峒风水有关系,塔圮坍了,不重新作一个自然不成。除了城中营管,税局,以及各商号各平民捐了些钱以外,各大寨子也有人拿册子去捐钱。为了这塔成就并不是给谁一个人的好处,应尽每个人来积德造福,尽每个人皆有捐钱的机会,因此在渡船上也放了个两头有节的大竹筒,中部锯了一口尽过渡人自由把钱投进去,竹筒满了马兵就捎进城中首事人处去,另外又带了个竹筒回来。过渡人一看老船夫不见了,翠翠辫子上扎了白线,就明白那老的已作完了自己分上的工作,安安静静躺到土坑里给小蛆吃掉了,必一面用同情的眼色瞧着翠翠,一面就摸出钱来塞到竹筒中去。"天保佑你,死了的到西方去,活下的永保平安。"翠翠明白那些捐钱人的意思,心里酸酸的,忙把身子背过去拉船。

　　可是到了冬天,那个圮坍了的白塔,又重新修好了,那个在月下唱歌,使翠翠在睡梦里为歌声把灵魂轻轻浮起的年青人,还不曾回到茶峒来。

　　……

　　这个人也许永远不回来了,也许"明天"回来!

　　　　　　(选自《沈从文全集》第8卷,北岳文艺出版社1982年版。)

【简析】

　　《边城》是公认的沈从文乡土文学的代表作,有关的分析、介绍已经很多,这里仅沿着概说的思路,强调一点:沈从文因对北京文化中的乡土性的体认而融入了这个城市,当然也仍然保留着某种陌生感。他因湘西文化体验而发现了北京文化的美,又因北京文化的发现,而重新发现、扩大、深化了对湘西文化的美的体认与想象。于是,他的乡土记忆与描写就因渗透了北京文化精神而显示出一种阔大、庄严、敦厚的气象,这就是他产生于北京的《边城》与一般的乡土文学不同之处。但沈从文却也在北京目睹了让他如此醉心的博大而精致的美,正在历史的变迁中逐渐消失,他不能不联想到他的湘西,同样让他醉心的淳朴而自然的美也无可避免地处在消失的过程中。这样的生命体认,就使得他的乡土牧歌渗入了哀歌的调子。但他仍然保留着对人性与民族本性、对生命存在本身的信心,写作《边城》即是要展现一种"优美,健康,自然,而又不悖乎人性的人生形式",以实现民族道德与民族精神的再造与重建。

【思考题】

1. "沈从文的寂寞",这是他的再传弟子汪曾祺所提出的一个重大命题。根据沈从文的自述与汪曾祺等的分析,这"寂寞"大抵有五层含义。

(1) 沈从文所描写的是"中国另外一个地方另外一种事情"(《〈边城〉题记》),如"边城"文题所暗喻的:这是一种处于地理与文化边缘位置的寂寞人生。

(2) 这更是创作主体刻骨铭心的寂寞感。如朱光潜先生所说,"它表现出受过长期压迫而又富于幻想的少数民族在心坎里那一股沉忧隐痛,《翠翠》(按:应为《边城》)似显出从文自己的这方面的性格。他是一位好社交的热情人,可是在深心里却是一个孤独者"(《从沈从文先生的人格看他的文艺风格》)。沈从文自己也说:"我作品能够在市场上流行,实际上近于买椟还珠,你们都欣赏我的故事的清新,照例那作品背后蕴藏的热情却忽略了,你们能欣赏我文字的朴实,照例那作品背后隐伏的悲痛也忽略了"(《习作选集代序》)。尤其重要的是,沈从文将这样的寂寞感转化成一种"绝缘""独断"的写作状态与方式:"到执笔写作那一刻","除了用文字捕捉感觉与事象以外,俨然与外界绝缘,不相粘附","写作时要独断,要彻底地独断!"(《习作选集代序》)

(3) 由此而产生了准备接受寂寞命运,"尽时间来陶冶"的历史长时段的写作目标与期待:"种树造林必需相当时间的","我希望我的工作,在历史上能负一点儿责任,尽时间来陶冶,给它证明什么应消灭,什么宜存在";"永远放不下我一点狂妄的想象,以为在另外一时,你们少数的少数,会越过那条间隔城乡的深沟,从一个乡下人的作品中,发现一种燃烧的感情,对于人类智慧与美丽永远的倾心,康健诚实的赞颂,以及对愚蠢自私极端憎恶的感情。这种感情且居然能刺激你们,引起你们对人生向上的憧憬,对当前一切的怀疑"(《习作选集代序》)。

(4) 同时也决定了作者期待的读者,是那些"认识这个民族的过去伟大处与目前堕落处,很寂寞的从事于民族复兴大业的人"。沈从文在《〈边城〉题记》里即指明:"我这本书只准备给一些'本身已离开了学校,或始终就无从接近学校,还认识些中国文字,置身于文学理论,文学批评,以及说谎造谣消息所达不到的那种职务上,在那个社会里生活,而且极关心全个民族在空间时间下所有的好处与坏处'的人去看。"(《〈边城〉题记》)

(5) 如汪曾祺所说,"寂寞是一种境界,一种很美的境界",在沈从文的作品里,寂寞已成为一种审美境界:他"笔下的湘西,总是那么安安静静的",而且"静中有动,静中有人",他最"擅长用一些颜色,一些声音来描绘这种安静的诗境"(《沈从文的寂寞》)。

汪曾祺在1980年所写的《沈从文的寂寞》一文结尾,这样问道:"莫非这(沈从文所期待的真正理解他的)'另外一时'已经到了么?"你作为21世纪初的年轻读者,能懂得沈从文吗? 能不能根据你阅读《边城》的感受,就"沈从文的寂寞"这一命题谈谈你的看法?

沈从文这样谈到自己:"你这个对政治无信仰对生命极关心的乡下人……正好准备你的事业,即用一支笔来好好地保留最后一个浪漫派在二十世纪生命给予的形式。"(《水云——我怎么创造故事,故事怎么创造我》)——这"乡下人"与"最后一个浪漫派"的自我命名,与我们所讨论的"沈从文的寂寞"之间有着怎样的内在联系?

2. 沈从文也是一个语言大师。他曾说自己的文字"一部分充满泥土气息,一部分又文白杂糅,故事在写实中依旧浸透着一种抒情幻想成分"(《〈沈从文小说选集〉题记》)。后者以《烛虚》为代表,汪曾祺说有魏晋人文章的影响;而《边城》则是最能体现前一种文字风格的,汪曾祺说它"每一句都'鼓立'饱满,充满水份",是"一些声音、颜色、气味的记录",而又"附着于人"。——试对本文的一些重点段落,如"五月端阳之夜,翠翠与老二初次相遇"与"月夜翠翠与祖父的谈话,睡梦间听见老二唱歌的幻觉",作文本细读,以感受沈从文的语言魅力,并体会其语言风格。

3. 沈从文也很重视小说的"组织"(他不喜欢"结构"这个词;汪曾祺认为,这是因为"结构"过于理智,"组织"更带感情,较多作者的主观),对小说开头与结尾的写法常有自觉的追求。试对《边城》的头、尾作出你的分析。

媚金·豹子·与那羊

  不知道麻梨场麻梨的甜味的人,告他白脸的女人唱的歌是如何好听也是空话。听到摇橹的声音觉得很美是有人。听到雨声风声觉得美的也有人。听到小孩子半夜哭喊,以及芦苇在小风中说梦话那样细细的响,以为美,也总不缺少那呆子。这些是诗。但更其是诗,更其容易把情绪引到醉里梦里的,就是白脸族苗女人的歌。听到这歌的男子,把流血成为自然的事,这是历史上相传下来的魔力了。一个熟习苗中掌故的人,他可以告你五十个有名美男子被丑女人的好歌声缠倒的故事,他又可以另外告你五十个美男子被白脸苗女人的歌声唱失魂的故事。若是说了这些故事的人,还有故事不说,那必定是他还忘了把媚金的事情相告。

  媚金的事是这样。她是一个白脸苗中顶美的女人,同到凤凰族相貌极美又顶有一切美德的一个男子,因唱歌成了一对。两方面在唱歌中把热情交流了。于是女人就约他夜间往一个洞中相会。男子答应了。这男子名叫豹子。豹子答应了女人夜里到洞中去,因为是初次,他预备牵一匹小山羊去送女人,用白羊换媚金贞女的红血,所作的纵是罪恶,似乎神也许可了。谁知到夜豹子把事情忘了,等了一夜的媚金,因无男子的温暖,就冷死在洞中。豹子在家中睡到天明才记起,赶即去,则女人已死了,豹子就用自己身边的刀自杀在女人身旁。尚有一说则豹子的死,为此后仍然常听到媚金的歌,因寻不到唱歌人,所以自杀。

  但是传闻全为人所撰拟,事情并不那样。看看那遗传下来据说是豹子临死前用树枝画在洞里地面沙上最后的一首诗,那意思,却是媚金有怨豹子爽约的语气。媚金是等候豹子不来,以为自己被欺,终于自杀了。豹子是因了那一只羊的原故,爽了约,到时则媚金已死,所以豹子就从媚金胸上拔出那把刀来,陷到自己胸里去,也倒在洞中。至于羊此后的消息,以及为什么平时极有信用的豹子,却在这约会上成了无信的男子,是应当问那一只羊了。都因为那一只羊,一件喜事变成了一件悲剧,无怪乎白脸族苗人如今有不吃羊肉的理由。

  但是问羊又到什么地方去问?每一个情人送他情妇的全是一只小小白山羊,而且为了表示自己的忠诚,与这恋爱的坚固,男人总说这一只羊是当年豹子送媚金姑娘那一只羊的血族。其实说到当年那一只羊,究竟是公山羊或母山羊,谁也还不能够分明。

让我把我所知道的写来吧。我的故事的来源是得自大盗吴柔。吴柔是当年承受豹子与媚金遗下那只羊的后人,他的祖先又是豹子的拳棍师傅,所传下来的事实,可靠的自然较多。后面是那故事。

媚金站在山南,豹子站在山北,从早唱到晚。山就是现在还名为唱歌山的山。当年名字是野菊,因为菊花多,到秋来满山一片黄。如今还是一样黄花满山,名字是因为媚金的事而改了。唱到后来的媚金,承认是输了,是应当把自己交把与豹子,尽豹子如何处置了,就唱道:

　　红叶过冈是任那九秋八月的风,
　　把我成为妇人的只有你。

豹子听到这歌,欢喜得踊跃。他明白他胜利了。他明白这个白脸族中最美丽风流的女人,心归了自己所有,就答道:

　　白脸族一切全属第一的女人,
　　请你到黄村的宝石洞里去。
　　天上大星子能互相望到时,
　　那时我看见你你也能看见我。

媚金又唱:

　　我的风,我就照到你的意见行事。
　　我但愿你的心如太阳光明不欺,
　　我但愿你的热如太阳把我融化。
　　莫让人笑凤凰族美男子无信,
　　你要我做的事自己也莫忘记。

豹子又唱:

　　放心,我心中的最大的神。
　　豹子的美丽你眼睛曾为证明。
　　豹子的信实有一切人作证。
　　纵天空中到时落的雨是刀,
　　我也将不避一切来到你身边与你亲嘴。

天是渐渐夜了。野猪山包围在紫雾中如今日黄昏景致一样。天上剩一些起花的红云,送太阳回地下,太阳告别了。到这时打柴人都应归家,看牛羊人应当送牛羊归栏,一天已完了。过着平静日子的人,在生命上翻过一页,也不必问第二页上面所载的是些什么,他们这时应当从山上,或从水边,或从田坝,回到家中吃饭时候了。

豹子打了一声呼哨,与媚金告别,匆匆赶回家,预备吃过饭时找一只新生的小羊到宝石洞里去与媚金相会。媚金也回了家。

回到家中的媚金,吃过了晚饭,换过了内衣,身上擦了香油,脸上擦了宫粉,对了青铜镜把头发挽成了个大髻,缠上一匹长一丈六尺的绉绸首帕,一切已停当,就带了一个装满了酒的长颈葫芦,以及一个装满了钱的绣花荷包,一把锋利的小刀,走到宝石洞去了。

宝石洞当年,并不与今天两样。洞中是干燥,铺满了白色细沙,有用石头做成的床同板凳,有烧火地方,有天生凿空的窟窿,可以望星子,所不同,不过是当年的洞供媚金豹子两人做新房,如今变成圣地罢了。时代是过去了。好的风俗是如好的女人一样,都要渐渐老去的。一个不怕伤风,不怕中暑,完完全全天生为少年情人预备的好地方,如今却供奉了菩萨,虽说菩萨就是当年殉爱的两人,但媚金豹子若有灵,都会以为把这地方盘踞为不应当吧。这样好地方,既然是两个情人死去的地方,为了纪念这一对情人,除了把这地方来加以人工,好好布置,专为那些唱歌互相爱悦的少男少女聚会方便外,真没有再适当的用处了。不过我说过,地方的好习惯是消灭了,民族的热情是下降了,女人也慢慢的像中国女人,把爱情移到牛羊金银虚名虚事上来了,爱情的地位显然是已经堕落,美的歌声与美的身体同样被其他物质战胜成为无用的东西了,就是有这样好地方供年青人许多方便,恐怕媚金同豹子,也见不惯这些假装的热情与虚伪的恋爱,倒不如还是当成圣地,省得来为现代的爱情脏污好!

如今且说媚金到宝石洞的情形。

她是早先来,等候豹子的。她到了洞中,就坐到那大青石做成的床边。这是她行将做新妇的床。石的床,铺满了干麦秆草,又有大草把做成的枕头,干爽的穹形洞顶仿佛是帐子,似乎比起许多床来还合用。她把酒葫芦挂到洞壁钉上,把绣花荷包放到枕边(这两样东西是她为豹子而预备的),就在黑暗中等候那年青壮美的情人。洞口微微的光照到外面,她就坐着望到洞口有光处,期待那黑的巨影显现。

她轻轻的唱着一切歌,娱悦到自己。她用歌去称赞山中豹子的武勇与人中豹子的美丽,又用歌形容到自己此时的心情与豹子的心情。她用手揣自己身上各处,又用鼻子闻嗅自己各处,揣到的地方全是丰腴滑腻如油如腊,嗅到的气味全是一种甜香气味。她又把头上的首巾除去,把髻拆松,比黑夜还黑的头发一散就拖地。媚金原是白脸族极美的女人,男子中也只有豹子,才配在这样女人身上作一切撒野的事。

这女人,全身发育到成圆形,各处的线全是弧线,整个的身材却又极其苗条相称。有小小的嘴与圆圆的脸,有一个长长的鼻子。有一个尖尖的下巴。还有一对长长的眉毛。样子似乎是这人的母亲,照到何仙姑捏塑成就的,人间决不应当有这样完全的精致模型。请想想,再过一点钟,两点钟,就应当把所有衣衫脱去,做一个男子的新妇,这样的女人,在这种地方,略为害着羞,容纳了一个莽撞男子的热与力,是怎样动人的事!

生长于二十世纪,一九二八年,在中国上海地方,善于在朋友中刺探消息,各处造谣,天生一张好嘴,得人怜爱的文学家,聪明伶俐为世所惊服,但请他来想想媚金是如何美丽的一个女人,仍然是很难的一件事。

白脸族苗女人的秀气清气,是随到媚金减了多日了。这事是谁也能相信的。如今所见的女人,只不过是下品中的下品,还足使无数男子倾心,使有身分的汉人低头,媚金的美貌也就可以仿佛得知了。

爱情的字眼,是已经早被无数肮脏的虚伪的情欲所玷污,再不能还到另一时代的纯洁了。为了说明当时媚金的心情,我们是不愿再引用时行的话语来装饰,除了说媚金心跳着在等候那男子来压她以外,她并不如一般天才所想象的叹气或独白!

她只望豹子快来,明知是豹子要咬人她也愿意被吃被咬。

那一只人中豹子呢?

豹子家中无羊,到一个老地保家买羊去了。他拿了四吊青钱,预备买一只白毛的小母山羊,进了地保的门就说要羊。

地保见到豹子来问羊,就明白是有好事了,问豹子说:

"年青的标致的人,今夜是预备作什么人家的新郎?"

豹子说:

"在伯伯眼中,看得出豹子的新妇所在。"

"是山茶花的女神,才配为豹子屋里人。是大鬼洞的女妖,才配与豹子相爱。人中究竟是谁,我还不明白。"

"伯伯,人人都说凤凰族的豹子相貌堂堂,但是比起新妇来,简直不配为她做垫脚蒲团!"

"年青人,不要太自谦卑。一个人投降在女人面前时,是看起自己来本就一钱不值的。"

"伯伯说的话正是！我是不能在我那个人面前说到自己的。得罪伯伯,我今夜里就要去作丈夫了。对于我那人,我的心,要怎样来诉说呢？我来此是为伯伯匀一只小羊,拿去献给那给我血的神。"

地保是老年人,是预言家,是相面家,听豹子在喜事上说到血,就一惊。这老年人似乎就有一种预兆在心上明白了,他说:

"年青人,你神气不对。"

"伯伯呵！今夜你的儿子是自然应当与往日两样的。"

"你把脸到灯下来我看。"

豹子就如这老年人的命令,把脸对那大青油灯。地保看过后,把头点点,不做声。

豹子说:

"明于见事的伯伯,可不可以告我这事的吉凶？"

"年青人,知识只是老年人的一种消遣,于你们是无用的东西！你要羊,到栏里去拣选,中意的就拿去吧。不要给我钱。不要致谢。我愿意在明天见到你同你新妇的……"

地保不说了,就引导豹子到屋后羊栏里去。豹子在羊群中找取所要的羔羊,地保为掌灯相照。羊栏中,羊数近五十,小羊占一半,但看去看来却无一只小羊中豹子的意。毛色纯白又嫌稍大,较小的又多脏污。大的羊不适用那是自然的事,毛色不纯的羊又似乎不配送给媚金。

"随随便便吧,年青人,你自己选。"

"选过了。"

"羊是完全不合用么？"

"伯伯,我不愿意用一只驳杂毛色的羊与我那新妇洁白贞操相比。"

"不过我愿意你随随便便选一只,赶即去看你那新妇。"

"我不能空手,也不能用伯伯这里的羊,还是要到别处去找！"

"我是愿意你随便点。"

"道谢伯伯,今天是豹子第一次与女人取信的事,我不好把一只平常的羊充数。"

"但是我劝你不要羊也成。使新妇久候不是好事。新妇所要的并不是羊。"

"我不能照伯伯的忠告行事,因为我答应了我的新妇。"

豹子谢了地保,到别一人家去看羊。送出大门的地保,望到这转瞬即消失在黑暗中的豹子,叹了一口气,大数所在这预言者也无可奈何,只有关门在家等消息了。他走了五家，全无合意的羊，不是太大就是毛色不纯。好的羊在这地方原是如好的女人一样，使豹子中意全是偶然的事！

当豹子出了第五家养羊人家的大门时，星子已满天，是夜静时候了。他想，第一次答应了女人做的事，就做不到，此后尚能取信于女人么？空手的走去，去与女人说羊是找遍了全个村子还无中意的羊，所以空手来，这谎话不是显然了么？他于是下了决心，非找遍全村不可。

凡是他所知道的地方他都去拍门，把门拍开时就低声柔气说出要羊的话。豹子是用着他的壮丽在平时就使全村人皆认识了的，听到说要羊，送女人。所以人人无有不答应。像地保那样热心耐烦的引他到羊栏去看羊，是村中人的事。羊全看过了，很可怪的事是无一只合式的小羊。

在洞中等候的媚金着急情形，不是豹子所忘记的事。见了星子就要来的临行嘱托，也还在豹子耳边停顿。但是，答应了女人为抱一只小羔羊来，如今是羊还不曾得到，所以豹子这时着急的，倒只是这羊的寻找，把时间忘了。

想在本村里找寻一只净白小羊是办不到的事，若是一定要，那就只有到离此三里远近的另一个村里询问了。他看看天空，以为时间尚早。豹子为了守信，就决心一气跑到另一村里去买羊。

到别一村去道路在豹子走来是极其熟习的，离了自己的村庄，不到半里，大路上，他听到路旁草里有羊叫的声音。声音极低极弱，这汉子一听就明白这是小羊的声音。他停了。又详细的侧耳探听，那羊又低低的叫了一声。他明白是有一只羊掉在路旁深坑里了，羊是独自留在坑中有了一天，失了娘，念着家，故在黑暗中叫着哭着。

豹子藉到星光拨开了野草，见到了一个地口。羊听到草动，就又叫，那柔弱的声音从地口出来。豹子欢喜极了。豹子知道近来天气晴明，坑中无水，就溜下去。坑只齐豹子的腰，坑底的土已干硬了，豹子下到坑中以后稍过一阵，就见到那羊了。羊知道来了人便叫得更可怜，也不走拢到豹子身边来，原来羊是初生不到十天的小羔，看羊人不小心，把羊群赶走，尽它掉下了坑，把前面一只脚跌断了。

豹子见羊已受了伤，就把羊抱起，爬出坑来，以为这羊无论如何是用得着了，就走向媚金约会的宝石洞路上去。在路上，羊却仍然低低的喊叫。豹子悟出羊的痛苦来了，心想只有抱它到地保家去，请地保为敷上一点药，再带去。他就又反向地保家走去。

到了地保家，拍门时，正因为豹子事无从安睡的老人，还以为是豹子的凶信来了。老人隔门问是谁。

"伯伯,是你的侄儿。羊是得到了,因为可怜的小东西受了伤,跌坏了脚,所以到伯伯处求治。"

"年青人,你还不去你新妇那里吗?这时已半夜了,快把羊放到这里,不要再耽搁一分一秒吧。"

"伯伯,这一只羊我断定是我那新妇所欢喜的。我还不能看清楚它的毛色,但我抱了这东西时,就猜得这是一只纯白的羊!它的温柔与我的新妇一样,它的……"

那地保真急了,见到这汉子对于无意中拾来一只受伤的羊,像对这羊在做诗,就把门闩抽去砰的把门打开。一线灯光照到豹子怀中的小羊身上,豹子看出了小羊的毛色。

羊的一身白得像大理的积雪。豹子忙把羊抱起来亲嘴。

"年青人,你这是作什么?你忘记了你是应当在今夜做新郎了。"

"伯伯,我并不忘记!我的羊是天赐的。我请你赶紧为设法把脚搽一点药水,我就应当抱它去见我的新人了。"

地保只摇头,把羊接过手来在灯下检视,这小羊见了灯光再也不喊了,只闭了眼睛,鼻孔里咻咻的出气。

过了不久豹子已在向宝石洞的一条路上走着了。小羊在它怀中得了安眠。豹子满心希望到宝石洞时见到了媚金,同到媚金说到天赐这羊的事。他把脚步放宽,一点不停,一直上了山,过了无数高崖,过了无数水洞,走到宝石洞。

到得洞外时东方的天已经快明了。这时天上满是星,星光照到洞门,内中冷冷清清不见人。他轻轻的喊:

"媚金,媚金,媚金!"

他再走进一点,则一股气味从洞中奔出,全无回声,多经验的豹子一嗅便知道这是血腥气。豹子愕然了。稍稍发痴,即刻把那小羊向地下一掼,奔进洞中去。

到了洞中以后,向床边走去,为时稍久,豹子就从天空星子的微光返照下望到媚金倒在床上的情形了。血腥气也就从那边而来。豹子扑拢去,摸到媚金的额,摸到脸,摸到口;口鼻只剩了微热。

"媚金!媚金!"

喊了两声以后,媚金微微的嘤的应了一声。

"你做什么了呢?"

先是听嘘嘘的放气,这气似乎并不是从口鼻出,又似乎只是在肚中响,到后媚金转动了,想爬起不能,就幽幽的继续的说道:

"喊我的是日里唱歌的人不?"

"是的,我的人!他日里常常是忧郁的唱歌,夜里则常是孤独的睡觉;他今天这时却是预备来做新郎的……为什么你是这个样子了呢?"

"为什么?"

"是!是谁害了你?"

"是那不守信实的凤凰族年青男子,他说了谎。一个美丽的完人,总应当有一些缺点,所以菩萨就给他一点说谎的本能。我不愿在说谎人前面受欺,如今我是完了。"

"并不是!你错了!全因为凤凰族男子不愿意第一次对一个女人就失信,所以他找了一整夜才无意中把那所答应的羊找到,如今是得了羊倒把人失了。天啊,告我应当在什么事情上面守着那信用!"

临死的媚金听到这语,知道豹子迟来的理由是为了那羊,并不是故意失约了,对于自己在失望中把刀陷进胸膛里的事是觉得做错了。她就要豹子扶她起来,把头靠到豹子的胸前,让豹子的嘴放到她额上。

女人说:

"我是要死了。……我因为等你不来,看看天已快亮,心想自己是被欺了,……所以把刀放进胸膛里了。……你要我的血我如今是给你血了。我不恨你。……你为我把刀拔去,让我死。……你也乘天未大明就逃到别处去,因为你并无罪。"

豹子听着女人断断续续的说到死因,流着泪,不做声。他想了一阵,轻轻的去摸媚金的胸,摸着了全染了血的媚金的奶,奶与奶之间则一把刀柄浴着血。豹子心中发冷,打了一个战。

女人说:

"豹子,为什么不照到我的话行事呢?你说是一切为我所有,那么就听我的命令,把刀拔去了,省得我受苦。"

豹子还是不做声。

女人过了一阵,又说:

"豹子,我明白你了,你不要难过。你把你得来的羊拿来我看。"

豹子就好好把媚金放下,到洞外去捉那只羊。可怜的羊是无意中被豹子掼得半死,也卧在地下喘气了。

豹子望一望天,天是完全发白了。远远的有鸡在叫了。他听到远处的水车响声,像平常做梦日子。

他把羊抱进洞去给媚金,放到媚金的胸前。

"豹子,扶我起来,让我同你拿来的羊亲嘴。"

豹子把她抱起,又把她的手代为抬起,放到羊身上。"可怜这只羊也受伤了,你带它去了吧。……为我把刀拔了,我的人。不要哭。……我知道你是爱我,我并不怨恨。你带羊逃到别处去好了。……呆子,你预备做什么?"

豹子是把自己的胸也坦出来了,他去拔刀。陷进去很深的刀是用了大的力才拔出的。刀一拔出血就涌出来了,豹子全身浴着血。豹子把全是血的刀扎进自己的胸脯,媚金还没能见到就含着笑死了。

天亮了,天亮了以后,地保带了人寻到宝石洞,见到的是两具死尸,与那曾经自己手为敷过药此时业已半死的羊,以及似乎是豹子临死以前用树枝在沙上写着的一首歌。地保于是乎把歌读熟,把羊抱回。

白脸苗的女人,如今是再无这种热情的种子了。她们也仍然是能原谅男子,也仍然常常为男子牺牲,也仍然能用口唱出动人灵魂的歌,但都不能作媚金的行为了!

(选自《沈从文全集》第5卷,北岳文艺出版社2002年版。)

【简析】

如果说北京城终于接纳了来自湘西的这位"乡下人",沈从文与上海这个都市则始终有一种紧张关系,他以一个具有乡土文化背景(不仅是他的湘西文化背景,还有他作为北京的客住者所获得的北京文化的背景)的"文化工人"的身份与眼光审视上海,获得了他所独有的都市体验与都市想象。借用他的一篇都市小说的篇目,他所发现的是一个"腐烂"的现代都市,一种"腐烂"的都市文化,被金钱所渗透与控制,一切都物质化与利益化,处处显示出一种病态:不仅是上流社会的糜烂,下层社会生机的被剥夺,更是人的生命的畸形——诚实与勇气的丧失,激情与个性的匮缺,美的玷污,生命的浪费,无聊与生命力的枯竭,导致了人的萎缩与卑琐。这样的都市观察与体验,首先使沈从文产生了"为城市生活所吞噬"的恐惧感与自我危机感,他动情地也不无夸张地向养育自己的先祖忏悔:"你们给我的诚实,勇敢,热情,血质的遗传,到如今,向前诚实的特性机能已荡然无余,生的光荣早随你们已死去了。"这恐惧感与危机感并不只属于他个人,由此唤起的是整个民族文化的危机感。正是在这样的背景下,身居上海滩的沈从文把自己的眼光转向湘西苗族文化,并把它理想化,写了《媚金·豹子·与那羊》,以及

《龙朱》《七个野人与最后迎春节》《雨后》《夫妇》……这样一批乡土小说。与写于北京的《边城》的宁静、和谐不同，这些作品充满了无羁的野性、"圆满健全"的生命力与出自本性的诚实，这是由前述都市文化的腐烂所激起的圣洁的乡土文化想象，沈从文显然是要提倡一种存在于自然状态中的生命形态，在他看来，这是可以医治现代都市病的，同时也是一种自我救赎：于是我们也终于懂得了沈从文说他是 20 世纪"最后一个浪漫派"的深意。

【思考题】

1. 沈从文关注的始终是文化问题：他的这篇《媚金·豹子·与那羊》是可以当作一篇文化寓言来读的。但他的文学表达的切入口，却是性爱，这本身即颇耐人寻味，它关乎沈从文对人性与文学的一种把握与理解。请结合本文以及沈从文其他著作（比如，沈从文曾说，将他的《柏子》与《八骏图》对照起来，就可以看出他对城市与乡村的态度；而这两篇所表现的正是两种性爱方式）的阅读与分析，就这一命题作出你的阐述与展开。

2. 本文在某种程度上可以看作是沈从文对苗族民间传说的一个现代改写，这里所显示的民间文学与苗族文化对沈从文创作的深刻影响自不可忽视，但也许更值得注意的是沈从文的讲述方式。汪曾祺多次谈到，沈从文很重视"讲故事的方法"，曾做过一个故事多种讲法的试验。请对本篇的讲故事作出你的分析。

【拓展阅读】

汪曾祺：《沈从文的寂寞——浅谈他的散文》《沈从文和他的〈边城〉》，《汪曾祺全集》第 3 卷，北京师范大学出版社 1998 年版。

第九章　萧　红

　　萧军的《八月的乡村》和萧红的《生死场》于 1935 年由奴隶社出版，鲁迅为之作序，是一个标志性的文学事件："东北作家群"从此举世瞩目。鲁迅如此概括他们的创作特色："作者的心血和失去的天空，土地，受难的人民，以至失去的茂草，高粱，蝈蝈，蚊子，搅成一团，鲜红的在读者跟前展开，显示着中国的一份和全部，现在和未来，死路与活路"（《田军作〈八月的乡村〉序》）；"北方人民的对于生的坚强，对于死的挣扎，却往往已经力透纸背"（《萧红作〈生死场〉序》）。并用一语评价他们写作的意义：于侵略者对中国"'心的征服'有碍"（《田军作〈八月的乡村〉序》）。

　　鲁迅的分析启示我们，要从两个方面去认识和把握东北作家群的创作特色：它们既继承了鲁迅开创的乡土文学传统，深受东北黑土地文化的影响，具有鲜明的地域文学的特征，同时更有强烈的时代特征：表现的是对"失去的"天空、土地的眷恋，"力透纸背"的是国土沦陷的民族伤痛，因此，"乡土"就融入了"国家、民族"的大义之中，东北作家的乡土文学也成了反抗"心的征服"的抗战文学以至世界反法西斯文学的有机组成部分。

　　萧红（1911—1942）或许是东北作家群中个性最为鲜明、最具代表性的作家。鲁迅说她的特异在于"女性作家的细致的观察和越轨的笔致"。所谓"细致的观察"，更是指萧红观察的角度与感受的独特：她的第一篇小说以《生死场》命名，表明她关注的是北中国儿女的生存状态——"在乡村，人和动物一样忙着生，忙着死……"，在沉重中透露出一种悲悯感。但她也写出了在民族危亡时刻，隔绝的人们终于聚拢起来，发出"我是中国人"的"蓝天欲堕"的呐喊，显示了鲁迅所说的"生的坚强"与"死的挣扎"。

　　最为人称道的，自然是萧红"越轨的笔致"。有研究者特意谈到"萧红作品提供了真正美学意义上的'童心世界'"，说她最美的篇什《在牛车上》《后花园》《小城三月》《呼兰河传》都是"'童心'对'世界'的覆盖"。所谓"童心世界"，不仅是指对"童年印象"的书写、叙述中的儿童视角，更是指"儿童感受世界的方式（比如保有世界形象的'浑然性'的感受方式）以及表述方式(也是充分感性的),儿童对于世界的审美态度,等等"。由此产生的是萧红的语言特色:文字的稚拙、单纯、天真,"还有生动的直观性。这也是儿童看世界、思考世界的特有方式:不是诉诸经验与理性(那是成人世界特有的),而是诉诸生动的直观"(赵园:《论萧红小说兼及中国现代小说的散文特征》)。而且她的文字是需要朗读的,在高声喊叫里,作者、读者的生命都升腾起来,明亮起来:"太阳在园子里是特大的,天空是特别高的,……是凡在太阳下的,都是健康的、漂亮的。拍一拍连大树都会发响的。叫一叫就是站在对面的土墙都会回答似的。花开了,就像花睡醒了似的。鸟飞了,就像鸟上天似的。虫子叫了,就像虫子在说话似的。一切都活了,都有无限的本领。要做什么,就做什么。要怎么样,就怎么样。都是自由的。"这里洋溢的是未加任何修饰的语言的原生味,是从天性里自然流出的天籁之声,跃动着的是一颗历经磨难而完整保存的赤子之心。鲁迅说的"明丽和新鲜"的语言风格,仅属于萧红。

鲁迅还说,萧红的小说"叙事和写景,胜于人物的描写"。这背后其实有着萧红对小说艺术的自觉追求。萧红直言不讳:要有自己的"小说学"!"鲁迅的小说有些就不是小说","要写《阿Q正传》、《孔乙己》之类!而且至少在长度上超过他!"(聂绀弩:《〈萧红选集〉序》)她正是打破了小说写作的常规,将小说化解为散文。小说家最为看重的人物、情节都被淡化以至消解,不按时序而直接用场景结构小说;在萧红这里,"时间"是凝滞与循环的,她更注重"空间"的意义和转换。她要表达的,是回忆中碎片化了的人、事、景,以及她的感觉:既是直觉,又有依稀敏感到模糊的难以言说的象征意味。她真正想浓化的是内在和外在生命相融合的情致、韵味。这一切,就自自然然地创造出了一个介于小说、散文和诗之间的小说样式,人们通常称之为"散文化小说"或"诗化小说"。这其实是中国现代小说中的一个潮流,萧红无疑是一位标志性的代表作家。

呼兰河传(节选)

第三章

一

呼兰河这小城里边住着我的祖父。

我生的时候,祖父已经六十多岁了,我长到四五岁,祖父就快七十了。

我家有一个大花园,这花园里蜂子、蝴蝶、蜻蜓、蚂蚱,样样都有。蝴蝶有白蝴蝶、黄蝴蝶。这种蝴蝶极小,不太好看。好看的是大红蝴蝶,满身带着金粉。

蜻蜓是金的,蚂蚱是绿的,蜂子则嗡嗡地飞着,满身绒毛,落到一朵花上,胖圆圆地就和一个小毛球似的不动了。

花园里边明晃晃的,红的红,绿的绿,新鲜漂亮。

据说这花园,从前是一个果园。祖母喜欢吃果子就种了果园。祖母又喜欢养羊,羊就把果树给啃了。果树于是都死了。到我有记忆的时候,园子里就只有一棵樱桃树,一棵李子树,为因樱桃和李子都不大结果子,所以觉得它们是并不存在的。小的时候,只觉得园子里边就有一棵大榆树。

这榆树在园子的西北角上,来了风,这榆树先啸,来了雨,大榆树先就冒烟。太阳一出来,大榆树的叶子就发光了,它们闪烁得和沙滩上的蚌壳一样了。

祖父一天都在后园里边,我也跟着祖父在后园里边。祖父带一个大草帽,我戴一个小草帽,祖父栽花,我就栽花;祖父拔草,我就拔草。当祖父下种,种小白菜的时候,我就跟在后边,把那下了种的土窝,用脚一个一个地溜平。哪里会溜得准,东一脚的,西一脚的瞎闹。有的把菜种不单没被土盖上,反而把菜子踢飞了。

小白菜长得非常之快,没有几天就冒了芽了,一转眼就可以拔下来吃了。

祖父铲地,我也铲地。因为我太小,拿不动那锄头杆,祖父就把锄头杆拔下来,让我单拿着那个锄头的"头"来铲。其实哪里是铲,也不过爬在地上,用锄头乱勾一阵就是了。也认不得哪个是苗,哪个是草。往往把韭菜当做野草一起地割掉,把狗尾草当做谷穗留着。

等祖父发现我铲的那块满留着狗尾草的一片,他就问我:

"这是什么?"

我说:

"谷子。"

祖父大笑起来,笑得够了,把草摘下来问我:

"你每天吃的就是这个吗?"

我说:

"是的。"

我看着祖父还在笑,我就说:
"你不信,我到屋里拿来你看。"
我跑到屋里拿了鸟笼上的一头谷穗,远远地就抛给祖父了。说:
"这不是一样的吗?"
祖父慢慢地把我叫过去,讲给我听,说谷子是有芒针的。狗尾草则没有,只是毛嘟嘟的真像狗尾巴。

祖父虽然教我,我看了也并不细看,也不过马马虎虎承认下来就是了。一抬头看见了一个黄瓜长大了,跑过去摘下来,我又去吃黄瓜去了。

黄瓜也许没有吃完,又看见了一个大蜻蜓从旁飞过,于是丢了黄瓜又去追蜻蜓去了。蜻蜓飞得多么快,哪里会追得上?好在一开初也没有存心一定追上,所以站起来,跟了蜻蜓跑了几步就又去做别的去了。

采一个倭瓜花心,捉一个大绿豆青蚂蚱,把蚂蚱腿用线绑上,绑了一会,也许把蚂蚱腿就绑掉,线头上拴了一只腿,而不见蚂蚱了。

玩腻了,又跑到祖父那里去乱闹一阵,祖父浇菜,我也抢过来浇,奇怪的就是并不往菜上浇。而是拿着水瓢,拼尽了力气,把水往天空里一扬,大喊着:

"下雨了,下雨了。"

太阳在园子里是特大的,天空是特别高的。太阳的光芒四射,亮得使人睁不开眼睛,亮得蚯蚓不敢钻出地面来,蝙蝠不敢从什么黑暗的地方飞出来。是凡在太阳下的,都是健康的、漂亮的,拍一拍连大树都会发响的,叫一叫就是站在对面的土墙都会回答似的。

花开了,就像花睡醒了似的。鸟飞了,就像鸟上天了似的。虫子叫了,就像虫子在说话似的。一切都活了。都有无限的本领,要做什么,就做什么。要怎么样,就怎么样。都是自由的。倭瓜愿意爬上架就爬上架,愿意爬上房就爬上房。黄瓜愿意开一个谎花,就开一个谎花,愿意结一个黄瓜,就结一个黄瓜。若都不愿意,就是一个黄瓜也不结,一朵花也不开,也没有人问它。玉米愿意长多高就长多高,它若愿意长上天去,也没有人管。蝴蝶随意的飞,一会从墙头上飞来一对黄蝴蝶,一会又从墙头上飞走了一个白蝴蝶。它们是从谁家来的,又飞到谁家去?太阳也不知道这个。

只是天空蓝悠悠的,又高又远。

可是白云一来了的时候,那大团的白云,好像洒了花的白银似的,从祖父的头上经过,好像要压到了祖父的草帽那么低。

我玩累了,就在房子底下找个阴凉的地方睡着了。不用枕头,不用席子,就把草帽遮在脸上就睡了。

二

祖父的眼睛是笑盈盈的,祖父的笑,常常笑得和孩子似的。

祖父是个长得很高的人,身体很健康,手里喜欢拿着个手杖。嘴上则不住地抽着旱烟管,遇到了小孩子,每每喜欢开个玩笑,说:

"你看天空飞个家雀。"

趁那孩子往天空一看,就伸出手去把那孩子的帽给取下来了,有的时候放在长衫的下边,有的时候放在袖口里头。他说:

"家雀叨走了你的帽啦。"

孩子们都知道了祖父的这一手了,并不以为奇,就抱住他的大腿,向他要帽子,摸着他的袖管,撕着他的衣襟,一直到找出帽子来为止。

祖父常常这样做,也总是把帽放在同一的地方,总是放在袖口和衣襟下。那些搜索他的孩子没有一次不是在他衣襟下把帽子拿出来的,好像他和孩子们约定了似的:"我就放在这块,你来找吧!"

这样的不知做过了多少次,就像老太太永久讲着"上山打老虎"这一个故事给孩子们听似的,哪怕是已经听过了五百遍,也还是在那里回回拍手,回回叫好。

每当祖父这样做一次的时候,祖父和孩子们都一齐地笑得不得了。好像这戏还像第一次演似的。

别人看了祖父这样做,也有笑的,可不是笑祖父的手法好,而是笑他天天使用一种方法抓掉了孩子的帽子,这未免可笑。

祖父不怎样理财,一切家务都由祖母管理。祖父只是自由自在地一天闲着;我想,幸好我长大了,我三岁了,不然祖父该多寂寞。我会走了,我会跑了。我走不动的时候,祖父就抱着我;我走动了,祖父就拉着我。一天到晚,门里门外,寸步不离,而祖父多半是在后园里,于是我也在后园里。

我小的时候,没有什么同伴,我是我母亲的第一个孩子。

我记事很早,在我三岁的时候,我记得我的祖母用针刺过我的手指,所以我很不喜欢她。我家的窗子,都是四边糊纸,当中嵌着玻璃。祖母是有洁癖的,以她屋的窗纸最白净。别人抱着把我一放在祖母的炕边上,我不加思索地就要往炕里边跑,跑到窗子那里,就伸出手去,把那白白透着花窗棂的纸窗给捅了几个洞,若不加阻止,就必得挨着排给捅破。若有人招呼着我,我也得加速的抢着多捅几个才能停止。手指一触到窗上,那纸窗像小鼓似的,嘭嘭地就破了。破得越多,自己越得意。祖母若来追我的时候,我就越得意了,笑得拍着手,跳着脚的。

有一天祖母看我来了,她拿了一个大针就到窗子外边去等我去了,我刚一伸出手去,手指就痛得厉害。我就叫起来了。那就是祖母用针刺了我。

从此,我就记住了,我不喜欢她。虽然她也给我糖吃,她咳嗽时吃猪腰烧川贝母,也分给我猪腰,但是我吃了猪腰还是不喜欢她。

在她临死之前,病重的时候,我还会吓了她一跳。有一次她自己一个人坐在炕上熬药,药壶是坐在炭火盆上,因为屋里特别的寂静,听得见那药壶骨碌骨碌地响。祖母住着两间房子,是里外屋,恰巧外屋也没有人,里屋也没人,就是她自己。我把门一开,祖母并没看见我,于是我就用拳头在板隔壁上,咚咚地打了两拳。我听到祖母"哟"地一声,铁火剪子就掉了地上了。

我再探头一望,祖母就骂起我来。她好像就要下地来追我似的。我就一边笑着,一边跑了。

我这样地吓唬祖母,也并不是向她报仇,那时我才五岁,是不晓得什么的,也许觉得这样好玩。

祖父一天到晚是闲着的,祖母什么工作也不分配给他。只有一件事,就是祖母的地样上的摆设,有一套锡器,却总是祖父擦的。这可不知道是祖母派给他的,还是他自动的愿意工作,每当祖父一擦的时候,我就不高兴,一方面是不能领着我到后园里去玩了,另一方面祖父因此常常挨骂,祖母骂他懒,骂他擦的不干净。祖母一骂祖父的时候,就常常不知为什么连我也骂上。

祖母一骂祖父,我就拉着祖父的手往外边走,一边说:

"我们后园里去吧。"

也许因此祖母也骂了我。

她骂祖父是"死脑瓜骨",骂我是"小死脑瓜骨"。

我拉着祖父就到后园里去了,一到了后园里,立刻就另是一个世界了。决不是那房子里的狭窄的世界,而是宽广的,人和天地在一起,天地是多么大,多么远,用手摸不到天空。而土地上所长的又是那么繁华,一眼看上去,是看不完的,只觉得眼前鲜绿的一片。

一到后园里,我就没有对象地奔了出去,好像我是看准了什么而奔去了似的,好像有什么在那儿等着我似的。其实我是什么目的也没有。只觉得这园子里边无论什么东西都是活的,好像我的腿也非跳不可了。

若不是把全身的力量跳尽了,祖父怕我累了想招呼住我,那是不可能的,反而他越招呼,我越不听活。

等到自己实在跑不动了,才坐下来休息,那休息也是很快的,也不过随便在秧子上摘下一个黄瓜来,吃了也就好了。

休息好了又是跑。

樱桃树,明明是没有结樱桃,就偏跑到树上去找樱桃。李子树是半死的样子了,本不结李子的,就偏去找李子。一边在找,还一边大声的喊,在问着祖父:

"爷爷,樱桃树为什么不结樱桃?"

祖父老远的回答着:

"因为没有开花,就不结樱桃。"

再问:

"为什么樱桃树不开花?"

祖父说:

"因为你嘴馋,它就不开花?"

我一听了这话,明明是嘲笑我的话,于是就飞奔着跑到祖父那里,似乎是很生气的样子。等祖父把眼睛一抬,他用了完全没有恶意的眼睛一看我,我立刻就笑了。而且是笑了半天的工夫才能够止住,不知哪里来了那许多的高兴,把后园一时都让我搅乱了,我笑的声音不知有多大,自己都感到震耳了。

后园中有一棵玫瑰。一到五月就开花的。一直开到六月。花朵和酱油碟那么大。开得很茂盛,满树都是,因为花香,招来了很多的蜂子,嗡嗡地在玫瑰树那儿闹着。

别的一切都玩厌了的时候,我就想起来去摘玫瑰花,摘了一大堆把草帽脱下来用帽兜子盛着。在摘那花的时候,有两种恐惧,一种是怕蜂子的勾刺人,另一种是怕玫瑰的刺刺手。好不容易摘了一大堆,摘完了可又不知道做什么了。忽然异想天开,这花若给祖父戴起来该多好看。

祖父蹲在地上拔草,我就给他戴花。祖父只知道我是在捉弄他的帽子,而不知道我到底是在干什么。我把他的草帽给他插了一圈的花,红通通的二三十朵。我一边插着一边笑,当我听到祖父说:

"今年春天雨水大,咱们这棵玫瑰开得这么香。二里路也怕闻得到的。"

就把我笑得哆嗦起来。我几乎没有支持的能力再插上去。等我插完了,祖父还是安然的不晓得。他还照样地拔着垅上的草。我跑得很远的站着,我不敢往祖父那边看,一看就想笑。所以我借机进屋去找一点吃的来,还没有等我回到园中,祖父也进屋来了。

那满头红通通的花朵,一进来祖母就看见了。她看见什么也没说,就大笑了起来。父亲母亲也笑了起来,而以我笑得最厉害,我在炕上打着滚笑。

祖父把帽子摘下来一看,原来那玫瑰的香并不是因为今年春天雨水大的缘故,而是那花就顶在他的头上。

他把帽子放下,他笑了十多分钟还停不住,过一会一想起来,又笑了。
祖父刚有点忘记了,我就在旁边提着说:
"爷爷……今年春天雨水大呀……"
一提起,祖父的笑就来了。于是我也在炕上打起滚来。
就这样一天一天的,祖父,后园,我,这三样是一样也不可缺少的了。
刮了风,下了雨,祖父不知怎样,在我却是非常寂寞的了。去没有去处,玩没有玩的,觉得这一天不知有多少日子那么长。

三

偏偏这后园每年都要封闭一次的,秋雨之后这花园就开始凋零了,黄的黄、败的败,好像很快似的一切花朵都灭了,好像有人把它们摧残了似的。它们一齐都没有从前那么健康了,好像它们都很疲倦了,而要休息了似的,好像要收拾收拾回家去了似的。

大榆树也是落着叶子,当我和祖父偶尔在树下坐坐,树叶竟落在我的脸上来了。树叶飞满了后园。

没有多少时候,大雪又落下来了,后园就被埋住了。
通到园去的后门,也用泥封起来了,封得很厚,整个的冬天挂着白霜。
我家住着五间房子,祖母和祖父共住两间,母亲和父亲共住两间。祖母住的是西屋,母亲住的是东屋。

是五间一排的正房,厨房在中间,一齐是玻璃窗子,青砖墙,瓦房间。
祖母的屋子,一个是外间,一个是内间。外间里摆着大躺箱,地长桌,太师椅。椅子上铺着红椅垫,躺箱上摆着朱砂瓶,长桌上列着坐钟。钟的两边站着帽筒。帽筒上并不挂着帽子,而插着几个孔雀翎。

我小的时候,就喜欢这个孔雀翎,我说它有金色的眼睛,总想用手摸一摸,祖母就一定不让摸,祖母是有洁癖的。

还有祖母的躺箱上摆着一个坐钟,那坐钟是非常希奇的,画着一个穿着古装的大姑娘,好像活了似的,每当我到祖母屋去,若是屋子里没有人,她就

总用眼睛瞪我。我几次的告诉过祖父,祖父说:

"那是画的,她不会瞪人。"

我一定说她是会瞪人的,因为我看得出来,她的眼珠像是会转。

还有祖母的大躺箱上也尽雕着小人,尽是穿古装衣裳的,宽衣大袖,还戴顶子,带着翎子。满箱子都刻着,大概有二三十个人,还有吃酒的,吃饭的,还有作揖的……

我总想要细看一看,可是祖母不让我沾边,我还离得很远的,她就说:

"可不许用手摸,你的手脏。"

祖母的内间里边,在墙上挂着一个很古怪很古怪的挂钟,挂钟的下边用铁练子垂着两穗铁包米。铁包米比真的包米大了很多,看起来非常重,似乎可以打死一个人。再往那挂钟里边看就更希奇古怪了,有一个小人,长着蓝眼珠,钟摆一秒钟就响一下,钟摆一响,那眼珠就同时一转。

那小人是黄头发,蓝眼珠,跟我相差太远,虽然祖父告诉我,说那是毛子人,但我不承认她,我看她不像什么人。

所以我每次看这挂钟,就半天半天的看,都看得有点发呆了。我想:这毛子人就总在钟里边呆着吗? 永久也不下来玩吗?

外国人在呼兰河的土语叫做"毛子人"。我四五岁的时候,还没有见过一个毛子人,以为毛子人就是因为她的头发毛烘烘地卷着的缘故。

祖母的屋子除了这些东西,还有很多别的,因为那时候,别的我都不发生什么趣味,所以只记住了这三五样。

母亲的屋里,就连这一类的古怪玩艺也没有了,都是些普通的描金柜,也是些帽筒、花瓶之类,没有什么好看的,我没有记住。

这五间房子的组织,除了四间住房一间厨房之外,还有极小的、极黑的两个小后房。祖母一个,母亲一个。

那里边装着各种样的东西,因为是储藏室的缘故。

坛子罐子、箱子柜子、筐子篓子。除了自己家的东西,还有别人寄存的。

那里边是黑的,要端着灯进去才能看见。那里边的耗子很多,蜘蛛网也很多。空气不大好,永久有一种扑鼻的和药的气味似的。

我觉得这储藏室很好玩,随便打开哪一只箱子,里边一定有一些好看的东西,花丝线、各种色的绸条、香荷包、搭腰、裤腿、马蹄袖、绣花的领子。古香古色,颜色都配得特别的好看。箱子里边也常常有蓝翠的耳环或戒指,被我看见了,我一看见就非要一个玩不可,母亲就常常随手抛给我一个。

还有些桌子带着抽屉的,一打开那里边更有些好玩的东西,铜环、木刀、竹尺、观音粉。这些个都是我在别的地方没有看过的。而且这抽屉始终也不锁的。所以我常常随意地开,开了就把样样,似乎是不加选择地都搜了出去,左手拿着木头刀,右手拿着观音粉,这里砍一下,那里画一下。后来我又得到了一个小锯,用这小锯,我开始毁坏起东西来,在椅子腿上锯一锯,在炕沿上锯一锯。我自己竟把我自己的小木刀也锯坏了。

无论吃饭和睡觉,我这些东西都带在身边,吃饭的时候,我就用这小锯,锯着馒头。睡觉做起梦来还喊着:

"我的小锯哪里去了?"

储藏室好像变成我探险的地方了。我常常趁着母亲不在屋我就打开门进去了。这储藏室也有一个后窗,下半天也有一点亮光,我就趁着这亮光打开了抽屉,这抽屉已经被我翻得差不多的了,没有什么新鲜的了。翻了一会,觉得没有什么趣味了,就出来了。到后来连一块水胶,一段绳头都让我拿出来了,把五个抽屉通通拿空了。

除了抽屉还有筐子笼子,但那个我不敢动,似乎每一样都是黑洞洞的,灰尘不知有多厚,蛛网蛛丝的不知有多少,因此我连想也不想动那东西。

记得有一次我走到这黑屋子的极深极远的地方去,一个发响的东西撞住我的脚上,我摸起来抱到光亮的地方一看,原来是一个小灯笼,用手指把灰尘一划,露出来是个红玻璃的。

我在一两岁的时候,大概我是见过灯笼的,可是长到四五岁,反而不认识了。我不知道这是个什么。我抱着去问祖父去了。

祖父给我擦干净了,里边点上个洋蜡烛,于是我欢喜得就打着灯笼满屋跑,跑了好几天,一直到把这灯笼打碎了才算完了。

我在黑屋子里边又碰到了一块木头,这块木头是上边刻着花的,用手一摸,很不光滑,我拿出来用小锯锯着。祖父看见了,说:

"这是印帖子的帖板。"

我不知道什么叫帖子,祖父刷上一片墨刷一张给我看,我只看见印出来几个小人,还有一些乱七八糟的花,还有字。祖父说:

"咱们家开烧锅的时候,发帖子就是用这个印的,这是一百吊的……还有伍十吊的十吊的……"

祖父给我印了许多,还用鬼子红给我印了些红的。

还有戴缨子的清朝的帽子,我也拿了出来戴上。多少年前的老大的鹅翎扇子,我也拿了出来吹着风。翻了一瓶莎仁出来,那是治胃病的药,母亲吃着,我也跟着吃。

不久,这些八百年前的东西,都被我弄出来了。有些是祖母保存着的,有些是已经出了嫁的姑母的遗物,已经在那黑洞洞的地方放了多少年了,连动也没有动过,有些个快要腐烂了,有些个生了虫子,因为那些东西早被人们忘记了,好像世界上已经没有那么一回事了。而今天忽然又来到了他们的眼前,他们受了惊似的又恢复了他们的记忆。

每当我拿出一件新的东西的时候,祖母看见了,祖母说:

"这是多少年前的了!这是你大姑在家里边玩的……"

祖父看见了,祖父说:

"这是你二姑在家时用的……"

这是你大姑的扇子,那是你三姑的花鞋……都有了来历。但我不知道谁是我的三姑,谁是我的大姑。也许我一两岁的时候,我见过她们,可是我到四五岁时,我就不记得了。

我祖母有三个女儿,到我长起来时,她们都早已出嫁了。可见二三十年内就没有小孩子了。而今也只有我一个。实在的还有一个小弟弟,不过那时他才一岁半岁的,所以不算他。

家里边多少年前放的东西,没有动过,他们过的是既不向前,也不回头的生活。是凡过去的,都算是忘记了,未来的他们也不怎样积极地希望着,只是一天一天地平板地、无怨无尤地在他们祖先给他们准备好的口粮之中生活着。

等我生来了,第一给了祖父的无限的欢喜,等我长大了,祖父非常地爱我。使我觉得在这世界上,有了祖父就够了,还怕什么呢?虽然父亲的冷淡,母亲的恶言恶色,和祖母的用针刺我手指的这些事,都觉得算不了什么。何况又有后花园!后园虽然让冰雪给封闭了,但是又发现了这储藏室。这里边是无穷无尽地什么都有,这里边宝藏着的都是我所想像不到的东西,使我感到这世界上的东西怎么这样多!而且样样好玩,样样新奇。

比方我得到了一包颜料,是中国的大绿,看那颜料闪着金光,可是往指甲上一染,指甲就变绿了,往胳臂上一染,胳臂立刻飞来了一张树叶似的。实在是好看,也实在是莫名其妙,所以心里边就暗暗地欢喜,莫非是我得了宝贝吗?

得了一块观音粉。这观音粉往门上一划,门就白了一道,往窗上一划,窗就白了一道。这可真有点奇怪,大概祖父写字的墨是黑墨,而这是白墨吧?

得了一块圆玻璃,祖父说是"显微镜"。他在太阳底下一照,竟把祖父装好的一袋烟照着了。

这该多么使人欢喜,什么什么都会变的。你看它是一块废铁,说不定它就有用,比方我捡到一块四方的铁块,上边有一个小窝。祖父把榛子放在小窝里边,打着榛子给我吃。在这小窝里打,不知道比用牙咬要快了多少倍。何况祖父老了,他的牙又多半不大好。

我天天从那黑屋子往外搬着,而天天有新的。搬出来一批,玩厌了,弄坏了,就再去搬。

因此使我的祖父、祖母常常地慨叹。

他们说这是多少年前的了,连我的第三个姑母还没有生的时候就有这东西。那是多少年前的了,还是分家的时候,从我曾祖那里得来的呢。又哪样哪样是什么人送的,而那家人家到今天也都家败人亡了,而这东西还存在着。

又是我在玩着的那葡蔓藤的手镯,祖母说她就戴着这个手镯,有一年夏天坐着小车子,抱着我大姑去回娘家,路上遇了土匪,把金耳环给摘去了,而没有要这手镯。若也是金的银的,那该多危险,也一定要被抢去的。

我听了问她:

"我大姑在哪儿?"

祖父笑了,祖母说:

"你大姑的孩子比你都大了。"

原来是四十年前的事情,我哪里知道?可是藤手镯却戴在我的手上,我举起手来,摇了一阵,那手镯好像风车似的,滴溜溜地转,手镯太大了,我的手太细了。

祖母看见我把从前的东西都搬出来了,她常常骂我:

"你这孩子,没有东西不拿着玩的,这小不成器的……"

她嘴里虽然是这样说,但她又在光天化日之下得以重看到这东西,也似乎给了她一些回忆的满足。所以她说我是并不十分严刻的,我当然是不听她,该拿还是照旧地拿。

于是我家里久不见天日的东西,经我这一搬弄,才得以见了天日。于是坏的坏,扔的扔,也就都从此消灭了。

我有记忆的第一个冬天,就这样过去了。没有感到十分的寂寞,但总不如在后园里那样玩着好。但孩子是容易忘记的,也就随遇而安了。

四

第二年夏天,后园里种了不少的韭菜,是因为祖母喜欢吃韭菜馅的饺子而种的。

可是当韭菜长起来时,祖母就病重了,而不能吃这韭菜了,家里别的人也没有吃这韭菜,韭菜就在园子里荒着。

因为祖母病重,家里非常热闹,来了我的大姑母,又来了我的二姑母。

二姑母是坐着她自家的小车子来的。那拉车的骡子挂着铃当,哗哗嘟嘟的就停在窗前了。

从那车上第一个就跳下来一个小孩,那小孩比我高了一点,是二姑母的儿子。

他的小名叫"小兰",祖父让我向他叫兰哥。

别的我都不记得了,只记得不大一会工夫我就把他领到后园里去了。

告诉他这个是玫瑰树,这个是狗尾草,这个是樱桃树。樱桃树是不结樱桃的,我也告诉了他。

不知道在这之前他见过我没有,我可并没有见过他。

我带他到东南角上去看那棵李子树时,还没有走到眼前,他就说:

"这树前年就死了。"

他说了这样的话,是使我很吃惊的。这树死了,他可怎么知道的?心中立刻来了一种忌妒的情感,觉得这花园是属于我的,和属于祖父的,其余的人连晓得也不该晓得才对的。

我问他:

"那么你来过我们家吗?"

他说他来过。

这个我更生气了,怎么他来我不晓得呢?

我又问他:

"你什么时候来过的?"

他说前年来的,他还带给我一个毛猴子。他问着我:

"你忘了吗?你抱着那毛猴子就跑,跌倒了你还哭了哩!"

我无论怎样想,也想不起来了。不过总算他送给我过一个毛猴子,可见对我是很好的,于是我就不生他的气了。

从此天天就在一块玩。

他比我大三岁,已经八岁了,他说他在学堂里边念了书的,他还带来了几本书,晚上在煤油灯下他还把书拿出来给我看。书上有小人、有剪刀、有房子。因为都是带着图,我一看就连那字似乎也认识了,我说:

"这念剪刀,这念房子。"

他说不对:

"这念剪,这念房。"

我拿过来一细看,果然都是一个字,而不是两个字,我是照着图念的,所以错了。

我也有一盒方字块,这边是图,那边是字,我也拿出来给他看了。

从此整天的玩。祖母病重与否,我不知道。不过在她临死的前几天就穿上了满身的新衣裳,好像要出门做客似的。说是怕死了来不及穿衣裳。

因为祖母病重,家里热闹得很,来了很多亲戚。忙忙碌碌不知忙些个什么。有的拿了些白布撕着,撕得一条一块的,撕得非常的响亮,旁边就有人拿着针在缝那白布。还有的把一个小罐,里边装了米,罐口蒙上了红布。还有的在后园门口拢起火来,在铁火勺里边炸着面饼了。问她:

"这是什么?"

"这是打狗饽饽。"

她说阴间有十八关,过到狗关的时候,狗就上来咬人,用这饽一打,狗吃了饽饽就不咬人了。

似乎是姑妄言之、姑妄听之,我没有听进去。

家里边的人越多,我就越寂寞,走到屋里,问问这个,问问那个,一切都不理解。祖父也似乎把我忘记了。我从后园里捉了一个特别大的蚂蚱送给他去看,他连看也没有看,就说:

"真好,真好,上后园去玩去吧!"

新来的兰哥也不陪我时,我就在后园里一个人玩。

五

祖母已经死了,人们都到龙王庙上去报过庙回来了。而我还在后园里边玩着。

后园里边下了点雨,我想要进屋去拿草帽去,走到酱缸旁边(我家的酱缸是放在后园里的),一看,有雨点啪啪的落到缸帽子上。我想这缸帽子该多大,遮起雨来,比草帽一定更好。

于是我就从缸上把它翻下来了,到了地上它还乱滚一阵,这时候,雨就大了。我好不容易才设法钻进这缸帽子去。因为这缸帽子太大了,差不多和我一般高。

我顶着它,走了几步,觉得天昏地暗。而且重也是很重的,非常吃力。而且自己已经走到哪里了,自己也不晓,只晓得头顶上啪啪拉拉的打着雨点,往脚下看着,脚下只是些狗尾草和韭菜。找了一个韭菜很厚的地方,我就坐下了,一坐下这缸帽子就和个小房似的扣着我。这比站着好得多,头顶不必顶着,帽子就扣在韭菜地上。但是里边可是黑极了,什么也看不见。

同时听什么声音,也觉得都远了。大树在风雨里边被吹得呜呜的,好像大树已经被搬到别人家的院子去似的。

韭菜是种在北墙根上,我是坐在韭菜上。北墙根离家里的房子很远的,家里边那闹嚷嚷的声音,也像是来在远方。

我细听了一会,听不出什么来,还是在我自己的小屋里边坐着。这小屋这么好,不怕风,不怕雨。站起来走的时候,顶着屋盖就走了,有多么轻快。

其实是很重的了,顶起来非常吃力。

我顶着缸帽子,一路摸索着,来到了后门口,我是要顶给爷爷看看的。

我家的后门坎特别高,迈也迈不过去,因为缸帽子太大,使我抬不起腿来。好不容易两手把腿拉着,弄了半天,总算是过去了。虽然进了屋,仍是不知道祖父在什么方向,于是我就大喊,正在这喊之间,父亲一脚把我踢翻了,差点没把我踢到灶口的火堆上去。缸帽子也在地上滚着。

等人家把我抱了起来,我一看,屋子里的人,完全不对了,都穿了白衣裳。

再一看,祖母不是睡在炕上,而是睡在一张长板上。

从这以后祖母就死了。

六

祖母一死,家里继续着来了许多亲戚,有的拿着香、纸,到灵前哭了一阵就回去了。有的就带大包小包的来了就住下了。

大门前边吹着喇叭,院子里搭了灵棚,哭声终日,一闹闹了不知多少日子。

请了和尚道士来,一闹闹到半夜,所来的都是吃、喝、说、笑。

我也觉得好玩,所以就特别高兴起来。又加上从前我没有小同伴,而现在有了。比我大的,比我小的,共有四五个。我们上树爬墙,几乎连房顶也要上去了。

他们带我到小门洞子顶上去捉鸽子,搬了梯子到房檐头上去捉家雀。

后花园虽然大,已经装不下我了。

我跟着他们到井口边去往井里边看,那井是多么深,我从未见过。在上边喊一声,里边有人回答。用一个小石子投下去,那响声是很深远的。

他们带我到粮食房子去,到碾磨房去,有时候竟把我带到街上。是已经离开家了,不跟着家人在一起,我是从来没有走过这样远。

不料除了后园之外,还有更大的地方,我站在街上,不是看什么热闹,不是看那街上的行人车马,而是心里边想:是不是我将来一个人也可以走得很远?

有一天,他们把我带到南河沿上去了,南河沿离我家本不算远,也不过半里多地。可是因为我是第一次去,觉得实在很远。走出汗来了。走过一个黄土坑,又过一个南大营,南大营的门口,有兵把守门。那营房的院子大得在我看来太大了,实在是不应该。我们的院子就够大的了,怎么能比我们家的院子更大呢,大得有点不大好看了,我走过了,我还回过头来看。

路上有家人家,把花盆摆到墙头上来了,我觉得这也不大好,若是看不见人家偷去呢?

还看见了一座小洋房,比我们家的房不知好了多少倍。若问我,哪里好?我也说不出来,就觉得那房子是一色新,不像我家的房子那么陈旧。

我仅仅走了半里多路,我所看见的可太多了。所以觉得这南河沿实在远。问他们:

"到了没有?"

他们说:

"就到的,就到的。"

果然,转过了大营房的墙角,就看见河水了。

我第一次看见河水,我不能晓得这河水是从什么地方来的?走了几年了?

那河太大了,等我走到河边上,抓了一把沙子抛下去,那河水简直没有因此而脏了一点点。河上有船,但是不很多,有的往东去了,有的往西去了。也有的划到河的对岸去的,河的对岸似乎没有人家,而是一片柳条林。再往远看,就不能知道那是什么地方了,因为也没有人家,也没有房子,也看不见道路,也听不见一点音响。

我想将来是不是我也可以到那没有人的地方去看一看。

除了我家的后园,还有街道。除了街道,还有大河。除了大河,还有柳条林。除了柳条林,还有更远的,什么也没有的地方,什么也看不见的地方,什么声音也听不见的地方。

究竟除了这些,还有什么,我越想越不知道了。

就不用说这些我未曾见过的。就说一个花盆吧,就说一座院子吧。院子和花盆,我家里都有。但说那营房的院子就比我家的大,我家的花盆是摆在后园里的,人家的花盆就摆到墙头上来了。

可见我不知道的一定还有。

所以祖母死了,我竟聪明了。

七

祖母死了,我就跟祖父学诗。因为祖父的屋子空着,我就闹着一定要睡在祖父那屋。

早晨念诗,晚上念诗,半夜醒了也是念诗。念了一阵,念困了再睡去。

祖父教我的有《千家诗》,并没有课本,全凭口头传诵,祖父念一句,我就念一句。

祖父说:

"少小离家老大回……"

我也说:

"少小离家老大回……"

都是些什么字,什么意思,我不知道,只觉得念起来那声音很好听。所以很高兴地跟着喊。我喊的声音,比祖父的声音更大。

我一念起诗来,我家的五间房都可以听见,祖父怕我喊坏了喉咙,常常警告着我说:

"房盖被你抬走了。"

听了这笑话,我略微笑了一会工夫,过不了多久,就又喊起来了。

夜里也是照样地喊,母亲吓唬我,说再喊她要打我。

祖父也说:

"没有你这样念诗的,你这不叫念诗,你这叫乱叫。"

但我觉得这乱叫的习惯不能改,若不让我叫,我念它干什么。每当祖父教我一个新诗,一开头我若听了不好听,我就说:

"不学这个。"

祖父于是就换一个,换一个不好,我还是不要。

"春眠不觉晓,处处闻啼鸟,

夜来风雨声,花落知多少。"

这一首诗,我很喜欢,我一念到第二句,"处处闻啼鸟"那处处两字,我就高兴起来了。觉得这首诗,实在是好,真好听,"处处"该多好听。

还有一首我更喜欢的:

"重重叠叠上楼台,几度呼童扫不开。

刚被太阳收拾去,又为明月送将来。"

就这"几度呼童扫不开",我根本不知道什么意思,就念成西沥忽通扫不开。越念越觉得好听,越念越有趣味。

还当客人来了,祖父总是呼我念诗的,我就总喜念这一首。

那客人不知听懂了与否,只是点头说好。

八

就这样瞎念,到底不是久计。念了几十首之后,祖父开讲了。

"少小离家老大回,乡音无改鬓毛衰,这是说家乡的口音还没有改变,胡子可白了。"

我问祖父:

"为什么小的时候离家?离家到哪里去?"

祖父说:

"好比爷像你那么大离家,现在老了回来了,谁还认识呢?儿童相见不相识,笑问客从何处来。小孩子见了就招呼着说:你这个白胡老头,是从哪里来的?"

我一听觉得不大好,赶快就问祖父:

"我也要离家的吗?等我胡子白了回来,爷爷你也不认识我了吗?"

心里很恐惧。

祖父一听就笑了:

"等你老了还有爷爷吗?"

祖父说完了,看我还是不很高兴,他又赶快说:

"你不离家的,你哪里能够离家……快再念一首诗吧!念春眠不觉晓……"

我一念起春眠不觉晓来,又是满口的大叫,得意极了。完全高兴,什么都忘了。

但从此再读新诗,一定要先讲的,没有讲过的也要重讲。似乎那大嚷大叫的习惯稍好了一点。

"两个黄鹂鸣翠柳,一行白鹭上青天。"

这首诗本来我也很喜欢的,黄梨是很好吃的。经祖父这一讲,说是两个鸟,于是不喜欢了。

"去年今日此门中,人面桃花相映红。

人面不知何处去,桃花依旧笑春风。"

这首诗祖父讲了我也不明白,但是我喜欢这首。因为其中有桃花。桃树一开了花不就结桃吗?桃子不是好吃吗?

所以每念完这首诗,我就接着问祖父:

"今年咱们的樱桃树开不开花?"

九

除了念诗之外,还很喜欢吃。

记得大门洞子东边那家是养猪的,一个大猪在前边走,一群小猪跟在后边。有一天一个小猪掉井了,人们用抬土的筐子把小猪从井吊了上来。吊上来,那小猪早已死了。井口旁边围了很多人看热闹,祖父和我也在旁边看热闹。那小猪一被打上来,祖父就说他要那小猪。

祖父把那小猪抱到家里,用黄泥裹起来,放在灶坑里烧上了,烧好了给我吃。

我站在炕沿旁边,那整个的小猪,就摆在我的眼前。祖父把那小猪一撕开,立刻就冒了油,真香,我从来没有吃过那么香的东西,从来没有吃过那么好吃的东西。

第二次,又有一只鸭子掉井了,祖父也用黄泥包起来,烧上给我吃了。

在祖父烧的时候,我也帮着忙,帮着祖父搅黄泥,一边喊着,一边叫着,好像拉拉队似的给祖父助兴。

鸭子比小猪更好吃,那肉是不怎样肥的。所以我最喜欢吃鸭子。

我吃,祖父在旁边看着,祖父不吃。等我吃完了,祖父才吃。他说我的牙齿小,怕我咬不动,先让我选嫩的吃,我吃剩的他才吃。

祖父看我每咽下去一口,他就点一下头,而且高兴地说:

"这小东西真馋,"或是"这小东西吃得真快。"

我的手满是油,随吃随在大襟上擦着,祖父看了也并不生气,只是说:

"快蘸点盐吧,快蘸点韭菜花吧,空口吃不好,等会要反胃的……"

说着就捏几个盐粒放在我手上拿着的鸭子肉上。我一张嘴又进肚去了。

祖父越称赞我能吃,我越吃得多。祖父看看不好了,怕我吃多了。让我

停下,我才停下来。我明明白白的是吃不下去了,可是我嘴里还说着:

"一个鸭子还不够呢!"

自此吃鸭子的印象非常之深,等了好久,鸭子再不掉到井里,我看井沿有一群鸭子,我拿了秋杆就往井里边赶。可是鸭子不进去,围着井口转,而呱呱地叫着。我就招呼了在旁边看热闹的小孩子,我说:

"帮我赶哪!"

正在吵吵叫叫的时候,祖父奔到了,祖父说:

"你在干什么?"

我说:

"赶鸭子,鸭子掉井,捞出来好烧吃。"

祖父说:

"不用赶了,爷爷抓个鸭子给你烧着。"

我不听他的话,我还是追在鸭子的后边跑着。

祖父上前来把我拦住了,抱在怀里,一面给我擦着汗一面说:

"跟爷爷回家,抓个鸭子烧上。"

我想:不掉井的鸭子,抓都抓不住,可怎么能规规矩矩贴起黄泥来让烧呢?于是我从祖父的身上往下挣扎着,喊着:

"我要掉井的!我要掉井的!"

祖父几乎抱不住我了。

第四章

一

一到了夏天,蒿草长没大人的腰了,长没我的头顶了,黄狗进去,连个影也看不见了。

夜里一刮起风来,蒿草就刷拉刷拉地响着,因为满院子都是蒿草,所以那响声就特别大,成群同结队的就响起来了。

下了雨,那蒿草的梢上都冒着烟,雨本来下得不很大,若一看那蒿草,好像那雨下得特别大似的。

下了毛毛雨,那蒿草上就迷漫得朦朦胧胧的,像是已经来了大雾,或者像是要变天了,好像是下了霜的早晨,混混沌沌的,在蒸腾着白烟。

刮风和下雨,这院子是很荒凉的了。就是晴天,多大的太阳照在上空,这院子也一样是荒凉的。没有什么显眼耀目的装饰,没有人工设置过的一点痕迹,什么都是任其自然,愿意东,就东,愿意西,就西。若是纯然能够做到这样,倒也保存了原始的风景。但不对的,这算什么风景呢?东边堆着一堆朽木头,西边扔着一片乱柴火。左门旁排着一大片旧砖头,右门边晒着一片沙泥土。

沙泥土是厨子拿来搭炉灶的,搭好了炉灶的泥土就扔在门边了。若问他还有什么用处吗,我想他也不知道,不过忘了就是了。

至于那砖头可不知道是干什么的,已经放了很久了,风吹日晒,下了雨被雨浇。反正砖头是不怕雨的,浇浇又碍什么事。那么就浇浇去吧,没人管它。其实也正不必管它,凑巧炉灶或是炕洞子坏了,那就用得着它了。就在眼前,伸手就来,用着多么方便。但是炉灶就总不常坏,炕洞子修的也比较结实。不知哪里找的这样好的工人,一修上炕洞子就是一年,头一年八月修上,不到第二年八月是不坏的,就是到了第二年八月,也得泥水匠来,砖瓦匠来用铁刀一块一块地把砖砍着搬下来。所以那门前的一堆砖头似乎是一年也没有多大的用处。三年两年的还是在那里摆着。大概总是越摆越少,东家拿去一块垫花盆,西家搬去一块又是做什么。不然若是越摆越多,那可就糟了,岂不是慢慢地会把房门封起来的吗?

其实门前的那砖头是越来越少的。不用人工,任其自然,过了三年两载也就没有了。

可是目前还是有的。就和那堆泥土同时在晒着太阳,它陪伴着它,它陪伴着它。

除了这个,还有打碎了的大缸扔在墙边上,大缸旁边还有一个破了口的坛子陪着它蹲在那里。坛子底上没有什么,只积了半坛雨水,用手攀着坛子边一摇动:那水里边有很多活物,会上下地跑,似鱼非鱼,似虫非虫,我不认识。再看那勉强站着的,几乎是站不住了的已经被打碎的大缸,那缸里边可是什么也没有。其实不能够说那是"里边",本来这缸已经破了肚子。谈不到什么"里边""外边"了。就简称"缸磉"吧!在这缸磉上什么也没有,光滑可爱,用手一拍还会发响。小时就总喜欢到旁边去搬一搬,一搬就不得了了,在这缸磉的下边有无数的潮虫。吓得赶快就跑。跑得很远地站在那里回头看着,看了一回,那潮虫乱跑一阵又回到那缸磉的下边去了。

这缸磉为什么不扔掉呢?大概就是专养潮虫。

和这缸磉相对着,还扣着一个猪槽子,那猪槽子已经腐朽了,不知扣了多少年了。槽子底上长了不少的蘑菇,黑森森的,那是些小蘑;看样子,大概吃不得,不知长着做什么。

靠着槽子的旁边就睡着一柄生锈的铁犁头。

说也奇怪,我家里的东西都是成对的,成双的。没有单个的。

砖头晒太阳,就有泥土来陪。有破坛子,就有破大缸。有猪槽子就有铁犁头。像是它们都配了对,结了婚。而且各自都有新生命送到世界上来。比方缸子里的似鱼非鱼,大缸下边的潮虫,猪槽子上的蘑菇等等。

不知为什么,这铁犁头,却看不出什么新生命来,而是全体腐烂下去了。什么也不生,什么也不长,全体黄澄澄的。用手一触就往下掉末,虽然它本质是铁的,但沦落到今天,就完全像黄泥做的了,就像要瘫了的样子。比起它的同伴那木槽子来,真是远差千里,惭愧惭愧。这犁头假若是人的话,一定要流泪大哭:"我的体质比你们都好哇,怎么今天衰弱到这个样子?"

它不但它自己衰弱,发黄,一下了雨,它那满身的黄色的色素,还跟着雨水流到别人的身上去。那猪槽子的半边已经被染黄了。

那黄色的水流,还一直流得很远,是凡它所经过的那条土地,都被染得焦黄。

二

我家是荒凉的。

一进大门,靠着大门洞子的东壁是三间破房子,靠着大门洞子的西壁仍是三间破房子。再加上一个大门洞,看起来是七间连着串,外表上似乎是很威武的,房子都很高大,架着很粗的木头的房架。柁头是很粗的,一个小孩抱不过来。都一律是瓦房盖,房脊上还有透窿的用瓦做的花,迎着太阳看去,是很好看的。房脊的两梢上,一边有一个鸽子,大概也是瓦做的。终年不动,停在那里。这房子的外表,似乎不坏。

但我看它内容空虚。

西边的三间,自家用装粮食的,粮食没有多少,耗子可是成群了。

粮食仓子底下让耗子咬出洞来,耗子的全家在吃着粮食。耗子在下边吃,麻雀在上边吃。全屋都是土腥气。窗子坏了,用板钉起来,门也坏了,每一开就颤抖抖的。

靠着门洞子西壁的三间房,是租给一家养猪的。那屋里屋外没有别的,都是猪了。大猪小猪,猪槽子,猪粮食。来往的人也都是猪贩子,连房带人,都弄得气味非常之坏。

说来那家也并没养了多少猪,也不过十个八个的。每当黄昏的时候,那叫猪的声音远近得闻。打着猪槽子,敲着圈栅。叫了几声,停了一停。声音有高有低,在黄昏的庄严的空气里好像是说他家的生活是非常寂寞的。

除了这一连串的七间房子之外,还有六间破房子,三间破草房,三间碾磨房。

三间碾磨房一起租给那家养猪的了,因为它靠近那家养猪的。

三间破草房是在院子的西南角上,这房子它单独的跑得那么远,孤伶伶的,毛头毛脚的,歪歪斜斜的站在那里。

房顶的草上长着青苔,远看去,一片绿,很是好看。下了雨,房顶上就出蘑菇,人们就上房采蘑菇,就好像上山去采蘑菇一样,一采采了很多。这样出蘑菇的房顶实在是很少有,我家的房子共有三十来间,其余的都不会出蘑菇,所以住在那房里的人一提着筐子上房去采蘑菇,全院子的人没有不羡慕的,都说:

"这蘑菇是新鲜的,可不比那干蘑菇,若是杀一个小鸡炒上,那真好吃极了。"

"蘑菇炒豆腐,嗳,真鲜!"

"雨后的蘑菇嫩过了仔鸡。"

"蘑菇炒鸡,吃蘑菇而不吃鸡。"

"蘑菇下面,吃汤而忘了面。"

"吃了这蘑菇,不忘了姓才怪的。"

"清蒸蘑菇加姜丝,能吃八碗小米子干饭。"

"你不要小看了这蘑菇,这是意外之财!"

同院住的那些羡慕的人,都恨自己为什么不住在那草房里。若早知道租了房子连蘑菇都一起租来了,就非租那房子不可。天下哪有这样的好事,租房子还带蘑菇的。于是感慨唏嘘,相叹不已。

再说站在房间上正在采着的,在多少只眼目之中,真是一种光荣的工作。于是也就慢慢的采,本来一袋烟的工夫就可以采完,但是要延长到半顿饭的工夫。同时故意选了几个大的从房顶上骄傲地抛下来,同时说:

"你们看吧,你们见过这样干净的蘑菇吗?除了是这个房顶,哪个房顶能够长出这样的好蘑菇来!"

那在下面的,根本看不清房顶到底那蘑菇全部多大,以为一律是这样大的,于是就更增加了无限的惊异。赶快弯下腰去拾起来,拿到家里,晚饭的时候,卖豆腐的来,破费二百钱捡点豆腐,把蘑菇烧上。

可是那在房顶上的因为骄傲,忘记了那房顶有许多地方是不结实的,已经露了洞了,一不加小心就把脚掉下去了,把脚往外一拔,脚上的鞋子不见了。

鞋子从房顶落下去,一直就落在锅里,锅里正是翻开的滚水,鞋子就在滚水里边煮上了。锅边漏粉的人越看越有意思,越觉得好玩,那一只鞋子在开水里滚着,翻着,还从鞋底上滚下一些泥浆来,弄得漏下去的粉条都黄忽忽的了。可是他们还不把鞋子从锅拿出来,他们说,反正这粉条是卖的,也不是自己吃。

这房顶虽然产蘑菇,但是不能够避雨,一下起雨来,全屋就像小水罐似的,摸摸这个是湿的,摸摸那个是湿的。

好在这里边住的都是些个粗人。

有一个歪鼻瞪眼的名叫"铁子"的孩子。他整天手里拿着一柄铁锹,在一个长槽子里边往下切着,切些个什么呢?初到这屋子里来的人是看不清的,因为热气腾腾的这屋里不知都在做些个什么。细一看,才能看出来他切的是马铃薯。槽子里都是马铃薯。

这草房是租给一家开粉房的。漏粉的人都是些粗人,没有好鞋袜,没有好行李,一个一个的和小猪差不多,住在这房子里边是很相当的,好房子让他们一住也怕是住坏了。何况每一下雨还有蘑菇吃。

这粉房里的人吃蘑菇,总是蘑菇和粉配在一道,蘑菇炒粉,蘑菇炖粉,蘑菇煮粉。没有汤的叫做"炒",有汤的叫做"煮",汤少一点的叫做"炖"。

他们做好了,常常还端着一大碗来送给祖父。等那歪鼻瞪眼的孩子一走了,祖父就说:

"这吃不得,若吃到有毒的就吃死了。"

但那粉房里的人,从来没吃死过,天天里边唱着歌,漏着粉。

粉房的门前搭了几丈高的架子,亮晶晶的白粉,好像瀑布似的挂在上边。

他们一边挂着粉,也是一边唱着的。等粉条晒干了,他们一边收着粉,也是一边地唱着。那唱不是从工作所得到的愉快,好像含着眼泪在笑似的。

逆来顺受,你说我的生命可惜,我自己却不在乎。你看着很危险,我却自己以为得意。不得意怎么样?人生是苦多乐少。

那粉房里的歌声,就像一朵红花开在了墙头上。越鲜明,就越觉得荒凉。

"正月十五正月正,
家家户户挂红灯。
人家的丈夫团圆聚,

孟姜女的丈夫去修长城。"

只要是一个晴天,粉丝一挂起来了,这歌音就听得见的。因为那破草房是在西南角上,所以那声音比较的辽远。偶尔也有装腔女人的音调在唱"五更天"。

那草房实在是不行了,每下一次大雨,那草房北头就要多加一只支柱,那支柱已经有七八只之多了,但是房子还是天天的往北边歪。越歪越厉害,我一看了就怕,怕从那旁边一过,恰好那房子倒了下来,压在我身上。那房子实在是不像样子了,窗子本来是四方的,都歪斜得变成菱形的了。门也歪斜得关不上了。墙上的大柁就像要掉下来似的,向一边跳出来了。房脊上的正梁一天一天的往北走,已经拔了榫,脱离别人的牵掣,而它自己单独行动起来了。那些钉在房脊上的椽杆子,能够跟着它跑的,就跟着它一顺水地往北边跑下去了;不能够跟着它跑的,就挣断了钉子,而垂下头来,向着粉房里的人们的头垂下来,因为另一头是压在檐外,所以不能够掉下来,只是滴里郎当地垂着。

我一次进粉房去,想要看一看漏粉到底是怎样漏法。但是不敢细看,我很怕那椽子头掉下来打了我。

一刮起风来,这房子就喳喳的山响,大柁响,马梁响,门框、窗框响。

一下了雨,又是喳喳的响。

不刮风,不下雨,夜里也是会响的,因为夜深人静了,万物齐鸣,何况这本来就会响的房子,哪能不响呢。

以它响得最厉害。别的东西的响,是因为倾心去听它,就是听得到的,也是极幽渺的,不十分可靠的。也许是因为一个人的耳鸣而引起来的错觉,比方猫、狗、虫子之类的响叫,那是因为他们是生物的缘故。

可曾有人听过夜里房子会叫的,谁家的房子会叫,叫得好像个活物似的,嚓嚓的,带着无限的重量。往往会把睡在这房子里的人叫醒。

被叫醒了的人,翻了一个身说:

"房子又走了。"

真是活神活现,听他说了这话,好像房子要搬了场似的。

房子都要搬场了,为什么睡在里边的人还不起来,他是不起来的,他翻了个身又睡了。

住在这里边的人,对于房子就要倒的这会事,毫不加戒心,好像他们已经有了血族的关系,是非常信靠的。

似乎这房一旦倒了,也不会压到他们,就算是压到了,也不会压死的,绝对地没有生命的危险。这些人的过度的自信,不知从哪里来的,也许住在那房子里边的人都是用铁铸的,而不是肉长的。再不然就是他们都是敢死队,生命置之度外了。

若不然为什么这么勇敢？生死不怕。

若说他们是生死不怕,那也是不对的,比方那晒粉条的人,从杆子上往下摘粉条的时候,那杆子掉下来了,就吓他一哆嗦。粉条打碎了,他还没有敲打着。他把粉条收起来,他还看着那杆子,他思索起来,他说:

"莫不是……"

他越想越奇怪,怎么粉打碎了,而人没打着呢。他把那杆子扶了上去,远远地站在那里看着,用眼睛捉摸着。越捉摸越觉得可怕。

"唉呀！这要是落到头上呢？"

那真是不堪想像了。于是他摸着自己的头顶,他觉得万幸万幸,下回该加小心。

本来那杆子还没有房椽子那么粗,可是他一看见,他就害怕,每次他再晒粉条的时候,他都是躲着那杆子,连在它旁边走也不敢走。总是用眼睛溜着它,过了很多日子算把这回事忘了。

若下雨打雷的时候,他就把灯灭了,他们说雷扑火,怕雷劈着。

他们过河的时候,抛两个铜板到河里去,传说河是馋的,常常淹死人的,把铜板一摆到河里,河神高兴了,就不会把他们淹死了。

这证明住在这嚓嚓响着的草房里的他们,也是很胆小的,也和一般人一样是颤颤惊惊地活在这世界上。

那么这房子既然要塌了,他们为么不怕呢?

据卖馒头的老赵头说:

"他们要的就是这个要倒的么！"

据粉房里的那个歪鼻瞪眼的孩子说:

"这是住房子啊,也不是娶媳妇要她周周正正。"

据同院住的周家的两位少年绅士说:

"这房子对于他们那等粗人,就再合适也没有了。"

据我家的有二伯说:

"是他们贪图便宜,好房子呼兰城里有的多,为啥他们不搬家呢？好房子人家要房钱的呀,不像是咱们家这房子,一年送来十斤二十斤的干粉就完事,等于白住。你二伯是没有家眷,若不我也找这样房子去住。"

有二伯说的也许有点对。

祖父早就想拆了那座房子的,是因为他们几次的全体挽留才留下来的。

至于这个房子将来倒与不倒,或是发生什么幸与不幸,大家都以为这太远了,不必想了。

三

我家的院子是很荒凉的。

那边住着几个漏粉的,那边住着几个养猪的。养猪的那厢房里还住着一个拉磨的。

那拉磨的,夜里打着梆子通夜的打。

养猪的那一家有几个闲散杂人,常常聚在一起唱着秦腔,拉着胡琴。

西南角上那漏粉的则欢喜在晴天里边唱一个《叹五更》。

他们虽然是拉胡琴、打梆子、叹五更,但是并不是繁华的,并不是一往直前的,并不是他们看见了光明,或是希望着光明,这些都不是的。

他们看不见什么是光明的,甚至于根本也不知道,就像太阳照在瞎子的头上了,瞎子也看不见太阳,但瞎子却感到实在是温暖了。

他们就是这类人,他们不知道光明在哪里,可是他们实实在在地感得到寒凉就在他们的身上,他们想击退了寒凉,因此而来了悲哀。

他们被父母生下来,没有什么希望,只希望吃饱了,穿暖了。但也吃不饱,也穿不暖。

逆来的,顺受了。

顺来的事情,却一辈子也没有。

磨房里那打梆子的,夜里常常是越打越响,他越打得激烈,人们越说那声音凄凉。因为他单单的响音,没有同调。

四

我家的院子是很荒凉的。

粉房旁边的那小偏房里,还住着一家赶车的,那家喜欢跳大神,常常就打起鼓来,喝咧咧唱起来了。鼓声往往打到半夜才止,那说仙道鬼的,大神和二神的一对一答。苍凉,幽渺,真不知今世何世。

那家的老太太终年生病,跳大神都是为她跳的。

那家是这院子顶丰富的一家,老少三辈。家风是干净利落,为人谨慎,兄友弟恭,父慈子爱。家里绝对的没有闲散杂人。绝对不像那粉房和那磨房,说唱就唱,说哭就哭。他家永久是安安静静的。跳大神不算。

那终年生病的老太太的祖母,她有两个儿子,大儿子是赶车的,二儿子也是赶车的。一个儿子都有一个媳妇。大儿媳妇胖胖的,年已五十了。二儿媳妇瘦瘦的,年已四十了。

除了这些,老太太还有两个孙儿,大孙儿是二儿子的。二孙儿是大儿子的。

因此他家里稍稍有点不睦,那两个媳妇妯娌之间,稍稍有点不合适,不过也不很明朗化。只是你我之间各自晓得。做嫂子的总觉得兄弟媳妇对她有些不驯,或者就因为她的儿子大的缘故吧。兄弟媳妇就总觉得嫂子是想压她,凭什么想压人呢?自己的儿子小,没有媳妇指使着,看了别人还眼气。

老太太有了两个儿子,两个孙子,认为十分满意了。人手整齐,将来的家业,还不会兴旺的吗? 就不用说别的,就说赶大车这把力气也是够用的。看看谁家的车上是爷四个,拿鞭子的,坐在车后尾巴上的都是姓胡,没有外姓。在家一盆火,出外父子兵。

所以老太太虽然是终年病着,但很乐观,也就是跳一跳大神什么的解一解心疑也就算了。她觉得就是死了,也是心安意得的了,何况还活着,还能够看得见儿子们的忙忙碌碌。

媳妇们对于她也很好的,总是隔长不短的张罗着给她花几个钱跳一跳大神。

每一次跳神的时候,老太太总是坐在炕里,靠着枕头,挣扎着坐了起来,向那些来看热闹的姑娘媳妇们讲:

"这回是我大媳妇给我张罗的。"或是"这回是我二媳妇给我张罗的。"

她说的时候非常得意,说着说着就坐不住了。她患的是瘫病,就赶快招媳妇们来把她放下了。放下了还要喘一袋烟的工夫。

看热闹的人,没有一个不说老太太慈祥的,没有一个不说媳妇孝顺的。

所以每一跳大神,远远近近的人都来了,东院西院的,还有前街后街的也都来了。

只是不能够预先订座,来得早的就有凳子、炕沿坐。来得晚的,就得站着了。

一时这胡家的孝顺,居于领导的地位,风传一时,成为妇女们的楷模。

不但妇女,就是男人也得说:

"老胡家人旺,将来财也必旺。"

"天时、地利、人和,最要紧的还是人和。人和了,天时不好也好了。地利不利也利了。"

"将来看着吧,今天人家赶大车的,再过五年看,不是二等户,也是三等户。"

我家的有二伯说:

"你看着吧,过不了几年人家就骡马成群了。别看如今人家就一辆车。"

他家的大儿媳妇和二儿媳妇的不睦,虽然没有新的发展,可也总没有消灭。

大孙子媳妇通红的脸,又能干,又温顺。人长得不肥不瘦,不高不矮,说起话来,声音不大不小。正合适配到他们这样的人家。

车回来了,牵着马就到井边去饮水。车马一出去了,就喂草。看她那长样可并不是做这类粗活人,可是做起事来并不弱于人,比起男人来,也差不了许多。

放下了外边的事情不说,再说屋里的,也样样拿得起来,剪、裁、缝、补,做哪样像哪样,他家里虽然没有什么绫、罗、绸、缎可做的,就说粗布衣也要做个四六见线,平平板板。一到过年的时候,无管怎样忙,也要偷空给奶奶婆婆,自己的婆婆,大娘婆婆,各人做一双花鞋。虽然没有什么好的鞋面,就说青水布的,也要做个精致。虽然没有丝线,就用棉花线,但那颜色却配得水灵灵地新鲜。

奶奶婆婆的那双绣的是桃红的大瓣莲花。大娘婆婆的那双绣的是牡丹花。婆婆的那双绣的是素素雅雅的绿叶兰。

这孙子媳妇回了娘家,娘家的人一问她婆家怎样,她说都好都好,将来非发财不可。大伯公是怎样的兢兢业业,公公是怎样的吃苦耐劳。奶奶婆婆也好,大娘婆婆也好。凡是婆家的无一不好。完全顺心,这样的婆家实在难找。

虽然她的丈夫也打过她,但她说,哪个男人不打女人呢?于是也心满意足地并不以为那是缺陷了。

她把绣好的花鞋送给奶奶婆婆,她看她绣了那么一手好花,她感到了对这孙子媳妇有无限的惭愧,觉得这样一手好针线,每天让她喂猪打狗的,真是难为了她了。奶奶婆婆把手伸出来,把那鞋接过来,真是不知如何说好,只是轻轻地托着那鞋,苍白的脸孔,笑盈盈地点着头。

这是这样好的一个大孙子媳妇。二孙子媳妇也订好了,只是二孙子还太小,一时不能娶过来。

她家的两个妯娌之间的磨擦,都是为了这没有娶过来的媳妇,她自己的婆婆的主张把她接过来,做团圆媳妇。婶婆婆就不主张接来,说她太小不能干活,只能白吃饭,有什么好处。

争执了许久,来与不来,还没有决定。等下回给老太太跳大神的时候,顺便问一问大仙家再说吧。

五

我家是荒凉的。

天还未明,鸡先叫了;后边磨房里那梆子声还没有停止,天就发白了。天一发白,乌鸦群就来了。

我睡在祖父旁边,祖父一醒,我就让祖父念诗,祖父就念:

"春眠不觉晓,处处闻啼鸟。

夜来风雨声,花落知多少?"

"春天睡觉不知不觉地就睡醒了,醒了一听,处处有鸟叫着,回想昨夜的风雨,可不知道今早花落了多少。"

是每念必讲的,这是我的约请。

祖父正在讲着诗,我家的老厨子就起来了。

他咳嗽着,听得出来,他担着水桶到井边去挑水去了。

井口离得我家的住房很远,他摇着井绳哗拉拉地响,日里是听不见的,可是在清晨,就听得分外地清明。

老厨子挑完了水,家里还没有人起来。

听得见老厨子刷锅的声音刷拉拉地响。老厨子刷完了锅,烧了一锅洗脸水了,家里还没有人起来。

我和祖父念诗,一直念到太阳出来。

祖父说:

"起来吧。"

"再念一首。"

祖父说:

"再念一首可得起来了。"

于是再念一首,一念完了,我又赖起来不算了,说再念一首。

每天早晨都是这样纠缠不清地闹。等一开了门,到院子去。院子里边已经是万道金光了,大太阳晒在头上都滚热的了。太阳两丈高了。

祖父到鸡架那里去放鸡,我也跟在那里。祖父到鸭架那里去放鸭,我也跟在后边。

我跟着祖父,大黄狗在后边跟着我。我跳着,大黄狗摇着尾巴。

大黄狗的头像盆那么大,又胖又圆,我总想要当一匹小马来骑它。祖父说骑不得。

但是大黄狗是喜欢我的,我是爱大黄狗的。

鸡从架里出来了,鸭子从架里出来了,它们抖擞着毛,一出来就连跑带叫的,吵的声音很大。

祖父撒着通红的高粱粒在地上,又撒了金黄的谷粒子在地上。

于是鸡啄食的声音,咯咯地响成群了。

喂完了鸡,往天空一看,太阳已经三丈高了。

我和祖父回到屋里,摆上小桌,祖父吃一碗饭米汤,浇白糖;我则不吃,我要吃烧包米;祖父领着我,到后园去,趟着露水去到包米丛中为我擗一穗包米来。

擗来了包米,袜子、鞋,都湿了。

祖父让老厨子把包米给我烧上,等包米烧好了,我已经吃了两碗以上的饭米汤浇白糖了。包米拿来,我吃了一两个粒,就说不好吃,因为我已吃饱了。

于是我手里拿烧包米就到院子去喂大黄去了。

"大黄"就是大黄狗的名字。

街上,在墙头外面,各种叫卖声音都有了,卖豆腐的,卖馒头的,卖青菜的。

卖青菜的喊着,茄子、黄瓜、荚豆和小葱子。

一挑喊着过去了,又来了一挑;这一挑不喊茄子、黄瓜,而喊着芹菜、韭菜、白菜……

街上虽然热闹起来了,而我家里则仍是静悄悄的。

满院子蒿草,草里面叫着虫子。破东西,东一件西一样的扔着。

看起来似乎是因为清早,我家才冷静,其实不然的,是因为我家的房子多,院子大,人少的缘故。

那怕就是到了正午,也仍是静悄悄的。

每到秋天,在蒿草的当中,也往往开了蓼花,所以引来了不少的蜻蜓和蝴蝶在那荒凉的一片蒿草上闹着。这样一来,不但不觉得繁华,反而更显得荒凉寂寞。

(选自《萧红全集》下册,哈尔滨出版社1991年版。)

【简析】

1940年代写于孤岛香港的《呼兰河传》,是萧红寂寞中所写的回忆体小说:是战争中的流亡者对沦陷家乡的回忆,又是生活在现代都市的作者对乡村生活的回忆,更是成年人对童年的回忆。在这样多重身份、多层缠绕的生命体验、情感和多元视野下的回忆里,小城本身也就具有了某种象征的意味。于是,就出现了书写"小城故事"的文学实验。同时期蜗居在上海的师陀也写了《果园城记》,并且宣布:"我有意把这小城写成中国一切小镇的代表,它在我的心目中有生命,有性格,有思想,有见解,有情感,有寿命,像一个活的人。"(《果园城记·序》)为一种文化形态作"传",这大概也是萧红的追求。

这里所选的,是《呼兰河传》的第三、四章,主要是对童年生活的回忆。"呼兰河这小城里住着我的祖父",这一句几乎可以看作是全篇的主题词,蕴含着两层意思:由此展开的,将是"城和人"的故事与"我和祖父"的故事,其核心是"我"在"大自然"("园子")和"亲人"("祖父")的养育下成长的故事,所表达的是主题是"东北大地的女儿是如何长成的"。在阅读中要特别注意体味:园子里的大自然生命的自由,祖父对我的出于天性的爱,以及我和祖父共同的赤子之心。

【思考题】

1. 阅读可以从小说采用的儿童视角与成年视角及其相互转换入手。小说的主体部分也是我们阅读的重点,都是儿童视角下的世界。首先要细心体味:儿童眼睛里的后花园;"我"第一次走出后花园,对外部世界的最初感受;"我"跟祖父学诗,第一次接受传统文化熏陶时的独特反应和感受,等等。其次要注意每节结尾时隐时现的寂寞感。特别要细细体味全章结束时,"祖父几乎抱不动我了"这一句给你的感受:这些都构成了小说的潜流,与文章主体部分充满童趣的欢乐调子与纯真之美形成鲜明的对照,显然是成年人回顾童年的感受,所谓"成年视角"。

2. 1940年代出现了一批描写童年生活的回忆体小说,并且都采用了童年与成年双重视角,如端木蕻良的《初吻》《早春》,骆宾基的《混沌》。有兴趣的读者可以对这类小说做综合性的阅读与研究。

【拓展阅读】

1. 赵园:《论萧红小说兼及中国现代小说的散文特征》,《论小说十家》,浙江文艺出版社1987年版。

2. 张宇凌:《论〈呼兰河传〉中的儿童视角》,《中国现代文学研究丛刊》1997年第1期。

第十章 赵树理

赵树理(1906—1970),是中国共产党领导下的抗日民主根据地土生土长的一位作家。他因此具有双重身份和立场:既是革命者,又出身农民。他的写作就有了明确的目标与追求,即他自己所说的:"老百姓喜欢看,政治上起作用。"(《回忆历史,回忆自己》)首先是"老百姓喜欢看",他是中国农民的儿子,要自觉地代表和维护农民的利益,他的创作必须满足农民的要求:这是赵树理的基本立场。他因此不满意于"五四"新文学"文坛太高了,群众攀不上去",说自己"不想做一个文坛文学家,只想上'文摊',写些小本子夹在小唱本的摊子里去赶庙会,三两个铜板可以买一本,就这么一步一步去夺取那些封建小唱本的阵地,做一个文摊文学家就是我的志愿"。另一方面,作为一个革命者、中国共产党的党员,他又要自觉地代表和维护革命和党的利益,他的作品必须在政治上起到宣传党的主张、政策的作用。正确把握这样的双重性及其关系,是理解赵树理创作的关键。

由此形成了赵树理所创造的农村文学不同于其他乡土作家的三大特点。首先,他是内在于农民之中的,如他自己所说,"他们每个人的环境、思想和那思想所支配的生活方式、前途打算,我无所不晓,当他们一个人刚要开口说话,我大体能推测出他要说什么——有时候和他开玩笑,能预先替他说出或接他的后半句话"(《决心到群众中去》)。赵树理文学的通俗化、大众化,是出于生活实践的内在要求,是与农民进行精神对话的自然需要,而不是自上而下的赐予或旁观者的赞赏,这是有别于其他乡土作家(包括沈从文)的。

其二,赵树理的代表作《小二黑结婚》《李有才板话》《孟祥英翻身》《传家宝》等都是以"塑造革命带来农村历史变化中的农民形象"为己任的,他继承了鲁迅的传统又有新的发展:如果说鲁迅主要是揭露中国农民精神上的创伤,以唤醒农民的觉醒,赵树理则主要表现中国农民在政治、经济翻身过程中所实现的精神上的翻身——农民思想、心理的变化,人的地位和家庭内部关系(长幼关系、婚姻关系、婆媳关系)的变化。因此,他不但写出了未觉醒的老一代农民在新时代的尴尬的喜剧性(《小二黑结婚》里的"二诸葛""三仙姑",《李有才板话》里的老秦等),更以极大的热情塑造农村新人的形象(《小二黑结婚》里的小芹、二黑,《传家宝》里的金桂等),描写新人物出现的社会环境,以讴歌革命的理想与实践。

其三,赵树理把他的作品称为"问题小说":"我写的小说,都是我下乡工作时在工作中说碰到的问题,感到那个问题不解决,会妨碍我们工作的进展,应该把它提出来。"(《也算经验》)这表明,赵树理对中国农村和农民的观察与表现有一个中心问题,即"中国农民在中国共产党领导的社会变革中,是否得到真实的利益",也即"中国共产党的政策是否实际的(而不仅仅是在理论宣言上)给中国农民带来好处"。因此,当他发现中国共产党发动的土地改革和互助合作运动确实使农民在政治、经济、思想上得到了某种程度的解放,就发出了由衷的赞歌;但他发现党的政策和党的干部违背了农民的利益,出了问题,也必然要用文学的形式进行揭露与提醒,这就是他的农村小说内在的批判锋芒。赵树理小说里的歌颂性与批判性,都来自他对党和农民关系的不同体认,也表现了他自己"革命(党)的立场"与"农民立场"的内在一致与矛盾,也决定了他的创作的命运:由被封为"方向"到不断受批判,最后被"打倒"。

李有才板话(节选)

一、书名的来历

阎家山有个李有才,外号叫"气不死"。

这人现在有五十多岁,没有地,给村里人放牛,夏秋两季捎带看守村里的庄稼。他只是一身一口,没有家眷。他常好说两句开心话,说是"吃饱了一家不饥,锁住门也不怕饿死小板凳"。村东头的老槐树底有一孔土窑还有三亩地,是他爹给留下的,后来把地押给阎恒元,土窑就成了他的全部产业。

阎家山这地方有点古怪:村西头是砖楼房,中间是平房,东头的老槐树下是一排二三十孔土窑。地势看来也还平,可是从房顶上看起来,从西到东却是一道斜坡。西头住的都是姓阎的;中间也有姓阎的也有杂姓,不过都是些在地户;只有东头特别,外来的开荒的占一半,日子过倒霉了的杂姓,也差不多占一半,姓阎的只有三家,也是破了产卖了房子才搬来的。

李有才常说:"老槐树底的人只有两辈——一个'老'字辈,一个'小'字辈。"这话也只是取笑:他说的"老"字辈,就是说外来的开荒的,因为这些人的名字除了间长派差派款在条子上开一下以外,别的人很少留意,人叫起来只是把他们的姓上边加个"老"字,象老陈、老秦、老常……等。他说的"小"字辈,就是其余的本地人,因为这地方人起乳名,常把前边加个"小"字,象小顺、小保……等。可是西头那些大户人家,都用的是官名,有乳名别人也不敢叫——比方老村长阎恒元乳名叫"小囤",别人对上人家不只不敢叫"小囤",就是该说"谷囤"也只得说成"谷仓",谁还好意思说出"囤"字来?一到了老槐树底,风俗大变,活八十岁也只能叫小什么,小什么,你就起上个官名也使不出去——比方陈小元前几年请柿子洼老先生给起了个官名叫"陈万昌",回来虽然请间长在间账上改过了,可是老村长看账时候想不起这"陈万昌"是谁,问了一下间长,仍然提起笔来给他改成陈小元。因为有这种关系,老槐树底的本地人,终于还都是"小"字辈。李有才自己,也只能算"小"字辈人,不过他父母是大名府人,起乳名不用"小"字,所以从小就把他叫成"有才"。

在老槐树底,李有才是大家欢迎的人物,每天晚上吃饭时候,没有他就不热闹。他会说开心话,虽是几句平常话,从他口里说出来就能引得大家笑个不休。他还有个特别本领是编歌子,不论村里发生件什么事,有个什么特别人,他都能编一大套,念起来特别顺口。这种歌,在阎家山一带叫"圪溜嘴",官话叫"快板"。

比方说,西头老户主阎恒元,在抗战以前年年连任村长,有一年改选时候,李有才给他编了一段快板道:

> 村长阎恒元,一手遮住天,
> 自从有村长,一当十几年。
> 年年要投票,嘴说是改选,
> 选来又选去,还是阎恒元。
> 不如弄块板,刻个大名片,
> 每逢该投票,大家按一按,
> 人人省得写,年年不用换,
> 用他百把年,管保用不烂。

恒元的孩子是本村的小学教员,名叫家祥,民国十九年在县里的简易师范毕业。这人的像貌不大好看,脸象个葫芦瓢子,说一句话眨十来次眼皮。

不过人不可以貌取,你不要以为他没出息,其实一肚肮脏计,谁跟他共事也得吃他的亏。李有才也给他编过一段快板道:

> 鬼映眼,阎家祥,
> 眼睫毛,二寸长,
> 大腮蛋,塌鼻梁,
> 说句话儿眼皮忙。
> 两眼一忽闪,
> 肚里有主张,
> 强占三分理,
> 总要沾些光。
> 便宜占不足,
> 气得脸皮黄,
> 眼一挤,嘴一张,
> 好象母猪打哼哼!

象这些快板,李有才差不多每天要编,一方面是他编惯了觉着口顺,另一方面是老槐树底的年轻人吃饭时候常要他念些新的,因此他就越编越多。他的新快板一念出来,东头的年轻人不用一天就都传遍了,可是想传到西头就不十分容易。西头的人不论老少,没事总不到老槐树底来闲坐,小孩们偶而去老槐树底玩一玩,大人知道了往往骂道:"下流东西!明天就要叫你到老槐树底去住啦!"有这层隔阂,有才的快板就很不容易传到西头。

抗战以来,阎家山有许多变化,李有才也就跟着这些变化作了些新快板,又因为作快板遭过难。我想把这些变化谈一谈,把他在这些变化中作的快板也抄他几段,给大家看看解个闷,结果就写成这本小书。

作诗的人,叫"诗人";说作诗的话,叫"诗话"。李有才作出来的歌,不是"诗",明明叫做"快板",因此不能算"诗人",只能算"板人"。这本小书既然是说他作快板的话,所以叫做"李有才板话"。

二、有才窑里的晚会

李有才住的一孔土窑,说也好笑,三面看来有三变:门朝南开,靠西墙正中有个炕,炕的两头还都留着五尺长短的地面。前边靠门这一头,盘了个小灶,还摆着些水缸、菜瓮、锅、匙、碗、碟;靠后墙摆着些筐子、箩头,里面装的是村里人送给他的核桃、柿子(因为他是看庄稼的,大家才给他送这些);正炕后墙上,就炕那么高,打了个半截套窑,可以铺半条席子;因此你要一进门看正面,好象个小山果店;扭转头看西边,好象石菩萨的神龛;回头来看窗下,又好象小村子里的小饭铺。

到了冷冻天气,有才好象一炉火——只要他一回来,爱取笑的人们就围到他这土窑里来闲谈,谈起话来也没有什么题目,扯到那里算那里。这年正月二十五日,有才吃罢晚饭,邻家的青年后生小福,领着他的表兄就开开门走进来。有才见有人来了,就点起墙上挂的麻油灯。小福先向他表兄介绍道:"这就是我们这里的有才叔!"有才在套窑里坐着,先让他们坐到炕上,就向小福道:"这是那里的客?"小福道:"是我表兄!柿子洼的!"他表兄虽然年轻,却很精干,就谦虚道:"不算客,不算客!我是十六晚上在这里看戏,见你老叔唱焦光普唱的那样好,想来领领教!"有才笑了一笑又问道:"你村的戏今年怎么不唱了?"小福的表兄道:"早了赁不下箱,明天才能唱!"有才见他说起唱戏,劲上来了,就不客气的讲起来。他讲:"这焦光普,虽说是个丑,可是个大脚色,唱就得唱出劲来!"说着就举起他的旱烟袋算马鞭子,下边虽然坐着,上边就抢打起来,一边抢着一边道:"一出场:当当当当当令×令当令×令⋯⋯当令×各拉打打当!"他煞住第一段家伙,正预备接着打,门"拍"一声开了,走进来个小顺,拿着两个软米糕道:"慢着老叔!防备着把锣打破了!"说着走到炕边把胳膊往套窑里一展道:"老叔!我爹请你尝尝我们的糕!"(阴历正月二十五,此地有个节叫"添仓",吃黍米糕)有才一边接着一边谦让道:"你们自己吃吧!今天煮的都不多!"说着接过去,随便让了让大家,就吃起来。小顺坐到炕上道:"不多吧总不能象启昌老婆,过个添仓,派给人家小旦两个糕!"小福道:"雇不起长工不雇吧,雇得起管不起吃?"有才道:"启昌也还罢了,老婆不是东西!"小福的表兄问道:"那个小旦?就是唱国舅爷那个?"小福道:"对!老得贵的孩子给启昌住长工。"小顺道:"那么可比他爹那人强一百二十分!"有才道:"那还用说?"小福的表兄悄悄问小福道:"老得贵怎么?"他虽说得很低,却被小顺听见了,小顺道:"那是有歌的!"接着就念道:

  张得贵,真好汉,
  跟着恒元舌头转,
  恒元说个"长",
  得贵说"不短";
  恒元说个"方",
  得贵说"不圆";

恒元说"砂锅能捣蒜",
得贵就说"打不烂";
恒元说"公鸡能下蛋",
得贵就说"亲眼见"。
要干啥,就能干,
只要恒元嘴动弹!

他把这段快板念完,小福听惯了,不很笑。他表兄却嘻嘻哈哈笑个不了。

小顺道:"你笑什么?得贵的好事多着哩!那是我们村里有名的吃烙饼干部。"小福的表兄道:"还是干部啦?"小顺道:"农会主席!官也不小。"小福的表兄道:"怎么说是吃烙饼干部?"小顺说:"这村跟别处不同:谁有个事到公所说说,先得十几斤面五斤猪肉,在场的每人一斤面烙饼,一大碗菜,吃了才说理。得贵领一份烙饼,总得把每一张烙饼都挑过。"小福的表兄道:"我们村里早二三年前说事就不兴吃喝了。"小顺道:"人家那一村也不行了,就这村怪!这都是老恒元的古规。老恒元今天得个病死了,明天管保就吃不成了。"

正说着,又来了几个人:老秦(小福的爹)、小元、小明、小保。一进门,小元喊道:"大事情!大事情!"有才忙道:"什么?什么?"小明答道:"老哥!喜富的村长撤差了!"小顺从炕上往地下一跳道:"真的?再唱三天戏!"小福道:"我也算数!"有才道:"还有今天?我当他这饭碗是铁箍箍住了!谁说的?"小元道:"真的!章工作员来了,带着公事!"小福的表兄问小福道:"你村人跟喜富的仇气就这么大?"小顺道:"那也是有歌的:

一只虎,阎喜富,
吃吃喝喝有来路;
当过兵,卖过土,
又偷牲口又放赌,
当牙行,卖寡妇……
什么事情都敢做。
惹下他,防不住,
人人见了满招呼!

你看仇恨大不大?"小福的表兄听罢才笑了一声,小明又拦住告诉他道:"柿子洼客你是不知道!他念的那还是说从前,抗战以后这东西趁着兵荒马乱抢了个村长,就更了不得了,有恒元那老不死给他撑腰,就没有他干不出来的事,屁大点事弄到公所,也是桌面上吃饭,袖筒里过钱,钱淹不住心,说捆就捆,说打就打,说教谁倾家败产谁就没法治。逼得人家破了产,老恒元管'贱钱二百'买房买地。老槐树底这些人,进了村公所,谁也不敢走到桌边。三天两头出款,谁敢问问人家派的是什么钱;人家姓阎的一年四季也不见走一回差,有差事都派到老槐树底,谁不是荒着地给人家支?……你是不知道,坏透了坏透了!"有才低声问道:"为什么事撤了的?"小保道:"这可还不知道,大概是县里调查出来的吧?"有才道:"光撤了差放在村里还是大害,什么时候毁了他才能算干净,可不知道县里还办他不办?"小保道:"只要把他弄下台,攻他的人可多啦!"

　　远远有人喊道:"明天到庙里选村长啦,十八岁以上的人都得去……"一连声叫喊,声音越来越近,小福听出来了,便向大家道:"是得贵!还听不懂他那贱嗓?"进来了,就是得贵。他一进来,除了有才是主人,随便打了个招呼,其余的人都没有说话,小福小顺彼此挤了挤跟。得贵道:"这里倒热闹!省得我跑!明天选村长啦,凡年满十八岁者都去!"又把嗓子放得低低的:"老村长的意思叫选广聚!谁不在这里,你们碰上告诉给他们一声!"说着抽身就走了,他才一出门,小顺抢着道:"吃烙饼去吧!"小元道:"吃屁吧!章工作员还在这里住着啦,饼恐怕烙不成!"老秦埋怨道:"人家听见了!"小元道:"怕什么?就是故意叫他听啦。"小保道:"他也学会打官腔了:'凡年满十八岁者'……"小顺道:"还有'老村长的意思'。"小福道:"假大头这回要变真大头啦呀!"小福的表兄问小福道:"谁是假大头?"小顺抢着道:"这也有歌:

　　　　刘广聚,假大头:
　　　　一心要当人物头,
　　　　抱粗腿,借势头,
　　　　拜认恒元干老头。
　　　　大小事,强出头,
　　　　说起话来歪着头。
　　　　从西头,到东头,
　　　　放不下广聚这颗头。

一念歌你就清楚了。"小福的表兄觉着很奇怪,也没有顾上笑,又问道:"怎么你村有这么多的歌?"小顺道:"提起西头的人来,没有一个没歌的,连那一个女人脸上有麻子都有歌。不只是人,每出一件新事,隔不了一天就有歌出来了。"又指着有才道:"有我们这位老叔,你想听歌很容易!要多少有多少!"

小元道:"我看咱们也不用管他'老村长的意思'不意思,明天偏给他放个冷炮,揽上一伙人选别人,偏不选广聚!"老秦道:"不妥不妥,指望咱老槐树底人谁得罪起老恒元?他说选广聚就选广聚,瞎惹那些气有什么好处?"小元道:"你这老汉真见不得事!只怕柿叶掉下来碰破你的头,你不敢得罪人家,也还不是照样替人家支差出款?"老秦这人有点古怪,只要年轻人一发脾气,他就不说话了。小保向小元道:"你说得对,这一回真是该扭扭劲!要是再选上个广聚还不是仍出不了恒元老家伙的手吗?依我说咱们老槐树底的人这回就出出头,就是办不好也比搓在他们脚板底强得多!"小保这么一说,大家都同意,只是决定不了该选谁好。依小元说,小保就可以办;老陈觉得要是选小明,票数会更多一些;小明却说在大场面上说个话还是小元有两下子。李有才道:"我说个公道话吧:要是选小明老弟,保管票数最多,可是他老弟恐怕不能办:他这人太好,太直,跟人家老恒元那伙人斗个什么事恐怕没有人家的心眼多。小保领过几年羊(就是当羊经理),在外边走的地方也不少,又能写能算,办倒没有什么办不了,只是他一家五六口子全靠他一个人吃饭,真也有点顾不上。依我说,小元可以办,小保可以帮他记一记账,写个什么公事……"这个意见大家赞成了。小保向大家道:"要那样咱们出去给他活动活动!"小顺道:"对!宣传宣传!"说着就都往外走。老秦着了急,叫住小福道:"小福!你跟人家逞什么能?给我回去!"小顺拉着小福道:"走吧走吧!"又回头向老秦道:"不怕!丢了你小福我包赔!"说了就把小福拉上走了。老秦赶紧追出来连声喊叫,也没有叫住,只好领上外甥(小福的表兄)回去睡觉。

窑里丢下有才一个人,也就睡了。

(选自《解放区短篇小说选》,人民文学出版社1978年版。)

【简析】

赵树理曾经说明:"有些很热心的青年同事,不了解农村中的实际情况,为表面上的工作成绩所迷惑,我便写了《李有才板话》。"(《也算经验》)这构成了小说的基本情节:阎家山通过选举建立了基层政权,却为恶霸地主阎恒元所操纵,他拉拢新武委会主任陈小元,赶走了敢于说话的李有才,来村里指导工作的章工作员也被蒙蔽,将阎家山封为"模范村"。幸而农民出身、富有实际经验的老杨同志来到村里,深入调查,发动群众,揭露了阎恒元的阴谋,权力又回到了农民手里。赵树理由此提出了一个"党领导下的革命政权有可能因为党的干部的官僚主义作风和被收买而变质,危害农民利益"的重大问题,这显然是鲁迅所开创的清醒地正视人生、反对瞒和骗的现实主义战斗传统在新的历史条件下的发展。而赵树理处理这一题材和主题的独特之处,在于他设置了李有才这个民间"板人",他用快板的形式及时反映村里的现实,传达底层穷苦农民的真实反应和呼声。这样的"农民代言人"某种程度上也是赵树理给自己规定的角色。这里选摘的两节,第一节介绍李有才其人及阎家山的环境,第二节通过小福的表哥来到李有才家里的所见所闻展开故事,这本身就是一种暗示:只有走进农民的土窑,了解他们的日常生活、喜怒哀乐,才能真正认识中国农村的真实。

赵树理借助李有才的板话来介绍人物,展开故事,是一种创造"评书体现代小说"的尝试。赵树理一直不满意于包括鲁迅的《阿Q正传》在内的"五四"新小说不能进入农民的窑洞,吸引农民的依然是章回体式旧通俗小说的现实,他尝试对以说唱文学为基础的传统小说的结构方式、叙述方式、表现手段进行扬弃、改造和新的创造,以适应农民的欣赏水平、审美习惯,把描写融化于叙述之中,少有静止的景物和心理描写,在情节的矛盾冲突中,用行动与言语展现人物性格,而且讲究情节的连贯、完整和集中:小说以"有才窑里的晚会"揭开矛盾,以"'板人'作总结"结束,有头有尾,不枝不蔓,是最能满足农民"听故事"的需求的。

李有才的板话最吸引人的,自然是他明白如话、朗朗上口的快板语言,这是最能表现赵树理的语言艺术特色的。他很少用方言、土语,从不炫耀自己的乡土语言知识,无论人物对话还是叙述故事,都是口语化的。日常生活里的大白话,到了赵树理的笔下,就有了生命,而且有一种令人解颐的幽默效果。在语言的通俗性与艺术性的统一上,赵树理的语言达到了很高的境界。如评论者所说:"他从民族语言特别是民间口语宝库中提炼的,臻于炉火纯青的艺术语言,为母语文学留下不可替代的贡献。"(邵燕祥:《插错"搭子"的一张牌——重新解读赵树理》推荐语)

《李有才板话》的另一个特色,是强烈的地方色彩、地方气息。无论是小说开头写李有才的窑洞、待客的软米糕、念歌听歌的习惯,还是结尾写全村百姓高唱"干梆戏",都充溢着晋东南那一方水土的民俗、民风、民性。如同老舍创造了"文学北京"一样,赵树理也创造了"文学山西"。

【思考题】

1. 把阅读重心放在赵树理的语言艺术上,可对以下几个片段作具体分析:作者怎样介绍阎家山的建筑格局和称谓?怎样描写李有才的窑洞?怎样写张富贵的出场,以及人们的反应?细加琢磨,更要体味其中的语言魅力。

2. 有兴趣的读者可以就"赵树理与中国乡土小说"这一题目进行比较性的阅读与研究。例如将赵树理的小说和二三十年代的乡土小说,如鲁迅的《故乡》《祝福》、茅盾的《春蚕》、沈从文的《边城》作比较;和同时代萧红的《呼兰河传》、同在敌后根据地的孙犁的《荷花淀》作比较;还可以和赵树理自己1949年以后的作品,如《锻炼锻炼》作比较;甚至与当代农村题材作品,如莫言的《透明的红萝卜》作比较。

【拓展阅读】

1. 陈为人:《插错"搭子"的一张牌——重新解读赵树理》,广东人民出版社2011年版。

2. 周扬:《论赵树理的创作》,见《赵树理研究资料》,北岳文艺出版社1985年版。

3. 孙犁:《谈赵树理》,见《赵树理研究资料》,北岳文艺出版社1985年版。

第十一章　郭沫若

以上阅读都偏于散文与小说,对相关作家在这两大文体创造上的贡献,已有过讨论。现在,我们把重心转向新诗和话剧的赏析。新诗和话剧都是外来形式,但因为适应现代中国人表达新的情感、心理,进行新的交流的需要,而被创造性地移植,终于在中国这块土地上立足、扎根,成为现代中国人的文学表达不可或缺的手段。不用说,这里充满了语言和形式创造的困境,恐怕至今也还在困扰着我们的诗人和剧作家;但挑战本身也是一种魅力,在将外来形式中国化的过程中所积累的经验和遭遇的挫折,都是20世纪中国文学经验的重要组成部分。

胡适等在发动新文化运动时,即已认识到,中国是诗歌大国,已经有了一些稳固的格式,形成稳定的欣赏习惯,很难突破;先驱者这一代也就迎难而上,选择诗歌形式的解放,作为"五四"文学革命的突破口。胡适因此提出"作诗如作文"的新原则,一是打破诗的格律,代之以自然的音节;二是以白话写诗,实行语言和思维方式两个方面的散文化。胡适的《尝试集》及其引发的早期白话诗创作,即是最初的实验。

但胡适等的尝试只是代表了新诗创作的某种可能性,真正在"感情强度、语言形式、精神气质等诸多方面,满足了读者的期待",建立了"新的诗歌体制",从而成为"新诗的真正的起点"的,却是以《女神》为代表的郭沫若(1892—1978)的诗歌创作(参看姜涛:《新诗的发生及活力的展开》)。

闻一多评论说:"若讲新诗,郭沫若君的诗才配称新呢,不独艺术上他的作品与旧诗词相去最远,最要紧的是他的精神完全是他时代的精神——二十世纪底时代精神。"(《〈女神〉之时代精神》)这既是对郭沫若诗歌特点的准确概括,也规定了新诗创作的基本原则。

首先是诗歌必须以诗的方式表达时代精神。所谓诗的方式,包含郭沫若所说的诗的两大要素:"诗的本职专在抒情","诗是人格创造的表现"(《论诗三札》)。通过自我抒情主人公的形象,来展现"五四"时代精神,就成为郭沫若诗歌创作的自觉追求。

《女神》里的自我抒情主人公,首先是"开辟鸿荒的大我"——"五四"时期觉醒的中华民族的自我形象:世界上最古老的民族正经历着伟大的蜕变,"死灰中的更生"(《凤凰涅槃》)。这更是具有彻底破坏与大胆创造精神的新人:高声赞美着一切政治、社会、宗教、学说、文艺、教育革命的"匪徒"(《匪徒颂》),又"立在地球的边上"呼唤着"要把地球推倒""不断的破坏""不断的创造"(《立在地球边上放号》)。这个新生的巨人同时崇拜自我,把自己的本质神化:"我效法造化底精神,我自由创造,自由地表现我自己,我创造尊严的山岳,宏伟的海洋,我创造日月星辰,我驰骋风雨雷电"(《湘累》)。无所顾忌地追求天马行空的心灵世界和艺术世界,实质上就是追求人性的放恣状态。这对于习惯于压抑自己的情感、心灵不自由的中国人,是破天荒的:这是郭沫若的《女神》具有永久魅力的原因所在。

为展现心灵的自由,《女神》创造了自由诗的形式。郭沫若一方面强调"形式方面我主张绝端的自由,绝端的自主"(《论诗三札》),同时又认为"情绪的世界便是一个波动的世界,节奏的世界"(《文学的本质》):"这儿虽没有一定的外形的韵律,但在自体上是有节奏的。"(《论节奏》)这样的对情绪自然节奏的追求,就使得《女神》的形式总体的自由中也有内在韵律的和谐。《女神》里也有格律相对严整的,这就为以后诗的形式的发展留下了空间。

天　狗

我是一条天狗呀!
我把月来吞了,
我把日来吞了①,
我把一切的星球来吞了,
我把全宇宙来吞了。
我便是我了!

我是月底光,
我是日底光,

---

① 我国旧时迷信,以为日月蚀是天狗吞食日月,遇日蚀或月蚀时就敲锣打鼓驱赶天狗。

我是一切星球底光,
我是 X 光线底光,
我是全宇宙底 Energy① 底总量!

我飞奔,
我狂叫,
我燃烧。
我如烈火一样地燃烧!
我如大海一样地狂叫!
我如电气一样地飞跑!
我飞跑,
我飞跑,
我飞跑,
我剥我的皮,
我食我的肉,
我吸我的血,
我啮我的心肝,
我在我神经上飞跑,
我在我脊髓上飞跑,
我在我脑筋上飞跑。

我便是我呀!
我的我要爆了!

1920 年 2 月初作

(选自《郭沫若全集》文学编第 1 卷,人民文学出版社 1982 年版。)

【简析】

  《天狗》是郭沫若《女神》的代表作。最引人注目的,自然是其无羁的想象力:它从天狗吞食日月的民间想象出发,创造了一个"把全宇宙来吞了""我是全宇宙底 Energy 底总量""如烈火一样地燃烧""如大海一样地狂叫"的自我形象。而这样的艺术想象与形象体系是建立在从西欧和东方古代哲

---

① Energy,物理学所研究的"能"。

学那里吸收来的泛神论基础上的:"一切的自然只是神的表现""我即是神,一切自然都是我的表现"(《〈少年维特之烦恼〉序引》)。人被赋予了创造宇宙的神力,自身也和宇宙同化;这样的生命共同体更有自由奔放的"动"的精神和无尽的"力",并具有壮阔之美、飞动之美,形成雄奇的艺术风格。如果说早期白话诗尚有想象力和形象性不足的弱点,那么,郭沫若就是使新诗飞腾起来的第一人。

《天狗》语言的另一个特点,即是科学词语的自觉运用,如"X光线""Energy(能)""电气"等等。《女神》中还有对现代科学所带来的大都市工业文明的颂歌(《笔立山头展望》),这也是从另一个侧面反映了"五四"的时代精神的。

人们还注意到"天狗"形象的流动与展开:在大呼"我把全宇宙来吞了,我便是我了"以后,又高唱"我剥我的皮,我食我的肉……我的我要爆了",这样充分地肯定着自己,又否定着自己,能够显示"五四"时代的和郭沫若自身的自我都是充满矛盾、复杂而丰富的。于是,我们就注意到《女神》的编排。整个诗集共分三编:第一辑收有三部诗剧;第二辑的诗最能显示前述《女神》雄奇的诗风,集中了后来读者与研究者公认的《女神》代表作;第三辑显示了容易被忽视的《女神》的另一面,其中不乏"幻灭的美光"(《密桑索罗普之歌》)、"死的诱惑"(《死的诱惑》)、"火一样的焦心"(《新月与白云》)、对"平和!平和!"的呼唤(《晚步》)。于是人们又豁然醒悟到,即使是在第一、二辑热烈的讴歌里,也还有"恍惚"与"神秘"(《凤凰涅槃》)、"寂寥"与"孤苦"(《湘累》)。

【思考题】

1. 具体分析《天狗》诗的形式:如何做到极端自由中的相对和谐?

2. 试将郭沫若的诗和闻一多的诗作比较性的阅读,还可以结合闻一多的《〈女神〉之时代精神》《〈女神〉之地方色彩》,讨论他们诗歌创作的异同、继承和变革。

【拓展阅读】

1. 闻一多:《〈女神〉之时代精神》《〈女神〉之地方色彩》,《闻一多全集》第2卷,湖北人民出版社1993年版。

2. 姜涛:《"新诗集"和中国新诗的发生》,北京大学出版社2005年版。

第十二章　戴望舒

　　1932年5月《创造》杂志创刊,主编施蛰存后来在《又关于本刊中的诗》里,明确提出《现代》追求的是"纯然的现代诗",是"现代人在现代生活中所感受的现代情绪,用现代辞藻排列成为现代的诗形"。在《现代》和此后的《新诗》(1936年10月创刊,戴望舒主编)的大力倡导下,1930年代出现了一个新诗史上称为"现代派"的诗人群,戴望舒(1905—1950)是其中主要的代表。

　　考察戴望舒创造的现代派诗,首先会注意到的是"现代生活中所感受到的现代情绪"。所谓"现代生活",施蛰存曾有这样的描绘:"汇集着大船舶的港湾,轰响着噪音的工场","奏着Jazz乐的舞场,摩天楼的百货店"(《又关于本刊的诗》);但在这现代都市里,诗人却只感到自己是个"陌生人"(《深闭的院子》)、"寂寞的夜行人""可怜的单恋者"(《单恋者》):他们从农村或小城镇来到大都市,寻求理想的梦,却不被都市所接受,又很难再回到农村,成了城与乡、现代与传统夹缝里生存的边缘人,既感受着农业文明向工业文明转型的历史阵痛,又体验着都市文明的沉沦与绝望,他们给自己的自画像是:"我是青春和衰老的集合体,我有健康的身体和病的心。"(《我的素描》)他们患着现代都市青春病,既无力像波德莱尔那样严酷地自我拷问,又无法进入形而上层面的思考,就只有转向微茫的乡愁:"我真是一个怀乡病者"(《对于天的怀乡病》),苦苦追问:"我的灵魂安息于何处?"(《古意答客问》)——戴望舒的诗所表达的,就是这样的"现代的情绪"。

　　更重要的是如何表达?戴望舒提出了两个原则,也可以说是现代派诗歌的两个基本观念。其一是"诗是由真实经过想象而创造出来的,不单是真实,亦不单是想象"(《望舒论诗》),"它底动机是在于表现自己与隐藏自己之间"(杜衡:《〈望舒草〉序》)。被认为是戴望舒完成了"为自己制最合自己的脚的鞋子"工作的《我的记忆》(杜衡语),就是将内心的"真实"(受伤的灵魂的痛苦记忆)巧妙地隐藏在"想象"的屏障里:外化为一个"忠实得甚于我的最好的友人",选取了大量生活中最常见的意象——烟卷、笔杆、酒瓶等等，在似乎平静中，表达着、又隐藏着难言的忧伤。这是典型的戴望舒诗的风格：以"真挚的感情作骨子"，"铺张而不虚伪，华美而有法度"，"把象征派的形式与古典派的内容"统一起来（杜衡：《〈望舒草〉序》），但又摒弃了李金发代表的象征派诗的晦涩、神秘。研究者因此说戴望舒的诗"完成了由重诗形到重意象，由过分隐晦到隐藏适度的美学转折"（孙玉石：《我思想，故我是蝴蝶……》）。在诗歌艺术的传承上，就实现了法国象征派、英美现代派和中国传统诗学的结合。

其二是"用现代的词藻排列成的现代的诗形"。戴望舒强调："诗不能借助音乐，它应该去了音乐的成分。诗的韵律不在字的抑扬顿挫上，而在诗的情绪的抑扬顿挫上，即在诗情的程度上。"（《望舒论诗》）他因此不喜欢自己的成名作《雨巷》（当年叶圣陶曾赞扬此诗"替新诗底音节开了一个新纪元"），在编《望舒草》时甚至将其删去。这样，现代派诗人就摆脱了新月派诗对于新诗的音乐美、绘画美、建筑美等外在形式的过分倚重；这似乎是对提倡"作诗如作文"的早期白话诗的回应，其实有不同的意义：不是追求"非诗化"，而是相反，要创造"纯然的现代诗"。这或许就是废名所说的："内容是诗的，形式则是散文的。"（《谈新诗》）

寻梦者

梦会开出花来的，
梦会开出娇妍的花来的：
去求无价的珍宝吧。

在青色的大海里，
在青色的大海的底里，
深藏着金色的贝一枚。

你去攀九年的冰山吧，
你去航九年的旱海吧，
然后你逢到那金色的贝。

它有天上的云雨声，

它有海上的风涛声,
它会使你的心沉醉。

把它在海水里养九年,
把它在天水里养九年,
然后,它在一个暗夜里开绽了。

当你鬓发斑斑了的时候,
当你眼睛朦胧了的时候,
金色的贝吐出桃色的珠。

把桃色的珠放在你怀里,
把桃色的珠放在你枕边,
于是一个梦静静地升上来了。

你的梦开出花来了。
你的梦开出娇妍的花来了,
在你已衰老了的时候。

(选自《戴望舒诗全编》,浙江文艺出版社1989年版。)

【简析】

　　作为现代中国的读者,特别是知识分子读者,读着这首《寻梦者》里的诗句:"你的梦开出花来了。/你的梦开出娇妍的花来了,/在你已经衰老了的时候",是不能不悄然动容的。因为它既传达了大时代里个人命运的忧伤,同时又几乎概括了一个世纪中国民族奋斗者的心灵史。

【思考题】

　　1. 读本诗要抓住诗人的艺术构思:将现代人的"寻梦"思绪寄寓在一个"寻找金色的贝"的民间故事里,一虚一实,巧妙交织为一体。细读全诗,体会诗人怎样把他这一艺术构思转化为外在的形式特点:将类似民歌的夸饰、复沓与意象朦胧的现代象征手法,不露痕迹地结合为一体;用亲切的日常说话的调子,将复杂化、精微化的现代人的感受含蓄地表达出来。

　　2. 反复吟诵全诗,体味流动其间的诗情与诗绪:既是明朗的(表现追求理想的执著),又是迷惘、感伤的(表现追求中的疲倦与苍老)。

乐园鸟

飞着,飞着,春,夏,秋,冬,
昼,夜,没有休止,
华羽的乐园鸟,
这是幸福的云游呢,
这是永恒的苦役?

渴的时候也饮露,
饥的时候也饮露,
华羽的乐园鸟,
这是神仙的佳肴呢,
还是为了对于天的乡思?

是从乐园里来的呢,
还是到乐园里去的?
华羽的乐园鸟,
在茫茫的青空中,
也觉得你的路途寂寞吗?

假使你是从乐园里来的,
可以对我们说吗,
华羽的乐园鸟,
自从亚当,夏娃被逐后,
那天上的花园已荒芜到怎样了?

(选自《戴望舒诗全编》,浙江文艺出版社1989年版。)

【简析】

杜衡在《〈望舒草〉序》里,对这首诗有一个到位的评析:"翻到那首差不多灌注着作者底整个灵魂的《乐园鸟》,便会有怎样一副绝望的情景显在我们面前!在这小小的五节诗里,望舒是把几年前这样渴望着回返去的'那个如此青的天'也怀疑了,而发出'自从亚当夏娃被逐后,/那天上的花园已荒芜到怎样了?'的问题来。然而这问题又谁能回答呢?"

【思考题】

欣赏本诗要从形式上的一个特点入手:全诗四节,每节五句,第三句将全诗分为两段,而且是同一句"华羽的乐园鸟",仿佛在反复地呼唤与询问。本诗正是向着这只宗教天堂里的华美的鸟连续发出了五个问题,既是现代人的"天问",也是"自问"。仔细琢磨诗中的"五问",想一想:诗人对人和自己无休止的理想追求提出了怎样的疑问,这反映了现代人、也是诗人自己的怎样一种矛盾心理?

【拓展阅读】

1. 孙玉石:《去寻找无价之宝吧——读戴望舒〈寻梦者〉》,《中国现代诗导读(1917—1938)》,北京大学出版社1990年版。

2. 刘孟沐:《求索者的脚印——读戴望舒的〈寻梦者〉》,《中国现代诗导读(1917—1938)》,北京大学出版社1990年版。

第十三章 艾 青

艾青(1910—1996),现代诗人。关于艾青和他的诗,有两个经典式的评价与命名。1936年,当他的第一本诗集《大堰河》自印出版,评论家胡风即称他为"吹芦笛的诗人";据诗人自己说,这芦笛是从"彩色的欧罗巴"带回来的,论者也注意到他的诗"明显地看得出西方近代诗人凡尔哈仑、波特莱尔的影响"。这就表明,艾青的诗歌创作从一开始就汇入了近现代世界诗歌潮流,后来他成为有世界影响的诗人,恐怕不是偶然的。而艾青的"芦笛"吹出的最引人注目的歌却是"呈给大地上一切的,/我的大堰河般的保姆和她们的儿子,/呈给爱我和爱她自己儿子般的大堰河"(《大堰河——我的保姆》)的;因此,当他献出了代表作——诗集《北方》与长诗《向太阳》以后,评论家冯雪峰即称他为"根深深地植在土地上"的诗人,说他是"在根本上正和中国现代大众的精神结合着的、本质上的诗人"。这里所强调的艾青的诗与我们民族多灾多难的土地,以及生于斯、耕作于斯、死于斯的农民的血肉联系,是揭示了艾青诗的本质的,而且也在某种程度上揭示了中国新诗以至整个中国现代文学的一个重要传统。"土地"成为艾青诗歌创作的无尽源泉与中心意象。"为什么我的眼里常含泪水?/因为我对这土地爱得深沉……"这来自诗人生命深处、现代民族生命深处的诗句,使艾青在几代读者的心灵中获得了难以取代的地位。这位心贴着大地的行吟诗人,他的诗风也如这土地一样,博大、宽厚、朴素而庄严,这在中国新诗中也是独树一帜的。

雪落在中国的土地上

雪落在中国的土地上,
寒冷在封锁着中国呀……

风,
像一个太悲哀了的老妇,
紧紧地跟随着
伸出寒冷的指爪
拉扯着行人的衣襟,
用着像土地一样古老的话,
一刻也不停地絮聒着……

那从林间出现的,
赶着马车的
你中国的农夫
戴着皮帽
冒着大雪
你要到哪儿去呢?

告诉你
我也是农人的后裔——
由于你们的
刻满了痛苦的皱纹的脸
我能如此深深地
知道了
生活在草原上的人们的
岁月的艰辛。

而我
也并不比你们快乐啊
——躺在时间的河流上
苦难的浪涛
曾经几次把我吞没而又卷起——
流浪与监禁
已失去了我的青春的
最可贵的日子
我的生命

也像你们的生命
一样的憔悴呀
雪落在中国的土地上,
寒冷在封锁着中国呀……

沿着雪夜的河流,
一盏小油灯在徐缓地移行,
那破烂的乌篷船里
映着灯光,垂着头
坐着的是谁呀?

——啊,你
蓬发垢面的少妇,
是不是
你的家
——那幸福与温暖的巢穴——
已被暴戾的敌人
烧毁了么?
是不是
也像这样的夜间,
失去了男人的保护,
在死亡的恐怖里
你已经受尽敌人刺刀的戏弄?

咳,就在如此寒冷的今夜,
无数的
我们的年老的母亲,
都蜷伏在不是自己的家里,
就像异邦人
不知明天的车轮
要滚上怎样的路程……
——而且
中国的路

是如此的崎岖
是如此的泥泞呀。
雪落在中国的土地上,
寒冷在封锁着中国呀……

透过雪夜的草原
那些被烽火所啮啃着的地域,
无数的,土地的垦殖者
失去了他们所饲养的家畜
失去了他们肥沃的田地
拥挤在
生活的绝望的污巷里:
饥馑的大地
朝向阴暗的天
伸出乞援的
颤抖着的两臂。

中国的苦痛与灾难
像这雪夜一样广阔而又漫长呀!
雪落在中国的土地上
寒冷在封锁着中国呀……

中国
我的在没有灯光的晚上
所写的无力的诗句
能给你些许的温暖么?

一九三七年十二月二十八日夜间

(选自《艾青全集》第 1 卷,花山文艺出版社 1991 年版。)

【简析】

很多人都注意到艾青式的"忧郁":这是构成艾青诗歌艺术个性的基本要素。他的诗里一直回旋着这样的旋律:"中国的苦痛与灾难,像这雪夜一样广阔而又漫长呀"(《雪落在中国的土地上》),"薄雾在迷蒙着旷野啊……""你悲哀而旷达,辛苦而又贫困的旷野啊……"(《旷野》)。如诗人所说,"叫一个生活在这年代的忠实的灵魂不忧郁,这有如叫一个辗转在泥色的梦里的农夫不忧郁,是一样的属于天真的一种奢望",他强调,应该"把忧郁与悲哀,看作一种力"(《诗论》)。

【思考题】

　　1. 艾青说:"调子是文字的声音与色彩、快与慢、浓与淡之间的变化与和谐。"(《诗论》)请从"调子"这一角度对本诗作出自己的文本分析。

　　2. 艾青一直提倡"诗的散文美",并作了这样的阐释:"自从我们发现了韵文的虚伪,发现了韵文的人工气,发现了韵文的雕琢,我们就敌视了它;而当我们熟视了散文的不修饰的美,不需要涂抹脂粉的本色,充满了生活气息的健康,它就肉体地诱惑了我们","口语是美的,它存在于人的日常生活里。它富有人间味,它使我们感到无比地亲切","散文的自由性,给文学的形象以表现的便利;而那种洗炼的散文、崇高的散文、健康的或是柔美的散文之被用于诗人者,就因为它们是形象之表达的最完善的工具"(《诗的散文美》)。可以看出,艾青的"诗的散文美",既是对自然本色、贴近人的日常生活、朴素、洗练、亲切的诗的风格的追求,又是对口语化的诗的语言与自由诗体的追求。请结合艾青的创作实践,对"诗的散文美"这一命题作出自己的评价。

吹号者

　　好像曾经听到人家说过,吹号者的命运是悲苦的,当他用自己的呼吸磨擦了号角的铜皮使号角发出声响的时候,常常有细到看不见的血丝,随着号声飞出来……

　　吹号者的脸常常是苍黄的……

一

　　在那些蜷卧在铺散着稻草的地面上的困倦的人群里,
　　在那些穿着灰布衣服的污秽的人群里,
　　他最先醒来——
　　他醒来显得如此突兀
　　每天都好像被惊醒似的,
　　是的,他是被惊醒的,
　　惊醒他的

是黎明所乘的车辆的轮子
滚在天边的声音。

他睁开了眼睛，
在通宵不熄的微弱的灯光里
他看见了那挂在身边的号角，
他困惑地凝视着它
好像那些刚从睡眠中醒来
第一眼就看见自己心爱的恋人的人
一样欢喜——
在生活注定给他的日子当中
他不能不爱他的号角；

号角是美的——
它的通身
发着健康的光采，
它的颈上
结着绯红的流苏。

吹号者从铺散着稻草的地面上起来了，
他不埋怨自己是睡在如此潮湿的泥地上，
他轻捷地绑好了裹腿，
他用冰冷的水洗过了脸，
他看着那些发出困乏的鼾声的同伴，
于是他伸手携去了他的号角；
门外依然是一片黝黑，
黎明没有到来，
那惊醒他的
是他自己对于黎明的
过于殷切的想望。

他走上了山坡，
在那山坡上伫立了很久，

终于他看见这每天都显现的奇迹：
黑夜收敛起她那神秘的帷幔，
群星倦了，一颗颗地散去……
黎明——这时间的新嫁娘啊
乘上有金色轮子的车辆
从天的那边到来……
我们的世界为了迎接她，
已在东方张挂了万丈的曙光……
看，
天地间在举行着最隆重的典礼……

二

现在他开始了，
站在蓝得透明的天穹的下面，
他开始以原野给他的清新的呼吸
吹送到号角里去，
——也夹带着纤细的血丝么？
使号角由于感激
以清新的声响还给原野，
——他以对于丰美的黎明的倾慕
吹起了起身号，
那声响流荡得多么辽远啊……

世界上的一切，
充溢着欢愉
承受了这号角的召唤……
林子醒了
传出一阵阵鸟雀的喧吵，
河流醒了
召引着马群去饮水，
村野醒了
农妇匆忙地从堤岸上走过，
旷场醒了

穿着灰布衣服的人群
从披着晨曦的破屋中出来,
拥挤着又排列着……

于是,他离开了山坡,
又把自己消失到那
无数的灰色的行列中去。
他吹过了吃饭号,
又吹过了集合号,
而当太阳以轰响的光采
辉煌了整个天穹的时候,
他以催促的热情
吹出了出发号。

三

那道路
是一直伸向永远没有止点的天边去的,
那道路
是以成万人的脚踩踏着
成千的车轮滚碾着的泥泞铺成的,
那道路
连结着一个村庄又连结一个村庄,
那道路
爬过了一个土坡又爬过一个土坡,
而现在
太阳给那道路镀上了黄金了,
而我们的吹号者
在阳光照着的长长的队伍的最前面,
以行进号
给前进着的步伐
做了优美的拍节……

四

灰色的人群
散布在广阔的原野上,
今日的原野呵,
已用展向无限去的暗绿的苗草
给我们布置成庄严的祭坛了:
听,震耳的巨响
响在天边,
我们呼吸着泥土与草混合着的香味,
却也呼吸着来自远方的烟火的气息,
我们蛰伏在战壕里,
沉默而严肃地期待着一个命令,
像临盆的产妇
痛楚地期待着一个婴儿的诞生,
我们的心胸
从来未曾有像今天这样充溢着爱情,
在时代安排给我们的
——也是自己预定给自己的
生命之终极的日子里,
我们没有一个不是以圣洁的意志
准备着获取在战斗中死去的光荣啊!

五

于是,惨酷的战斗开始了——
无数千万的战士
在闪光的惊觉中跃出了战壕,
广大的,急剧的奔跑
威胁着敌人地向前移动……
在震撼天地的冲杀声里,
在决不回头的一致的步伐里,
在狂流般奔涌着的人群里,
在紧密的连续的爆炸声里,

我们的吹号者
以生命所给与他的鼓舞,
一面奔跑,一面吹出了那
短促的,急迫的,激昂的,
在死亡之前决不中止的冲锋号,
那声音高过了一切,
又比一切都美丽,
正当他由于一种不能闪避的启示
任情地吐出胜利的祝祷的时候,
他被一颗旋转过他的心胸的子弹打中了!
他寂然地倒下去
没有一个人曾看见他倒下去,
他倒在那直到最后一刻
　　都深深地爱着的土地上,
然而,他的手
却依然紧紧地握着那号角;

在那号角滑溜的铜皮上,
映出了死者的血
和他的惨白的面容;
也映出了永远奔跑不完的
　　带着射击前进的人群,
　　　和嘶鸣的马匹,
　　　和隆隆的车辆……
而太阳,太阳
使那号角射出闪闪的光芒……

听啊,
那号角好像依然在响……

一九三九年三月末

（选自《艾青全集》第1卷,花山文艺出版社1991年版。）

【简析】

这是诗人灵魂的另一面:对于光明、理想、美好生活的热烈不息的追求。

诗人说过:"凡是能够促使人类向上发展的,都是美的,都是善的,也都是诗的。"正是从这种美学理想出发,诗人几十年如一日地热情讴歌着太阳、光明、黎明、生命与火焰。这是艾青诗的另一个"永恒主题"。在本篇里,"吹号者"在"对于黎明/过于殷切的想望"中最先醒来,当他"倒在那直到最后一刻/都深深地爱着的土地上"(这又是"土地"主题的显现),"而太阳,太阳/使那号角射出闪闪的光芒"。在诗人的笔下,"黎明""太阳"不仅构成背景,更是全诗的中心意象:"吹号者"与"黎明""太阳"融为一体,相互映照,显示着不死的生命的光辉。

【思考题】

关于《吹号者》的写作,艾青有两个说明:"(我)写了《吹号者》,以最真挚的歌献给了战斗,献给了牺牲";"《吹号者》是比较完整的,但这好像只是对于'诗人'的一种隐喻,一个对'诗人'的太理想化的注解"(《为了胜利》)。试谈谈你对此的理解。

【拓展阅读】

艾青:《诗论》,《艾青全集》第3卷,花山文艺出版社1991年版。

第十四章　冯　至

　　1937—1945 年的抗日战争,不仅改变了中国的命运,而且对中国现代文学的发展产生了深远的影响:战争与文学的关系,构成了现代文学发展的又一个重要关系。前面我们已经通过鲁迅与周作人作品的阅读,讨论了"现代文学与中国传统文化和世界文化的关系";通过茅盾、老舍、张爱玲、沈从文、赵树理等作品的阅读,讨论了"现代文学与中国社会城市与乡村文明发展的关系";而现代文学与战争的关系是更为复杂的,这里仅从冯至的诗这一角度略有涉及。

　　这确实是 1940 年代的战争所提供的历史机遇:新诗史上各时代的代表诗人,从朱自清、闻一多、冯至到卞之琳、李广田和一批才华洋溢的未来中国的新诗人(从穆旦、郑敏到杜运燮、袁可嘉),同时聚集在西南一角——昆明的西南联大校园里,由生命的沉潜进入艺术的、诗的沉潜状态。冯至即是其中最为成熟的代表性诗人。

　　冯至(1905—1993),早在新诗发展的第一个十年,即以收在《昨日之歌》里的诗,被鲁迅赞誉为"中国最为杰出的抒情诗人";他于 1928 年创作的长诗《北游》,则把目光转向现代都市和病态现代人性的探询,开始了对知性美的艺术追求。在 1930 年代德国留学期间,冯至接受了里尔克的哲学、诗学的影响,自觉追求作为"真实的存在者"的生存体验和对社会人生的承担。在抗战爆发后,他行程几千里,观看了许多城市与乡村,经历了许多生命的死亡与挣扎,最后在西南联大的校园里,获得了一块生命的栖息地。正是在著名的"林间小屋"的凝神默想里,冯至达到了生命与艺术的豁然贯通:和现代派前辈生命的狭窄、贫乏不同,冯至在战乱中获得了丰富的生命体验;又有别于浅尝辄止的同代人,他把中国土地上生活的沉重与灾难潜入内心深处,将民族本位的、更具感性(非理性)的战争体验转化为个人与人类本位的生命体验和思考,进入了"诗性哲学"的层面。但这又与生活和生命的感性形态融合为一体,就达到了"知性与感性的融合""思与诗的融合":中国新诗史上前所未有的"沉思的诗"就这样产生了,中国现代诗歌因此而具有了形而上的哲学品格。这里显然存在歌德与西方存在主义哲学的影响,同时也获得了东方哲学的底蕴:冯至在《里尔克——为十周年祭而作》里就说过,所要追求的存在经验和体验,"像是佛家弟子,化身万物,尝遍众生的苦恼一般"。

  冯至更有文体实验的高度自觉。《十四行诗集》最后一首是可以视为冯至诗的艺术宣言的:"从一片泛滥无形的水里,/取水人取来椭圆的一瓶,/这点水就得到一个定形"。一面是无边无际的、不可把握的智性思想,一面是有形的感性呈现、形式的规范和定型:诗人正是要在两者的张力中,寻找自己的诗的存在形态。他试图将自然流动的美凝定为一种有法度的美。因此,他选择了十四行诗体:"'由于它的层层上升而又下降,渐渐集中而又解开,以及它的错综而又整齐,它的韵法之穿来而又插去',它正宜于表现我要表现的事物;它不曾限制了我活动的思想,而是把我的思想接过来,给一个适当的安排。"(《十四行诗集·再版自序》)冯至完全采用现代白话口语,连关联词也很少使用,却将这种外来诗体形式运用自如,达到了内在诗情、哲思与外在形式的和谐。《十四行诗集》整体风貌中所显示的庄严、单纯与从容,以及艺术上的相对完美,使其在新诗史上成为一个独特的存在,并表明中国现代诗人已经有足够的思想、艺术力量消化外来形式,利用它来创造中国自己的民族新诗。

我们站立在高高的山巅

我们站立在高高的山巅
化身为一望无际的远景,
化成面前的广漠的平原,
化成平原上交错的蹊径。

哪条路、哪道水,没有关联,
哪阵风、哪片云,没有呼应:
我们走过的城市、山川,
都化成了我们的生命。

我们的生长、我们的忧愁

是某某山坡的一棵松树,
是某某城上的一片浓雾;

我们随着风吹,随着水流,
化成平原上交错的蹊径,
化成蹊径上行人的生命。

(选自《冯至全集》第 1 卷,河北教育出版社 1999 年版。)

【简析】

　　读冯至的《十四行诗集》要抓住"生命的体验"这一环节。在本诗里,诗人选取了一个特定的视角——高高的山巅,站在那里,于一呼一吸之间,体验着风吹水流式的生命。

【思考题】

　　试还原诗的情境,想象自己也身处于高高的山巅;细细体验自我生命怎样融入大自然,达到"物我一体"的境界:那流动的生命(水、风、云、雾等)如何凝定在生命的静态(山、平原、路、树、蹊径等)之中……

我们天天走着一条小路

我们天天走着一条熟路
回到我们居住的地方;
但是在这林里面还隐藏
许多小路,又深邃、又生疏。

走一条生的,便有些心慌,
怕越走越远,走入迷途,
但不知不觉从村疏处
忽然望见我们住的地方,

像座新的岛屿呈在天边。
我们的身边有多少事物
向我们要求新的发现:

不要觉得一切都已熟悉，

到死时抚摸自己的发肤

生了疑问：这是谁的身体？

(选自《冯至全集》第1卷，河北教育出版社1999年版。)

【简析】

这是另一种生命体验：如何看待我们自以为已经熟悉的外部与自我世界？这里有几个关键词：诗的一开始就提出"熟路"这一意象，然后不断以"隐藏""生疏""迷途"这样的抽象词语加以颠覆，自然引出第三节的意念提升——对"身边"的"事物"要保持一种新鲜的紧张感，不断有"新的发现"；最后一节更是引向"自己"——连发肤属于谁，都是可以提出"疑问"的。

【思考题】

1. 反复吟诵，以体会诗与思相结合的"沉思的诗"的韵味。

2. 如有兴趣，可以写一篇研究论文：《"十四行诗体"在中国的发展：从朱湘到冯至》。

【拓展阅读】

1. 解志熙：《诗与思——冯至三首十四行诗解读》，《中国现代文学研究丛刊》1992年第3期。

2. 王毅：《中国现代主义诗歌论(1925—1949)》，关于《十四行诗集》的细读部分，西南师范大学出版社1999年版。

第十五章 穆　旦

穆旦(1918—1977)，现代诗人。穆旦是中国诗歌现代化历程中带有标志性的诗人。他的追求与贡献主要有二。首先是新诗的现代思维方式与情感方式的建立。穆旦在他的代表作《被围者》里这样写他的新发现："一个圆，多少年的人工／我们的绝望将它完整。／毁坏它，朋友！让我们自己／就是它的残缺"。这正意味着对以"圆"为中心的中国传统诗学与哲学的超越，与以"残缺"为中心的现代诗学与哲学的建立。于是，在穆旦的笔下，出现了中国诗歌史上从未有过的"残缺"世界里的"残缺"自我，站在不稳定的点上，不断分裂、破碎的自我，存在于永远的矛盾张力上的自我。诗人排拒了中国传统的中和与平衡，使方向各异的各种力量相互纠结、撞击以至撕裂。不是简单的二元对立，也不是直线化地"一个吃掉(否定)一个"，而是相互对立、渗透、纠结为一团，如同为中国新诗派的诗人郑敏所说，是"思维的复杂化，情感的线团化"。

穆旦更在诗的语言的现代化方面做了极富创造性的实验。评论家说："他的诗歌语言最无旧诗词味道……是当代口语而去其芜杂，是平常白话而又有形象的色彩和韵律的乐音。"(王佐良：《穆旦：由来与归宿》)他也反对遣词造句上的模糊与朦胧，主张"诗要明白无误地表现较深的思想"。他充分发挥了现代汉语的弹性，利用多义的词语、繁复的句式，表达现代人"较深的思想"与诗情；同时又自觉地大量运用现代汉语的关联词，以揭示抽象的词语、跳跃的句子之间的逻辑关系。穆旦所创造的是诗人郑敏所说的"介于口语与书面语之间的文体"，"它扭曲，多节，内涵几乎要突破文字，满载到几乎超载"，他确实走到了"现代汉语写作的最前沿"。

诗八首

1

你底眼睛看见这一场火灾,
你看不见我,虽然我为你点燃;
唉,那燃烧着的不过是成熟的年代。
你底,我底。我们相隔如重山!

从这自然底蜕变底程序里,
我却爱了一个暂时的你。
即使我哭泣,变灰,变灰又新生,
姑娘,那只是上帝玩弄他自己。

2

水流山石间沉淀下你我,
而我们成长,在死底子宫里。
在无数的可能里一个变形的生命
永远不能完成他自己。

我和你谈话,相信你,爱你,
这时候就听见我底主暗笑,
不断地他添来另外的你我
使我们丰富而且危险。

3

你底年龄里的小小野兽,
它和春草一样地呼吸,
它带来你底颜色,芳香,丰满,
它要你疯狂在温暖的黑暗里。

我越过你大理石的理智殿堂,

而为它埋藏的生命珍惜；
你我底手底接触是一片草场，
那里有它底固执，我底惊喜。

4

静静地，我们拥抱在
用言语所能照明的世界里，
而那未成形的黑暗是可怕的，
那可能和不可能的使我们沉迷。

那窒息着我们的
是甜蜜的未生即死的言语，
它底幽灵笼罩，使我们游离，
游进混乱的爱底自由和美丽。

5

夕阳西下，一阵微风吹拂着田野，
是多么久的原因在这里积累。
那移动了景物的移动我底心
从最古老的开端流向你，安睡。

那形成了树木和屹立的岩石的，
将使我此时的渴望永存，
一切在它底过程中流露的美
教我爱你的方法，教我变更。

6

相同和相同溶为怠倦，
在差别间又凝固着陌生；
是一条多么危险的窄路里，
我制造自己在那上面旅行。

他存在，听从我底指使，

他保护,而把我留在孤独里,
他底痛苦是不断的寻求
你底秩序,求得了又必须背离。

7

风暴,远路,寂寞的夜晚,
丢失,记忆,永续的时间,
所有科学不能祛除的恐惧
让我在你底怀里得到安憩——

呵,在你底不能自主的心上,
你底随有随无的美丽的形象,
那里,我看见你孤独的爱情
笔立着,和我底平行着生长!

8

再没有更近的接近,
所有的偶然在我们间定型;
只有阳光透过缤纷的枝叶
分在两片情愿的心上,相同。

等季候一到就要各自飘落,
而赐生我们的巨树永青,
它对我们的不仁的嘲弄
(和哭泣)在合一的老根里化为平静。

1942年2月

(选自《穆旦诗全集》,中国文学出版社1996年版。)

【简析】

在这首诗里,诗人表达了他对爱情这一人类与文学的永恒主题的独特现代体验,依然是相互矛盾的感受与概念,对立、渗透、纠结为一团:一位"上帝""我的主"(诗人郑敏认为,"上帝"是"代表命运和客观世界"的)在冷冷地观察,支配着"我"和"你"。要从整体上去把握,不要试图作逐字逐句落实性的解读,那是徒然的。初读者可以抓住一些关键的词语,如"我们相隔如重山""爱上了一个暂时的你"(第一首),"永远不能完成他自己""不断地他添来另外的你我/使我们丰富而危险"(第二首),"我越过你大理石的理智殿堂"(第三首)等,但仍要还原为对每一首诗的思绪、情感的整体把握。

这是典型的情诗,又超越了情诗。所有现代人的困惑:个体与群体,欲望与信仰,理想与现实,创造与毁灭,智慧与无能,流亡与归宿,拒绝与求援,真实与谎言,诞生与谋杀,丰富与无有……全都在这里展开。

【思考题】

1. 中国新诗派的理论家袁可嘉在提倡"新诗现代化"时曾经说过:"现代诗接受了现代文化底复杂性,丰富性,而表现了同样的复杂与丰富。"(《论新诗现代化》)而穆旦则进一步提出了"丰富,和丰富的痛苦"的概念(《出发》),并说先导者总是"把未完成的痛苦留给他们的子孙"(《先导》)。人们也就以"丰富,和丰富的痛苦"来概括与评价穆旦的诗。试从这一角度对其代表作《诗八首》作出自己的解说。

2. 当穆旦刚刚出现在诗坛上,他的同学、翻译家王佐良在《一个中国新诗人》一文中即断定"穆旦的胜利却在他对古代经典的彻底无知"。穆旦本人直到晚年还这样说:"我有时想从旧诗获得点什么,抱着这目的去读它,但总是失望而罢。它在使用文字上有魅力,可是陷在文言中,白话利用不上,或可能性不大。至于它的那些形象,我认为已经太陈旧了",因此说:"白话诗找不到祖先,也许它自己该作未来的祖先。"(《致郭保卫书》)这种情况似乎也存在于艾青身上:人们读艾青的有关材料,不难发现,艾青经常提到他所受外国诗人的影响,但从不提及中国的古典诗人。不同于中国众多的新诗人都写过旧体诗,或将古典诗歌的意象、词语入新诗,艾青与穆旦都是终生不写旧体诗,并且拒绝文言,始终坚持现代白话诗的写作。但只要不抱成见,就必须承认,艾青与穆旦的诗都达到了很高的艺术水准,并且是真正的中国的现代诗,即不但具有强烈而鲜明的现代性,同时具有强烈而鲜明的民族性。——你如何理解这样的诗歌现象?如何解释他们诗歌中的民族性?在充分注意其叛逆性与异质性的同时,如何寻找他们的诗歌与中国传统更为隐蔽与曲折的联系?艾青与穆旦的诗歌实验对今天的新诗写作有什么启示意义?

3. 穆旦曾经说过,是严酷的现实"教了我鲁迅的杂文"(《五月》)。你能说说穆旦诗歌的思维方式、情感方式、表达方式与鲁迅的内在联系吗?

【拓展阅读】

郑敏:《诗人与矛盾》,见《一个民族已经起来——怀念诗人、翻译家穆旦》,江苏人民文学出版社1987年版。

第十六章　丁西林

　　丁西林(1893—1974)于1922年开始创作,与田汉一起,成为中国话剧开创时期的代表性作家。他从起笔就达到了高水平,无论是戏剧的构思、人物、结构还是语言风格,都表现出一种艺术上的成熟,在同时期大多数粗糙、幼稚之作中,显得凤毛麟角般可贵,同时也显得超前:这是一位具有自觉的实验意识的艺术家。

　　在1920年代以至整个中国话剧史上,他都是一个独特的存在:其一,他是一位出色的剧作家,又是一位杰出的物理学家,在他身上所体现的科学(物理)与艺术(话剧)思维的相反相成,至今仍是吸引着研究者的饶有兴味的课题。其二,中国现代话剧是以悲剧为主体的,他是为数不多的喜剧作家之一;在喜剧领域里,他又独创了机智与幽默喜剧。其三,中国现代话剧的主要代表作大都是多幕剧,而他却执著于独幕剧的艺术探索,并且创作了堪称典范的《一只马蜂》《压迫》《酒后》《北京的空气》等作品。

酒　后[①]

人物　　夫
　　　　　妻
　　　　　客人[②]
布景　　一个冬天的深夜,一间华美的厅屋[③]。喝醉了酒的一位客人,睡在一

---

① 注释为本书编者所加。
② 丁西林喜剧十分讲究人物的设置:出场人很少,通常只有三人,除主要冲突双方外,常有一个结构性的人物,构成"三元结构"。
③ 丁西林的喜剧常发生在上层社会的沙龙里。

张长的沙发上①。一个年近三十岁的男子,坐在桌旁削水果。桌上除了水果碟子、茶壶、茶杯之外,还有一个烧水的小洋炉,下边的火正燃着。屋内非常的幽静沉寂,只有水壶里发出细微蛩蛩的声音②。开幕之后,约过了半分钟,一个青年的女子,一手拿了茶叶瓶,一手拿了一条毯子,走进屋来。进来之后,先把毯子在靠近男子的一张椅上放了,带了茶叶瓶,走近桌来。

妻　拿来了,替他盖上吧③。

夫　(吃水果要紧,并且想难她一下)好,替他盖上。你比我盖得好。(说完了看了她一眼④)

妻　(回看了他一眼,将已经拿在手里的茶壶放下)你以为我不敢吗?这有什么稀奇?做给你看看!(重新取了毯子,轻轻走去将毯子盖在那客人的身上⑤)

夫　水开了⑥。

〔妻走了回来,用沸水先冲了空壶,把水倾在痰盂里。

夫　芷青啊,起来。——起来喝点茶睡觉去⑦。

妻　你看,我教你不要叫醒他,让他睡一会儿⑧。(放了茶叶,冲了茶,灭了火,壶上加了套子)

夫　(吃了好几口水果)唉,我说,你不让叫醒他,如果他今晚一夜不醒觉,你要我等他到明天怎么样?

妻　你吃了那么多东西,你现在会睡得着吗?——就睡了也不舒服⑨。

夫　不过这太不公平了。你让他舒舒服服的睡在那里,要我辛辛苦苦的

---

① 不能小看"喝醉了酒"的这位"客人",他在剧中说不上几句话,却是核心人物,一切戏都因他而展开:他是一位英俊的、善良的、而又不幸的男人。——这样的男人是很容易引起麻烦的。
② 浓重的家庭气氛。——这原是一个温暖、平静的家庭,现在突然多出一个"客人",就打破了平静,引出种种"戏"来。
③ 妻子自己不去给客人盖毛毯,却要丈夫去盖,这有点"不自然",似乎有"文章"("戏")。
④ 丈夫大而化之,故意"难她一下"——这里有一种微妙的夫妻之间的感情。
⑤ "轻轻走去",怕惊醒"他"——惊醒,就没有"戏"了:这场戏必须在客人不知觉的情况下发生。
⑥ 提醒"她"做妻子的责任。
⑦ 此时才点出"他"的名字。亲切的口气显示出丈夫与"他"关系的密切。
⑧ 妻仍然称作"他",言谈中又流露出对"他"的体贴。
⑨ 表面替丈夫着想,其实是在关心"他"。

坐在这里等他。①
妻　他喝醉了酒,你没有醉酒。——你们几个喝他一个,……②
夫　(更正地)喝你们两个③。
妻　喝我们两个?我就只喝了半杯酒。现在还觉得心跳呢。(坐到沙发上④)
夫　你没有喝酒,你帮了他讲话⑤。
妻　不应该,是不是⑥?
夫　(吃完了水果,擦了手,也坐到沙发上)应该,应该⑦。不过也让我躺一躺,我想总可以吧?(躺在她的怀里⑧)
妻　这样很公平,是不是?
夫　怎么?
妻　他睡在一张椅子的上面,你睡在——一个女人的怀里⑨。
夫　这非常的公平。因为他是喝醉了酒,保不住要吐的,要把你的衣服弄脏了,所以不能睡在你的怀里。我——并没有喝醉酒⑩。
妻　喔,这股酒味儿!你靠在那一边去。(将他推开了⑪,把身后的一个腰枕给了他。他领受了她的这番情意,也从另外的一张椅上,取了一个腰枕递给她)谢谢你,我没有那个很舒服⑫。
夫　(把两个腰枕都领受了下来,从衣袋里摸出一个烟斗)准不准抽烟?
妻　不准!

---

① 丈夫说这话有点"撒娇"的意思,在夫妻之间常有的戏谑口气中无意点破了"你""我""他"之间的微妙关系。
② 仍然是将"他"与"你"、"你们"与"他"作对比,无意中又站在"他"这一边。
③ 丈夫有意无意地将"你"与"他"联在一起,构成一个"你们"。
④ 岔开。
⑤ 拉回来,再点破:"你帮了他讲话"。
⑥ 回避不了,索性以退为攻。
⑦ 丈夫让步——他本来就不将这当一回事儿。
⑧ 行使丈夫的"权利"。
⑨ 尽管丈夫躺在自己怀里,想着的依然是"他"的处境。妻子心目中"他"与"你"的对比与前述丈夫所说"他"与"我"的对比互相应。不说"妻子"而说"女人",意味深长。
⑩ "不能睡在你的怀里",依然是无意中的点破。
⑪ 又把丈夫推出去。
⑫ 拒绝丈夫的温存——原因仍然是因为有了"他"。以上是全剧的"第一段"。夫妻谈话,中心却是"他":"妻"不由自主地流露出对"他"的关心,"夫"则有意无意地表示出某种不甚明确的"醋意"。对话中"我""你""他"的人称变化写出了人物情感与关系的微妙处。

夫　(叹了一口气)唉,什么都好,就是这一点,有点美中不足①。

妻　啊,美中不足的地方多得很,屋子不舒服,饭菜不合口,太太不漂亮,……②

夫　不要这样得意③!

妻　谁得意④?

夫　你得意。

妻　怎么我得意?

夫　你以为一个人得意了,一定是说大话吗? 一个人,心虚的时候,方才说大话,自谦的时候,多半是自负⑤。

妻　我一点都不自负,我自己知道,什么都没有弄得好。不过你应该帮助我才是啊,……⑥

夫　(懒怠的)亦民啊,……⑦

妻　唉。

夫　我时常的想,像我这样一个人,享受这样的一种幸福,我只有感谢上帝,再也不敢有一个非分的欲望⑧。不过我有一件事,我死的时候,我要立在我的遗嘱里⑨。

妻　什么事?

夫　我要教他们替我做一个大箱子,装一箱子的烟,放在我的棺材里⑩。(说完了两个人都笑了起来。他趁了这个好机会,又倒在她的身上⑪)

---

① 始终是半开玩笑地说话,在爱妻面前表现丈夫的"痞"气。第一次流露内心的满足,值得注意。
② 也是半开玩笑地说一番"反话"。夫妻之间的戏语,又似乎包含了什么别的意思。
③ 丈夫自然懂得妻子"反话"中的意思。
④ 从下文就可知道,真正"得意"的是丈夫。
⑤ "人夸耀什么常常是因为缺什么"——相当深刻的心理观察。丈夫经常说出这类富有哲理的话,说明他的文化修养与智力都相当高。以此原理返观开头妻子不直接给"他"盖毯子,确实颇有"意思"。
⑥ 真心话。"妻"是一个严肃、认真,善于自我反省的女人。
⑦ 又开始一个新的话题。
⑧ 丈夫的满足感是真实的。从下文便可知。丈夫与妻子的分歧恰恰在于此,他们婚姻的潜在威胁也在于此:这是重要的一笔。
⑨ "遗嘱"云云是故作惊人之语。
⑩ 丈夫的幽默感、"痞"劲儿。
⑪ 小两口的感情是好的,家庭生活是甜蜜的,丈夫的满足是有根据的:必须把握住这一"基本点",如果认为夫妻之间感情已经破裂,那就大错特错了。

  喔,亲爱的,这是天堂的生活,这是仙宫的生活,然而这是人的生活。一个人既然生在世上就应该过这样的生活,——最少要有一天,——一点钟——一忽儿①!(握了她的手)你说对不对?

妻 荫棠,我想世界上什么幸福都是假的幸福,只有爱的幸福,是真的幸福②。

夫 啊,这是你最得意的题目③。——喔,对不起,讲讲。(坐直)

妻 我想一个人在世间上,要有了爱,方才可以说是生在世上,如果没有爱,只可以说是活在世上④。

夫 生在世上,和活在世上,是怎样的分别法子?

妻 一个人,在世上,有了爱,他就觉得这个世界也是他的,他希望大家都有幸福,他感觉得到大家的痛苦,这样方才能够叫生在世上。一个人,如果没有爱,他就觉得他不过是一个旁观的人,他是他,世界是世界,他要吃饭,因为不吃饭就要饿死,他要穿衣服,因为不穿衣服就要冻死,他要睡觉,因为不睡觉就要累死。他的动作,都不过是从怕死来的,所以只好叫做活在世上⑤。

夫 照你这样的定义,中国只有四万万人,最少有三万九千九百九十九万人,是活在那里,不是生在那里⑥。

妻 所以我想一个人如果没有爱,不知道爱,那就是世界上最可怜的人⑦。

夫 一个人没有爱,也不是最可怜的人,不知道爱,也不是最可怜的人。最

---

① 丈夫把他的自我满足感提高到一个人生哲学的高度:以一己的小家庭的一时一地的快乐,为人生最大追求。
② 妻子也谈自己的幸福观:突然转入了严肃的谈话,似是离题,剧情的发展却是更深入了一步。
③ 可见谈过不只一次。略含嘲讽的口吻中流露出丈夫对妻子的幸福观颇不以为然:由此展开了夫妻间更深刻的矛盾。
④ 妻子提出了"生"与"活"的概念,前者是"人"的范畴,后者是"动物"的范畴。
⑤ 在小夫妻的日常谈话里,妻子这样滔滔不绝地谈论抽象的人生哲学,这是"五四"时代爱情的特点。妻子的幸福观也打上了"五四"的烙印:把自己看作是"人类的一个",追求"人类"的共同的"爱"。尽管谈的是一般的人生观,但当说到"感觉得到大家的痛苦"时,这个"大家"是有具体所指的,从下文看就是"他"("客人")。——在这一段对话中,"他"仿佛已被遗忘,其实却隐隐存在着,并且支配着这对小夫妻的谈话。
⑥ 丈夫同时也想到了自己——他就是"三万九千九百九十九万人"中的一个。
⑦ 由抽象的"人类",笼统的"大家",转向具体的"世界上最可怜的人"。——如一味谈论"哲学",会造成剧情的沉闷,必须迅速"转向"。

可怜的人,是他知道爱,没有得爱,或有得爱,社会不容他爱的人①。
妻　你是说——(转头向那个客人看了一看)芷青,是不是?②
夫　是的。
妻　(静默了一回)荫棠,为什么没有人爱他?
夫　因为他结了婚。
妻　喔,结了婚! 那算得数吗? 他就没有和他的太太同住过③。
夫　那不管。中国的女人,只要结婚,不管爱不爱的。这本来也是很对的,因为婚姻是一个社会的制度,社会制度,都是为那一般活在世上的人设的,不是为那少数的生在世上的人设的④。
妻　这样说,婚姻的制度就应该打破。
夫　那可不要提倡。从前的人,以为结了婚就是爱,那已经受不了;现在有不少的人,以为不结婚就是爱,那更加受不了⑤。
妻　这样说,像他这样的人,就让他这样孤单的过一生吗⑥?
夫　你要他结婚吗? 你如果要他结婚,那容易得很。你只要给他一点毒药,教他把他的太太今天毒死了,明天就有人和他结婚。如果你觉得毒死人是不人道的事,那么你或是把她赶走,或是说她不能生小孩子,或是说她有精神病。这些方法虽然不同,目的是一样。这是一般活在世上的人定的规矩⑦。
妻　荫棠,我实在非常的可怜他⑧。
夫　你用不着可怜他。他虽然没有得到爱,但是他不是仅仅的活在那里,他还生在那里。你不要因为看了他的外表很镇静,很凉淡,以为他失望,

---

① 是"丈夫"而不是"妻子",把话题引向"他"。由丈夫的介绍,读者对"他"有了更深的具体了解。
② "他"终于从背景里走了出来。不知不觉中,"他"变成了含有亲切意味的"芷青"。
以上是第二段戏。仍然是夫妻对话,却揭示了表面美满的婚姻背后隐伏着的矛盾与危机。
③ 点明"他"的不幸在于"没有爱情的婚姻":这也是"五四"的时代概念。
④ 丈夫的口里经常说出一些相当深刻的话,可见他并不俗,他的致命弱点在于自我满足与缺乏同情心,以"玩世"的态度看待一切。
⑤ 夫妻间对现存婚姻制度的不同态度。
⑥ 又把话题拉到"他"身上——妻在潜意识里最关心的还是"他"。剧情的发展也需要"收拢"。
⑦ 妻以严肃的态度提出问题,丈夫总是以俏皮话扯开去;这是一种"看透一切"的玩世态度。他遵循的是"一般活在世上的人"的"规矩"。
⑧ 妻对丈夫的玩笑听而不闻,仍沉浸、执著于对"他"的感情——岂止是"可怜"! 当一个女人"可怜"某一个男人时,在这背后常常隐藏着一种"爱",而且是多少带点母性的爱。这也许是母系社会的"原始蛮性的遗留"吧,却是会带来麻烦的。

他的内部,有一把火在那里烧着,我们虽然看不见那火焰,可是我们时常看见他喷出来的火星子①。

妻 (转想)你知道,我初认识他的时候,很有点怕他②。

夫 现在呢?

妻 现在已经熟了,还怕什么?

夫 是的,我相信有许多女人,初见了他的时候,一定怕他。其实他对于女人,是再温和没有的③。

妻 那我老早就看出来了④。

夫 (好像刚刚想到)唉,我想他和你心目中所理想的一种男子,倒有点相近⑤。

妻 我心目中所理解的一种男子是怎么样⑥?

夫 一个人,意志很坚决,感情很浓厚,爱情很专一,不轻易的爱一个人,如果爱了一个人,就永久不要改变,设或那个女人实在不值得爱,那也是你自己的过失,只好跳在海里自尽去⑦。

妻 你心目中的理想的男子是怎么样⑧?

夫 我心目中的理想的男子,完全的和我一样!……⑨

妻 嗤!(摸手绢)⑩

夫 不然,我会这样的快乐⑪?

妻 看见我的手绢没有⑫?

夫 你刚才不是坐在那边……

---

① 丈夫是理解"他"的,他们毕竟是朋友。但丈夫是不是理解自己的妻子呢?妻子刚才那些谈话、动作,都是从内心"喷出来的火星子",可惜丈夫似乎并没有觉察(或者不愿意觉察)。
② 妻子开始沉浸在对"他"的怀念中——怀念,又是一种危险的感情!
③ 丈夫仍然在炫耀自己对于"他"的理解。——又疏忽了自己妻子的感情?好粗心的丈夫?!
④ 冲口而出。岂止"看出来"而已。
⑤ 又是丈夫点破,却是"好像刚刚想到",耐人寻味。
⑥ 女人的好奇心——看看丈夫对自己及自己爱慕的人到底是否"理解"。
⑦ 丈夫并不糊涂:他是了解自己的妻子的;无意中他不仅为自己的朋友"他",也为妻子画了一幅像。他唯一不了解的,倒是他自己,看下文便知。
⑧ 又是理想主义者的设问。
⑨ 彻底的现世主义者的回答:自我感觉极端良好。在妻的眼里,这是可笑、可悲与可怕的。夫妻之间的深刻裂痕正在这里——再一次点题。
⑩ 极度的失望,陡然失去继续谈话的兴趣。
⑪ 丈夫还没有觉察妻子情绪的变化,继续陶醉在自我满足中。
⑫ 有意打岔,已无话可说。

妻　（看见了手绢,起了身）你要不要喝茶？

夫　谢谢你,不要喝①。

妻　（从另外一张椅上取了手绢,脑中生了一个异想②,靠在桌旁,想了一回）荫棠,你不是说过年的时候,要送我一样礼物么③？

夫　是的,你想要我送什么东西④？

妻　我现在不想要你送我东西了。

夫　为什么？为什么又不要我送东西？

妻　我只向你提出一个要求,不知道你能不能答应我⑤？

夫　只要我做得到的,我都答应你。

妻　你做得到,一个很简单的要求⑥。

夫　（起立）什么要求？

妻　要你答应了我,我方才说给你听⑦。

夫　我答应你⑧。

妻　真的答应我⑨？

夫　真的答应你。

妻　芷青睡在那里,你让我去吻他一吻⑩。

夫　什么⑪？

妻　去吻他一吻⑫。

夫　（嬉笑的）那不行！（坐到椅上）⑬

---

① 第三段"戏"结束。中心仍是"他"；围绕对"他"的不幸的种种议论,丈夫与妻子的分歧与矛盾进一步暴露与激化。剧情发展至此,已达一"顶点",需要"转折"。

② "一个异想",使剧情出现"转机"。或者说,至此才开始"入题",之前均是"铺垫"。什么"异想"？设置了一个悬念。

③ 由远及近,请君入瓮——女人的小聪明、小计谋。

④ 粗心的(更重要的是自我感觉良好的)丈夫开始上钩。

⑤ 什么"要求"？悬念更进一步发展。

⑥ 继续"引而不发"。

⑦ 女性的狡黠。

⑧ 果然上当。

⑨ 再叮咛一句,预防杜绝"反悔"的可能。以上极写妻的"煞费苦心",正是为下文作铺垫。

⑩ "戏"做足了,才款款点出妻的"请求",却如此出人意料。

⑪ 丈夫听不懂——没有思想准备,观众也毫无思想准备。

⑫ "一吻之求"看似荒唐,却表示了妻对"他"的情感的不可遏制,同时又要在"他"并不知觉的情况下,在丈夫允许的条件下实现这种感情：这种"爱"的方式就预先决定了它的结局。

⑬ 妻的郑重请求,丈夫却用"嬉笑"的态度拒绝,真是"别有滋味"。

妻　为什么不行?

夫　那——那是不应该的①。

妻　为什么不应该?难道一个女人结了婚,就没有表示她意志的自由么?就不能向另外一个男子表示她的钦佩么②?

夫　表示意志的自由,自然是有的。不过表示钦佩——是那样表示的么③?

妻　(又坐到椅上)那有什么?难道你还吃醋吗?我想你一定不会吧④?

夫　喔,不是,我是不十分赞成这个表示钦佩的方法,不是吃醋。中国的男人,就没有一个知道吃醋的⑤。

妻　中国的女人呢?

夫　中国的女人?——和外国的女人一样!

妻　女人也不是个个都是一样的。我从来就不知道吃醋,我最讨厌的是一个女人吃醋⑥。

夫　不要把吃醋说得这样的要不得,吃醋也有吃醋的味儿。一个女人,如果完全不吃醋,那就和一个男人完全不喝酒一样,一定干燥无味得很。不过酒喝多了是要吐的,醋吃多了也是要吐的,吃醋吃到要吐的程度,就没有趣味了⑦。

妻　我相信一个人,真正有了爱情,是不会吃醋的⑧。

夫　好了,真正有了爱情的,是不会吃醋的;真正没有爱情的,也是不会吃醋的;所以只有那真正有了一半爱情的,最会吃醋,对不对⑨?

妻　喔,你知道我的意思。我是说,两个人彼此有了绝对的信任,方才能够有真正的爱情。有了绝对的信任,就不会有吃醋的事发生⑩。

夫　你对于我,我相信是有绝对的信任了,现在如果我要和一个女人接吻,你答应不答应⑪?

---

① "理由"倒冠冕堂皇。
② 注意:妻只说自己对"他"是一种"钦佩",而不承认是"爱"。
③ 丈夫自然不相信。
④ 索性点破,以攻为守。
⑤ 丈夫赶紧退却。
⑥ 话题又扯开了,这是夫妻间谈话的特点。
⑦ 尽管是调侃,却也内含了一些人生智慧:丈夫毕竟是聪明的。
⑧ 追求"真正"的"爱情":仍是理想主义者的口吻。
⑨ 丈夫仍然嬉皮笑脸地谈他的"道理"。在他看来,"真正"的"爱情"其实并不存在。
⑩ 妻也在讲自己的"道理":又提出一个"绝对的信任"的概念,俨然一位"绝对的"理想主义者。
⑪ 又是半开玩笑。

妻　一定答应①。

夫　真的?

妻　真的。——不过你要得到我的允许,当着我的面。

夫　哦!当着你的面,我去和谁接吻去!那还有什么意思②?

妻　我现在向你要求的,也是当着你的面去和一个男人接吻呀。

夫　是呀!那也一样的没有意思,所以我不赞成啊③。

妻　(没有话说)不行,你已经答应了我。

夫　(看出她真有那个意思)你真的想去和他接吻吗?如果你真的想去和他接吻我立刻答应你④。

妻　你答应我?

夫　(诚意的)我答应你⑤。

妻　那我就去!(立起)

夫　(镇静得很)你去好了⑥。

妻　(软了下来)他会知道吗⑦?

夫　(取笑)你要不要他知道⑧?

妻　(安自己的心)喔,他不会知道⑨。

夫　(捣乱)我告诉你一个方法,如果你不要他知道,你轻一点儿,如果你要他知道,你就重一点儿⑩。(立了起来)现在让我走开⑪。

妻　(没有想到)你不要走!你为什么要走开⑫?

夫　刚才你说,你对我有信任,所以我可以当着你的面和一个女人接吻;我

---

① 妻子却十分严肃、认真。
② 丈夫追求的原来是偷情。
③ 说来说去还是"不赞成"。前面一大堆话都是"开玩笑"。
④ 丈夫似乎直到这时,才认真对待妻子的"请求"。
⑤ 终于"答应"。第四段"戏"结束。从提出"一吻之求"到答应,经历了多少曲折:暗藏着妻的真正悲剧。
⑥ 心里却是紧张的。剧情发展至此,妻似乎已达目的,应直奔结局。
⑦ 又出现一个出人意料的转折——如此坚决、认真的妻突然翻转出内心软弱的另一面。
⑧ 聪明的丈夫立刻抓住机会,调侃妻子:又恢复了刚刚丧失的心理优势。
⑨ 不回答丈夫提出的"要不要",而说"他不会",实际是回避自己内心的矛盾。
⑩ 继续调侃:丈夫的"玩世"与妻的"认真"追求理想,形成强烈对比。
⑪ 看准了妻的软弱,以退为进。
⑫ 妻却"没有想到",足见其单纯。

　　　　对你,更信任,所以你和一个男人接吻的时候,我可以走开。(想走)①
夫　那不行,那我不答应。(将他拉住②)
夫　这真奇怪!你要我怎么?
妻　(将他按在椅上)你不要走。(她走了几步,停了)荫棠,我有点怕③。
夫　不要怕,鼓起胆子来。(她还是不走)去啊④!
妻　(真的鼓起胆子,毅然向那张睡了人的沙发走去,走了几步,又回过头来)你和我一块儿来。
夫　喔,这样的无用⑤!
　　〔她又走了几步,站在沙发旁边犹豫⑥。
夫　(偷偷的走到门口)我给你绝对的自由唉。(走出)⑦
妻　(吓回⑧)荫棠,荫棠,荫棠!⑨(客人惊醒了)
客人　啊!(立刻坐了起来)⑩
夫　(走进屋来。见客人坐起,大失所望)这可不要怨我,这是你自己……⑪
　　　(妻给了他一个眼色⑫)
客人　(睡眼朦胧的走近桌子来)什么时候了⑬?
夫　什么时候!谁教你不多睡一会儿⑭?
客人　为什么?
夫　为什么?因为……

---

① 索性作出"大方"的姿态——不是真的"信任",而是深知妻的弱点,故意戏弄:丈夫始终是一种游戏态度。
② 情势又发生变化:妻反过来求丈夫不要走。
③ 终于说出原因:"我有点怕"一语泄露了内心的怯弱。
④ 丈夫反过来鼓励妻子去吻"他"——又一个荒唐的转折!
⑤ 一语点破,但又带着男性(丈夫)居高临下的自傲——暗含着女性(妻)的悲剧。
⑥ 不过是几步路,却走得如此艰难——最难的是战胜自己的"犹豫"。
⑦ 又是恶作剧:继续戏弄妻子。
⑧ 最后关头自己"吓回"了自己。
⑨ 三声急呼,说尽了妻子的依赖性:她终于回到了丈夫身边。
　　以上是第五段"戏"。妻子临阵逃脱,剧情出乎意料地急转直下,翻出喜剧背后的悲剧内容。
⑩ 上面这出戏的真正诱导者这时才发出第一个声音。
⑪ 丈夫居然"大失所望"——在他看来这一切都是"演戏",无"戏"可看,自然失望。
⑫ "哀求"的眼光:夫、妻地位互换,夫由主动变被动。
⑬ 继续处于"无知"状态,观众却是"有知"的,二者的反差产生"笑"。
⑭ 这正是妻子的心思,却由丈夫来点破。

妻　荫棠!

夫　……因为有一个人……

妻　荫棠!不许说!

夫　(一字一字的)……正……想……要……

妻　(急了,赶紧的走来,掩住他的嘴不放)说不说?说不说?(他垂了两手,不再挣扎了)①

客人　(已经胡胡涂涂的倒下三杯茶,屋内的举动,一点也没有觉到,端了一杯茶,送到那位嘴还被人掩住的先生的面前)喝茶②。

(选自《丁西林剧作全集》上册,中国戏剧出版社1985年版。)

【简析】

　　不同于同时期的大多数剧作家,丁西林创作的出发点不是社会、历史、现实中的问题;他不是以惩恶扬善的道德家的眼光,而是以一个喜剧家的直觉,去发掘生活中的喜剧因素,结构成具有喜剧趣味的戏剧。《酒后》的创作就是如此:他读到友人凌叔华的同名小说,立即敏感地觉察到这是一个绝好的喜剧题材,遂欣然改编成戏剧。丁西林的兴奋点,在凌叔华小说提供的"二元三人"故事模式:不是三足鼎立,而是男女主人公形成二元对立或对衬,第三者则起着结构性作用,或引发矛盾,或提供解决矛盾的某种契机。在《酒后》里,"夫"与"妻"原有一个温暖、平静的家庭,彼此文化层次都比较高,感情也不错;只是由于"他"的出现——一位英俊、善良而又不幸的"客人"喝醉了酒,睡在客厅的长沙发上,尽管在戏剧进行过程中,他一直睡着,没有说一句话,却引发小夫妻间的一场对话,揭开了妻的理想主义与夫的满足现状、玩世不恭的潜在矛盾,以至妻突发异想,要当着丈夫的面,亲吻睡中的"他",几经曲折,丈夫勉强同意,妻却临阵退却:这未实现的"一吻之恋",显示了中国上层知识女性微弱、平和、怯懦的爱情追求,荒诞的喜剧背后隐藏着不可言说的悲哀。最后,客人醒来,夫妻感情的微澜也归于平静:这原本是一出"几乎无事的喜剧"。

---

① 又一个喜剧性场面:表面上妻子一再命令丈夫"不许说",摆出进攻姿态,其实是在被动防守;表面上妻子最后胜利了,丈夫"垂了两手,不再挣扎",其实却意味着妻子的理想主义的彻底失败。真正"不再挣扎"的是妻子自己。

② "戏"最后"落"在"他"(客人)身上,正是必然:"他"才是这幕"戏"的真正导演,但"他"却对剧情一无所知——这本身自然也构成了"喜剧"。

【思考题】

1. 要抓住本文的语言。首先是戏剧语言的特点,要注意琢磨剧中人物说话的潜台词,即台词背后隐藏着的微妙心理与人物之间的微妙关系;其次,要注意剧作者丁西林的戏剧语言的特殊风格:知识分子客厅里的语言的机智与幽默。可重点分析:妻与夫关于"生在世上"与"活在世上"的词语辨析;妻提出"一吻"之求到夫表示同意之间的种种曲折,特别是丈夫同意之后妻的态度的突变。

2. 丁西林曾经提倡要像当年金圣叹批注小说那样,对剧本也作批注。这样的对剧本潜台词的潜心琢磨,其实是演员的必作功夫。本书提供了编者对《酒后》的批注,请在认真品味之后,朗读或表演此剧。还可以对丁西林的其他剧本,如《压迫》,也尝试作这样的批注和朗读表演。

【拓展阅读】

钱理群:《〈压迫〉批注》,《名作重读》,上海教育出版社2006年第2版。

第十七章　曹　禺

曹禺(1910—1996)，现代戏剧家。曹禺在中国现代话剧史上是一位举足轻重的大家。这不仅是因为他所创作的《雷雨》《日出》《原野》《北京人》《家》等经典剧作使中国话剧剧场艺术得以确立，并在中国的观众中扎根，中国现代话剧由此走向成熟，更是因为曹禺执著追求的是一种"大融合"的戏剧境界：这是从希腊悲剧与喜剧、莎士比亚，到易卜生、契诃夫、奥尼尔等的大融合，中国传统戏剧艺术与西方戏剧艺术的融合，写实与写意、象征的融合，通俗的情节剧、佳构剧与高雅的心理剧的融合，戏剧与诗、戏剧与散文的融合，喜剧与悲剧的融合——这就为中国话剧的发展，提供了无限丰富的可能性，展示了多元的、自由创造的发展前景。但曹禺的创造对中国现代话剧而言又是超前的，于是就出现了曹禺接受史上的矛盾现象：曹禺的剧作拥有最多的读者、导演、演员与观众，但他又是最不被理解的现代剧作家。曹禺从根底上仍是寂寞的。

日出(节选)

〔黄省三①由中门进。
黄省三　（胆小地）李……李先生。
李石清②　怎么？（吃了一惊）是你！
黄省三　是，是，李先生。

---

① 黄省三：大丰银行的小职员，专门从事抄写工作。现已被辞退而失业。作者说他"是一个非常神经质而胆小的人"。
② 李石清：他原来也是个"黄省三"：一样的大丰银行的小职员，一样的全家老小等着饭吃。但他已经爬上了经理秘书的位置，并且刚刚升为银行襄理（相对于经理助理）。作者说他有一个"讨厌而又可悯的性格"：对上，他忍气吞声，谄媚逢迎，心里又恨他们；对下，他凶狠自负，鄙视他们"没有本事"。只有在夫人面前，他才吐露真情："我要起来，我要翻过身来。我要硬得成一块石头，我要不讲一点人情。我以后不可怜人，不同情人；我只自私，我要报仇。"

李石清　又是你,谁叫你到这儿来找我的?

黄省三　(无力地)饿,家里的孩子大人没有饭吃。

李石清　(冷冷地)你到这儿就有饭吃么?这是旅馆,不是粥厂。

黄省三　李,李先生,可当的都当干净了。我实在没有法子,不然,我决不敢再找到这儿来麻烦您。

李石清　(烦恶地)咻,我跟你是亲戚?是老朋友?或者我欠你的,我从前占过你的便宜?你这一趟一趟地,我走哪儿你跟哪儿,你这算怎么回事?

黄省三　(苦笑,很凄凉地)您说哪儿的话,我都配不上。李先生,我在银行里一个月才用您十三块来钱,我这儿实在是无亲无故,您辞了我之后,我在哪儿找事去?银行现在不要我,等于不叫我活着。

李石清　(烦厌地)照你这么说,银行就不能辞人啦。银行用了你,就算跟你保了险,你一辈子就可以吃上银行啦,嗯?

黄省三　(又卷弄他的围巾)不,不,不是,李先生,我……我,我知道银行待我不错,我不是不领情。可是……您是没有瞅见我家里那一堆孩子,活蹦乱跳的孩子,我得每天找东西给他们吃。银行辞了我,没有进款,没有米,他们都饿得直叫。并且房钱有一个半月没有付,眼看着就没有房子住。(嗫嚅地)李先生,您没有瞅见我那一堆孩子,我实在没有路走,我只好对他们——哭。

李石清　可是谁叫你们一大堆一大堆养呢?

黄省三　李先生,我在银行没做过一件错事。我总天亮就去上班,夜晚才回来,我一天干到晚,李先生——

李石清　(不耐烦)得了,得了,我知道你是个好人,你是安分守己的。可是难道不知道现在市面萧条,经济恐慌?我跟你说过多少遍,银行要裁员减薪,我并不是没有预先警告你!

黄省三　(踌躇地)李先生,银行现在不是还盖着大楼,银行里面还添人,添了新人。

李石清　那你管不着!那是银行的政策,要繁荣市面。至于裁了你,又添了新人,我想你做了这些年的事,你难道这点世故还不明白?

黄省三　我……我明白,李先生。(很凄楚地)我知道我身后面没有人挺住腰。

李石清　那就得了。

黄省三　不过我当初想,上天不负苦心人,苦干也许能补救我这个缺点。

李石清　所以银行才留你四五年,不然你会等到现在?

黄省三　(乞求)可是,李先生,我求求您,您行行好。我求您跟潘经理说说,只求他老人家再让我回去。就是再累一点,再加点工作,就是累死我,我也心甘情愿的。

李石清　你这个人真麻烦。经理会管你这样的事?你们这样的人,就是这点毛病。总把自己看得太重,换句话,就是太自私。你想潘经理这样忙,会管你这样小的事,不过,奇怪,你干了三四年,就一点存蓄也没有?

黄省三　(苦笑)存蓄?一个月十三块来钱,养一大家子人?存蓄?

李石清　我不是说你的薪水。从薪水里,自然是挤不出油水来。可是——在别的地方,你难道没有得到一点好处?

黄省三　没有,我做事凭心,李先生。

李石清　我说——你没有从笔墨纸张里找出点好处?

黄省三　天地良心,我没有,您可以问庶务刘去。

李石清　哼,你这个傻子,这时候你还讲良心!怪不得你现在这么可怜了。好吧,你走吧。

黄省三　(着慌)可是,李先生——

李石清　有机会,再说吧。(挥挥手)现在是毫无办法。你走吧。

黄省三　李先生,您不能——

李石清　并且,我告诉你,你以后再要狗似地老跟着我,我到哪儿,你到哪儿,我就不跟你这么客气了。

黄省三　李先生,那么,事还是一点办法也没有?

李石清　快走吧!回头,一大堆太太小姐们进来,看到你跑到这儿找我,这算是怎么回事?

黄省三　好啦!(泪汪汪的,低下头)李先生,真对不起您老人家。(苦笑)一趟一趟地来麻烦您,我走啦。

李石清　你看你这个麻烦劲儿,走就走得啦。

黄省三　(长长地叹一口气,走了两步,忽然跑回来,沉痛地)可是,您叫我到哪儿去?您叫我到哪儿去?我没有家,我拉下脸跟你说吧,我的女人都跟我散了,没有饭吃,她一个人受不了这样的苦,她跟人跑了。家里有三个孩子,等着我要饭吃。我现在口袋里只有两毛钱,我身上又有病,(咳嗽)我整天地咳嗽!李先生,您叫我回到哪儿去?您叫我回到哪儿去?

李石清　（可怜他，但又厌恶他的软弱）你愿意上哪儿去，就上哪儿去吧。我跟你讲，我不是不想周济你，但是这个善门不能开，我不能为你先开了例。

黄省三　我没有求您周济我，我只求您赏给我点事情做。我为着我这群孩子，我得活着！

李石清　（想了想，翻着白眼）其实，事情很多，就看你愿不愿意做。

黄省三　（燃着了一线希望）真的？

李石清　第一，你可以出去拉洋车去。

黄省三　（失望）我……我拉不动。（咳嗽）您知道我有病。医生说我这边的肺已经（咳）——靠不住了。

李石清　哦，那你还可以到街上要——

黄省三　（脸红，不安）李先生我也是个念过书的人，我实在有点——

李石清　你还有点叫不出口，是么？那么你还有一条路走，这条路最容易，最痛快，——你可以到人家家里去（看见黄的嘴喃喃着）——对，你猜得对。

黄省三　哦，您说，（嘴唇颤动）您说，要我去——（只见唇动，听不见声音）

李石清　你大声说出来，这怕什么？"偷！""偷！"这有什么做不得，有钱的人的钱可以从人家手里大把地抢，你没有胆子，你怎么不能偷？

黄省三　李先生，真的我急的时候也这么想过。

李石清　哦，你也想过去偷？

黄省三　（惧怕地）可是，我怕，我怕，我下不了手。

李石清　（愤慨地）怎么你连偷的胆量都没有，那你叫我怎么办？你既没有好亲戚，又没有好朋友，又没有了不得的本领。好啦，叫你要饭，你要顾脸，你不肯做；叫你拉洋车，你没有力气，你不能做；叫你偷，你又胆小，你不敢做。你满肚子的天地良心，仁义道德，你只想凭着老实安分，养活你的妻儿老小，可是你连自己一个老婆都养不住，你简直就是个大废物，你还配养一大堆孩子！我告诉你，这个世界不是替你这样的人预备的。（指窗外）你看见窗户外面那所高楼么？那是新华百货公司，十三层高楼，我看你走这一条路是最稳当的。

黄省三　（不明白）怎么走，李先生？

李石清　（走到黄面前）怎么走？（魔鬼般地狞笑着）我告诉你，你一层一层地爬上去。到了顶高的一层，你可以迈过栏杆，站在边上。你只再向空，向外多走一步，那时候你也许有点心跳，但是你只要过一秒钟，就一秒钟，你就再也不可怜了，你再也不愁吃，不愁穿了。——

黄省三　（呆若木鸡，低得几乎听不见的声音）李先生，您说顶好我"自——"（忽然爆发地悲声）不，不，我不能死，李先生，我要活着！我为着我的孩子们，为我那没了妈妈的孩子们我得活着！我的望望，我的小云，我的——哦，这些事，我想过。可是，李先生，您得叫我活着！（拉着李的手）您得帮帮我，帮我一下！我不能死，活着再苦我也死不得，拼命我也得活下去啊！（咳嗽）

〔左门大开。里面有顾八奶奶、胡四、张乔治等的笑声。潘月亭露出半身，面向里面，说"你们先打着。我就来。"

李石清　（甩开黄的手）你放开我。有人进来，不要这样没规矩。

〔黄只得立起，倚着墙，潘月亭进。

潘月亭　啊？

黄省三　经理！

潘月亭　石清，这是谁？他是干什么的？

黄省三　经理，我姓黄，我是大丰的书记。

李石清　他是这次被裁的书记。

潘月亭　你怎么跑到这里来，（对李）谁叫他进来的？

李石清　不知道他怎么找进来的。

黄省三　（走到潘面前，哀痛地）经理，您行行好，您要裁人也不能裁我，我有三个小孩子，我不能没有事。经理，我跟您跪下，您得叫我活下去。

潘月亭　岂有此理！这个家伙。怎么能跑到这儿来找我求事。（厉声）滚开！

黄省三　可是，经理——

李石清　起来！起来！走！走！走！（把他一推倒在地上）你要再这样麻烦，我就叫人把你打出去。

〔黄望望李，又望望潘。

潘月亭　滚，滚，快滚！真岂有此理！

黄省三　好，我起来，我起来，你们不用打我！（慢慢立起来）那么，你们不让我再活下去了！你（指潘）你！（指李）你们两个说什么也不叫我再活下去了。（疯狂似地又哭又笑地抽咽起来）哦，我太冤了。你们好狠的心哪！你们给我一个月不过十三块来钱，可是你们左扣右扣的,一个月我实在领下的才十块二毛五。我为着这辛辛苦苦的十块二毛五,我整天地写,整天给你们伏在书桌上写;我抬不起头,喘不出一口气地写;我从早到晚地写;我背上出着冷汗,眼睛发着花,还在写;刮风下雨,我跑到银行也来写!(做势)五年哪!我的潘经理!五年的工夫,你看看,这是我!(两手捶着胸)几根骨头,一个快死的人!我告诉你们,我的左肺已经坏了,哦,医生说都烂了!(尖锐的声音,不顾一切地)我跟你说,我是快死的人,我为着我可怜的孩子,跪着来求你们。叫我还能够跟你们写,写,写——再给我一碗饭吃。把我这个不值钱的命再换几个十块二毛五。可是你们不答应我!你们不答应我!你们自己要弄钱,你们要裁员,你们一定要裁我!(更沉痛地)可是你们要这十块二五毛干什么呀!我不是白拿你们的钱,我是拿命跟你们换哪!(苦笑)并且我也拿不了你们几个十块二毛五,我就会死的。(愤恨地)你们真是没有良心哪,你们这样对待我,——是贼,是强盗,是鬼呀!你们的心简直比禽兽还不如——

潘月亭　这个混蛋,还不跟我滚出去!

黄省三　(哭着)我现在不怕你们啦!我不怕你们啦!(抓着潘经理的衣服)我太冤了,我非要杀了——

潘月亭　(很敏捷地对着黄的胸口一拳)什么!(黄立刻倒在地下)

〔半晌。

李石清　经理,他是说他要杀他自己——他这样的人是不会动手害人的。

潘月亭　(擦擦手)没有关系,他这是晕过去了。福升!福升!

〔福升上。

潘月亭　把他拉下去。放在别的屋子里面,叫金八爷的人跟他拍拍捏捏,等他缓过来,拿三块钱给他,叫他滚蛋!

王福升　是!

〔福升把黄省三拖下去。

(选自《曹禺文集》第1卷,中国戏剧出版社1988年版。)

【简析】

　　这里所选的《日出》,是曹禺写于1930年代的"生命三部曲"的第二部。剧作家将关注与表现的重心由《雷雨》中的家庭转向社会,展现了他眼里的现代都市图景:这是一个"不足者"与"有余者"二元对立的世界;于是,就有了被开除的小职员、善良到无用地步的都市小人物黄省三与银行老板潘月亭之间的冲突;而银行的高级职员李石清则为了从"不足者"的悲惨地位中挣扎出来,不惜把灵魂出卖给现代大都市,自己也成了一个魔鬼。作者所要表达的是他对现代都市所奉行的"损不足以奉有余"的所谓"人之道"导致的社会不公的抗争。他这样描述自己的写作心态:"这些失眠的夜晚,困兽式地在一间笼子大的屋子里踱过来,拖过去……我绝望地嘶嗄着,那时我愿意一切都毁灭了吧。……我感觉到大地震来临前的那种'烦躁不安',我眼看着要地崩山惊……'我已经听见角声和打仗的喊声',我要写一点东西,宣泄这一腔愤懑,我要喊:'你们的末日到了!'对这帮荒淫无耻,丢弃了太阳的人们。"(《〈日出〉跋》)曹禺并不讳言,他的写作目的是希望"读完了《日出》,有人肯愤然地疑问一下:……什么原因造成这不公平的禽兽世界?是不是这局面应该改造或根本推翻呢?"——这对社会不公的"愤懑",对弱小者的同情,感时忧民的情怀,以及渴望"毁灭"旧世界的"大地震来临"的革命情结,对文学宣泄、鼓动功能的强调,由此形成的充满郁热的力的美学风格,是属于那个时代的,也构成了现代文学传统的一个重要方面。

【思考题】

1. 作者的目的是要控诉"损不足以奉有余"的社会,但在剧本中"有余者"潘经理只是最后才出场,而主要着力于描写黄省三与李石清的冲突,这样写有什么好处?

2. 欣赏戏剧作品要下功夫琢磨剧本的台词。曹禺的台词特别适合舞台演出。请分角色朗读,并把握好以下几点:

(1)要注意从人物的性格出发,读出剧中人的性格差异。例如,李石清给黄省三指明几条出路及黄省三的反应,是这场戏最触目惊心的台词,你能读出这背后的性格冲突吗?

(2)不仅要读出台词的表面意义,还要读出潜在的心理与感情。——在李石清狠毒无情的言词背后,你有没有读出潜台词中难言的隐痛?

(3)要读出人物之间情感的交流与撞击,读出情感发展过程与其间的起伏。——黄省三最后"不顾一切"地高喊"我不怕你们啦",显然是这场戏的高潮。但这样的爆发,既是被对方逼出来的,也有一个酝酿的过程。请对黄省三在这场戏中的情感发展线索作出具体细致的分析。

(4)曹禺的台词特别讲究节奏与韵律。请重点剖析李石清"叫你要饭,你要顾脸,你不肯做……你再也不愁吃,不愁穿了"这一段台词,注意其句式的选择、组合所造成的语言的节奏,并通过声音的高低、徐疾等朗读技巧来体现这样的戏剧语言的音乐性。

家(节选)

(新婚之夜,闹房的人都走了,洞房里新郎觉新与新娘瑞珏①终于默默相对。——编者)

〔瑞珏轻微的咳嗽,又低下眉。

觉　新② 　(望望珏,又转过身长叹)唉!(走近窗前较远的一头,把另一扇窗扇又打开,屋子里渐渐浸进深夜的寒气。外面杜鹃在湖滨单独而寂寞地低低呼唤了一两声,又消歇了)

〔半晌。

瑞　珏　(缓缓地抬起头,漆黑的眸子怯怯地向四面觑视,闪露出期待抚慰的神色。一种孤单单的感觉袭进她的心里,使这离开了家的少女,初次感觉复杂到不可言状的情怀。她低声叹了一口气,一时眼前的恐惧,希望,悲哀,喜悦,慌乱,都纷杂地汇涌在心底,终于变成了语言,低低地诉说了出来。她的声音亲切温婉,十分动听,如湖边一只小鸟突然在夜半醒来,先还凄迷地缓缓低转,逐渐畅快地悲痛地哀歌起来)好静哪!
哭了多少天,可怜的妈,
把你的孩子送到
　　　这么一个陌生的地方,
说这就是女儿的家。
这些人,女儿都不认识啊。
一脸的酒肉,
尽说些难入耳的话。
妈说那一个人好。
他就在眼前了,妈!
妈要女儿爱,顺从,
吃苦,受难,
永远为着他。

---

① 瑞珏:本剧的女主角,高觉新的新婚妻子。
② 觉新:本剧的男主角。

　　　　我知道,我也肯,
　　　　可我也要看,
　　　　值得不值得?
　　　　女儿不是
　　　　妈辛辛苦苦
　　　　　养到大?
　　　　妈说过,
　　　　做女人惨,
　　　　要生儿育女,
　　　　受尽千辛万苦,
　　　　多少磨难
　　　　　才到了老。
　　　　是啊,女儿懂,
　　　　女儿能甘心,
　　　　只要他真,真是好!
　　　　女儿会交给他
　　　　　整个的人,
　　　　一点也不留下。
　　　　哦,这真像押着宝啊,
　　　　不知他是美,是丑,
　　　　是浇薄,是温厚;
　　　　也不管日后是苦,是甜,
　　　　是快乐,是辛酸,
　　　　就再也不许悔改,
　　　　就从今天,
　　　　这一晚!
觉　新　(缓缓摇首)
　　　　唉!——
　　　　梅①呀,为什么这个人不是你?
瑞　珏　(翘盼)
　　　　他——他想些什么?

_____

① 梅:高觉新的表妹,他们暗中相恋着。

　　　　　这样一声长叹！
　　　　　天多冷，靠着窗
　　　　　　　还望些什么哪？
　　　　　夜已过了大半！

觉　新　（同情地）
　　　　　这个人也，也可怜，
　　　　　　　刚进了门
　　　　　就尝着了冷淡！
　　　　　就是对一个路人，
　　　　　都不该这样，
　　　　　我该回头看看她，
　　　　　哪怕是敷衍。
　　　　　可就在这间屋，
　　　　　这间屋，我哪忍？
　　　　　我不愿回头，
　　　　　为着你，梅，
　　　　　我情愿一生
　　　　　蒙上我的眼！

瑞　珏　（期盼地）
　　　　　他怎么还不转过头来？
　　　　　什么事啊
　　　　　　　引得他想得这样深？
　　　　　这神情，仿佛
　　　　　　　在哪里见过。
　　　　　像渔船进了
　　　　　避风的港，
　　　　　我的心忽然
　　　　　　　这样宁静。
　　　　　一个人能这样
　　　　　　　深沉地叹息，
　　　　　我懂，总该有些性情！

觉　新　（犹豫）
　　　　　可我还是该回过头去吧？

瑞　珏　（纳闷）
　　　　他在念着谁？
　　　　不说一句话。
觉　新　（又转过去）
　　　　不，我情愿再望望月色，
　　　　这湖面上的雾，
　　　　雾里的花。
瑞　珏　（猜测着）
　　　　他像要来怎么又不来？
　　　　别，别他也是像我
　　　　　一样地怕吧？
　　　　〔夜风吹动窗帷。
觉　新　（抖颤）
　　　　啊，好冷！
　　　　这一阵风！
　　　　〔转过身拉掩窗帷。
瑞　珏　（脸上不觉显出欣喜的希望）
　　　　啊他——
　　　　〔觉新又回头靠着窗槛。
瑞　珏　（失望）
　　　　他又转回头去啦！
觉　新　唉！
瑞　珏　（无望）
　　　　又一声长叹！
　　　　他像忘记了
　　　　　背后还有个人。
　　　　（忽然惊恐地）啊，难道他——
　　　　他已经厌恶了我？
　　　　天！（急促）这屋里好冷，
　　　　我要喊哪！
　　　　妈，我说过，
　　　　我不愿意嫁，
　　　　（哀痛地）接我回去，

女儿想回家!

觉　新　(又打了一个寒噤,缓缓地闭上一扇窗,回转身,珏立刻低下头。他冷冷地端详着她)
怎么她还在那儿不动,
像一尊泥塑的菩萨。
这是什么孽!
要我一生
　　陪着这个人,
眉都不会皱一皱,
一块会喘气的石头!

瑞　珏　(侧过脸,含羞,紧张地)
他在看着我,
我心又在跳,
他是什么样子?
仿佛那么凶地盯着我,
我好怕呀!
哦,我只要抬一抬头,
天!为什么头像千斤重啊!

觉　新　(踱到火盆旁)
她在想些什么?
一个纸糊的美人!
等谁?
要等到天亮?
我不,决不和这个女孩
　　睡在一房。
随她!
任凭她坐,她睡,
她哭,她闹,
我知道她不是我的人。
〔夜半湖边上传来杜鹃的欢叫,非常清脆的声音,跳动着生命的活泼。

瑞　珏　(轻微地)哎!
觉　新　(谛听)

这是什么鸟在唱?

瑞　珏　(迎着杜鹃的歌声,才抬头,正望着新的侧面,半晌,欣喜地)
妈,真地,您没有骗我。
他是个人!
女儿肯!
(远处杜鹃声更清快地传入耳鼓)怪,这相貌,
仿佛在梦中见过,
像曾经在画里,
在春天——(低首寻思)

觉　新　(闪出一丝笑容)
啊,这是杜鹃,
耐不住寂寞,
歌唱在春天的夜晚。
〔迎着杜鹃的酣唱,新向窗前走。珏不觉也抬头谛听。

瑞　珏　(含着天真的喜悦)
啊,什么鸟,
叫得这样好?
怎么一会儿
　我的心好暖!
(一面听一面徐徐立起。远远一两声木梆传来,不禁又缓缓地低下头)半夜里唱,
好自由!
不像我!
为着谁?
苦苦地守候!
(长叹)唉!

觉　新　(回头)
谁在叹?
〔二人目光相遇,刹那间愣住。又各自低头转身。
是她?
(惊愕地)那纸糊的美人,
可她的眼睛分明
　放着光,

　　　　　这是谁呀？
　　　　　这眼神！
　　　　　哦！不，我是在做梦，
　　　　　我当是我的梅，
　　　　　借着她，
　　　　　对我说话。
瑞　珏　（回望着他，焦灼而怜悯地）
　　　　　好好地，为什么
　　　　　又皱起眉头？
　　　　　这个人像永远过着秋天，
　　　　　可怜，心里不知藏满
　　　　　　多少忧愁！
觉　新　唉！（坐下）
瑞　珏　（关怀地）
　　　　　啊，他又在叹气！
　　　　　（忽然）是不是我来先叫他睡？
　　　　　（摇头）不，新娘子冒失了，
　　　　　日后就会追悔。
觉　新　（拨弄火盆）
　　　　　唉，梅，我怎么还不见你的信，
　　　　　知道么？我现在牢里受罪。
瑞　珏　（偷偷望望他，无限的怜惜）
　　　　　多少心思啊，压着眉头！
　　　　　他也累了，我看得出，
　　　　　这一天的跪拜够他的受！
　　　　　真该歇歇了，
　　　　　让我去叫他吧，（走了两步）或者
　　　　　　他比我还不好开口。
觉　新　（不安地）
　　　　　这个人是怎么？
　　　　　她仿佛要到我身边，
　　　　　像是要说话，又在走。
瑞　珏　（欲行又止）

                  不,女儿家总该腼腆。
                  可,怪,为什么一见面
                  　就觉着这样投缘?
觉　　新　(转头,厌恶地)
                  我不爱,我恨!
                  是她赶走了我的梅。
                  好急人哪,这死沉沉的,
                  真的这样默默地苦到老?
瑞　　珏　(踌躇)
                  去!说!为什么我的腿总是不肯?
                  嗜,怕什么,他要明白的,
                  就知道我不是没有分寸,
                  不然就随他想,我
                  　　不是放荡啊,反正!
觉　　新　(感到)
                  天,快来个人吧!
                  我真忍不住这静!
瑞　　珏　去吧,(鼓起勇气)
                  我就去,去叫他。(走近他旁边)
                 〔觉新蓦抬头。
                 〔瑞珏想要张口。
                 〔忽然床下砰唧一声,有了响动。
瑞　　珏　(惊)啊!(回头)
觉　　新　(嘘出一口气)
                  谢谢天!
                  受难的有了救星!(立起)
                 〔床下有猫,似乎被一件重物压着,尖尖地大叫一声。
觉　　新　谁?
瑞　　珏　(自然地)
                  为什么不早?
                  又来了人!
                  又来了人!
觉　　新　(到床边)

谁呀？出来？

〔由床下爬出一个穿袍子马褂，却满脸泥污约有十三四岁的孩子，手里抱着一个硕大的猫，十分狼狈地立起来。

觉　新　（才看出）四弟。

觉　英　（气极，对猫）死猫，死猫，叫你别叫，你偏叫！

觉　新　（诧异）你怎么进来的

觉　英　（顽皮地）我从幔子（指床头幔子）背后小窗户爬进来的。（扫兴地）可憋死我了！

（指他们）他们真成！这半天，一点动静都没有。

觉　新　谁叫你跑到床底下藏着？

觉　英　陈姨太①！（狡猾地）她说在床下面就听得见天上的牛郎织女打喳喳。

觉　新　（微叹）天上的牛郎织女是见不着面的！

〔房外黄妈②的声音：四少爷，你在哪儿呢？三老爷找你呢！

〔房外克明③的声音：觉英！觉英哪！

觉　新　（对英）你听，三爸！

觉　英　（同时，面无人色）我爹！（手足失措）怎么办？怎么办？

觉　新　（笑着）快去吧，走边上的门！（指通里院的门）

〔英立刻跑到门口，忽然"哎呀"一声又跑回来。

觉　新　怎么？

觉　英　有人，还有人！（急慌慌对床下低促地喊）你，你怎么还不出来呀？

〔床下的声音：（缓悠悠地）能出来啦？

觉　英　嗯！（手向床下乱摸）快出来吧！

〔果然由床下蠕蠕爬出一个穿绛紫色袍子，戴着红疙疸瓜皮帽的小孩，年约八九岁，手里还提着一双有带子的鞋。

觉　新　（吃了一惊）五弟，你也在这儿？

〔黄妈的声音：（同时）四少爷，你倒是藏在哪儿啦，你再不出来，三老爷要拿皮鞭子打你呢！

〔克明的声音：（严厉地）觉英！

---

① 陈姨太：高老太爷（觉新的爷爷）的姨太太。
② 黄妈：觉新家的老女仆。
③ 克明：觉新的三叔，觉英的父亲。

觉　英　（屏气静听，一听见父亲又喊，立刻）糟了！快跑！（狠命地一把拉起五弟就跑）

觉　群　（被拖走了两步，窘迫地举着那双鞋，不肯再走）鞋！鞋！没穿鞋！
　　　　〔觉新连忙由五弟手中拿过鞋，慌慌地蹲下为他穿。

觉　英　（同时暴躁）你看你！你看你！

觉　群　（狠狠回头解释）光着脚，要挨打，挨打！
　　　　〔克明的声音：（仿佛更近）觉英！

觉　英　你看！你看！（急躁）快，快，快穿！
　　　　〔王氏①的声音：（尖锐地）老五，老五啊！

觉　群　（也恐慌）啊呀，我妈也来了！（突低头对新）快，快，大哥！快（新愈着急愈穿不对，五弟的脚更急得乱蹬），大哥，不对，不对！这不对，不对！

瑞　珏　（一旁看着，一直想动手帮忙，此刻忍不住走上前）穿反啦！

觉　新　（抬头望了她一下，笑着）哦！（又低头为五弟穿鞋）

觉　群　（连叫）不对，不对！

觉　英　（插嘴）大哥，你不会穿，还是让，（指珏）让她来吧！

觉　新　（无可奈何地笑了笑，立起，羞涩涩地）好，好，你来吧！
　　　　〔珏微笑着立刻蹲下为五弟穿鞋。新如释重负地立起来。
　　　　〔王氏的声音：老五啊！老五啊！
　　　　〔觉群要应声。

觉　英　（立刻堵住他的嘴）别答应，老五！别答应。
　　　　〔王氏的声音：老五啊！老五！

觉　英　（放下手，对五弟，警告地）别！别！

瑞　珏　（立起）好了。

觉　英　（拉着五弟蹑手蹑脚，神气活现地）我们偷偷回去！
　　　　〔两个孩子连忙蹑足走到门口。

觉　群　（忽然想起）哎呀，不成，四哥，床底下还有。

觉　新　（出乎意外）还有？

觉　群　（没有办法）六弟！
　　　　〔两个孩子又忙回床前。

觉　英　（对床下）出来，快出来。

———————

① 王氏：觉新的四婶，觉群的母亲。

觉　新　（望望珏，颇为不安，转对床下）出来吧，六弟！

觉　群　（不得已）他睡着了！

觉　新　（有些着急）你们这两个孩子！他会冻着的！

〔新立刻到床前蹲下，珏上前撩起床帷，新弯下腰伸手向里面摸。此时五弟已爬进去，觉英也跪下去，正，——

〔黄妈的声音：四少爷！四少爷！

（王氏的声音：老五，你这么晚把老六带到哪儿去了？你这个死东西！

觉　群　（由床下伸出头，对英）都是你！都是你！

〔两个孩子生拉活扯地从床下拖出一个更小的孩子，只有六七岁，衣服臃肿，穿得像圆球，脸睡得红喷喷的，还没有睁开眼睛。新立起来。

觉　英　（没轻没重地）起来！快起来！

瑞　珏　别拉他，别这样拉他！（连忙蹲下去扶起，轻轻拍着还在揉着眼睛的孩子，衷心的喜悦，温和地抚爱着）醒了！醒了！呃——（不觉望望新）

觉　新　（在一旁望着珏渐渐发觉她的可爱，连忙答应）六弟，六弟。

瑞　珏　（温厚可亲地）醒醒，醒醒，妈妈叫呢！

〔屋外克明的声音：（怒喊）觉英！觉英！不学好的东西！你滚到哪儿去了？

觉　英　（对那最小的孩子狠命一摇）你还不快走！（拉起六弟就跑）

觉　世　（没醒清楚，十分委屈，哇地一声哭出来）妈啊！

觉　英　（顿足）小鬼！叫你不来，你偏要来！

觉　群　（助威）下次闹房再也不带你。

瑞　珏　（低声恳求）不骂他！不骂他！（对六弟，天真地，小大人一般，温存地）就好了，不哭了！

〔黄妈忽然推开正中的门进来，三个小孩吃一大惊。

黄　妈　（笑着指他们）啊！我猜你们就是到这儿捣乱来了。（走向觉世）

觉　英　（恨恨地）讨厌！坏鬼！

黄　妈　（指着那抽噎着的孩子，笑着骂）哎，六少爷啊！（拉着他，回首对觉英，恨得牙痒痒地）快走吧！快去挨打去！（笑着抱歉）哪有这么晚还来闹房的！（指着那最小的孩子的头额）你呀，也会找地方哭！（忽然转对珏）真是哭得好，哭得妙，生个娃娃成年地笑！都好都好！风调雨顺，越哭越发！

〔黄妈赶着孩子们唠唠叨叨地走出侧门。

〔半晌。

觉　新　（仿佛抱歉地）我们家的孩子真多！

瑞　珏　（出她的意外，愣了一下，诚挚地）我，我喜欢！

〔湖边的杜鹃一声声酣快地低唱。

瑞　珏　（低声怯怯地）天快亮了吧？

觉　新　（很温和地）嗯，还早吧？第一遍鸡还没有叫呢。

〔杜鹃声。

瑞　珏　（望新，谛听）这是什么叫？

觉　新　（渐渐觉她可亲）杜鹃。这外面是一片湖。

瑞　珏　（欢悦）一片湖？（不觉走到窗前，杜鹃声）今年杜鹃叫得这么早。

觉　新　（望着她的背影）嗯，湖边上有梅花。

瑞　珏　（扶了窗槛向外望，天真地）好多的梅花啊，像一大片雪。

觉　新　（也跟过去）嗯。（忽然）你，你喜欢梅么？

瑞　珏　（感到一阵强烈的快乐，声音几乎是抖抖地）我喜欢。（羞怯地回过头望着床）那床上不是？

觉　新　（立刻走到床前，向帐檐凝了一刻，回头）你绣的？

瑞　珏　（低头腼腆地）嗯。

觉　新　（不由得低声称赞）好。（望望窗户迟疑一下，忽然去把妆台上油灯吹熄，像是征问她的赞许）吹了灯？

〔灯熄了，窗外月光如水，泻进屋内。屋里只有桌上龙凤烛的低弱的光，照着一角。

瑞　珏　（没有惊讶，自然而宁贴地）嗯，吹了灯好看月亮。

〔觉新十分快慰，仿佛遇见一个故友，而又不敢冒认，那样欣欣然，涩涩然地，微微点头，望着她。然后走到窗前，把整个一排长窗窗幔完全拉开。窗扇是新方才就开开了的，此刻在一片迷离的月光下，湖波山影，和远远雪似的梅花像梦一般地从敞开的窗里涌现在眼前。

〔月明如画，杜鹃轻快响亮地在湖滨时而单独，时而成双，又时而一先一后地酣唱。

〔半晌。二人不语。

瑞　珏　（望着窗外这仙境一般的夜色，颤抖地）啊！

觉　新　（感叹）春天了！
瑞　珏　（不觉接下）像梦！
　　　　〔觉新咳了一声。
瑞　珏　（低声,温和而自然地）冷了吧？
觉　新　（微笑）不。
　　　　〔瑞珏忽然低低哭起来。
觉　新　怎么？
瑞　珏　我——怕！
　　　　〔远远有一个小女孩哀哀地哭泣声。
瑞　珏　（抬头）有人在哭啊！
觉　新　（谛听）大概是四妹淑贞,五婶又给她裹脚呢。
　　　　〔正中的门有人轻轻地敲。
　　　　〔觉民①的声音：（低声）大哥！大哥！
觉　新　（走向门）二弟？（立刻打开）
　　　　〔觉民由正中的门走进。
觉　民　（低声）琴妹②从梅表姐那里回来了。
觉　新　怎么样？
觉　民　（点头）好,不过——
觉　新　（等不及）怎么？
觉　民　（慢慢拿出他的信）这是你给她的信。
觉　新　（魂出了壳）什么,她？
觉　民　（安慰地）没有,她好好的。不过她母亲已经带她下了乡。（递出那信）
觉　新　（徐徐接下）下了乡？
觉　民　嗯,走了。
觉　新　（低头望着手中的信微叹,缓缓地）走了——也好！（泪流下来）
　　　　〔觉民悄悄由正中门下。珏慢慢转过头来,望着新,微笑的面颊上闪着莹莹的泪光。

——幕徐落

（选自《曹禺文集》第3卷,中国戏剧出版社1990年版。）

---

① 觉民：觉新的二弟。
② 琴妹：高老太爷的外甥女,觉民的恋人。

附：

家(节选)

巴金

　　高觉新是觉民弟兄所称为"大哥"的人。他和觉民、觉慧虽然是同一个母亲所生,而且生活在同一个家庭里,可是他们的处境并不相同。觉新在这一房里是长子,在这个大家庭里又是长房的长孙。就因为这个缘故,在他出世的时候,他的命运便决定了。

　　他的相貌清秀,自小就很聪慧,在家里得着双亲的钟爱,在私塾得到先生的赞美。看见他的人都说他日会有很大的成就,便是他的父母也在暗中庆幸有了这样的一个"宁馨儿"。

　　他在爱的环境中渐渐地长成,到了进中学的年纪。在中学里他是一个成绩优良的学生,四年课堂修满毕业的时候又名列第一。他对于化学很感到兴趣,打算毕业以后再到上海或北京的有名的大学里去继续研究,他还想到德国去留学。他的脑子里充满了美丽的幻想。在那个时期中他是一般同学所最羡慕的人。

　　然而恶运来了。在中学肄业的四年中间他失掉了母亲,后来父亲又娶了一个年轻的继母。这个继母还是他的死去的母亲的堂妹。环境似乎改变了一点,至少他失去了一样东西。固然他知道,而且深切地感到母爱是没有什么东西能代替的,不过这还不曾在他的心上留下十分显著的伤痕。因为他还有更重要的东西,这就是他的前程和他的美妙的幻梦。同时他还有一个能够了解他、安慰他的人,那是他的一个表妹。

　　但是有一天他的幻梦终于被打破了,很残酷地打破了。事实是这样:他在师友的赞誉中得到毕业文凭归来后的那天晚上,父亲把他叫到房里去对他说:

　　"你现在中学毕业了。我已经给你看定了一门亲事。你爷爷希望有一个重孙,我也希望早日抱孙。你现在已经到了成家的年纪,我想早日给你接亲,也算了结我一桩心事。……我在外面做官好几年,积蓄虽不多,可是个人衣食是不用愁的。我现在身体不大好,想在家休养,要你来帮我料理家事,所以你更少不掉一个内助。李家的亲事我已经准备好了。下个月十三是个好日子,就在那一天下定。……今年年内就结婚。"

　　这些话来得太突然了。他把它们都听懂了,却又好像不懂似的。他不做声,只是点着头。他不敢看父亲的眼睛,虽然父亲的眼光依旧是很温和的。

他不说一句反抗的话,而且也没有反抗的思想。他只是点头,表示愿意顺从父亲的话。可是后来他回到自己的房里,关上门倒在床上用铺盖蒙着头哭,为了他的破灭了的幻梦而哭。

关于李家的亲事,他事前也曾隐约地听见人说过,但是人家不让他知道,他也不好意思打听。而且他不相信这种传言会成为事实。原来他的相貌清秀和聪慧好学曾经使某几个有女儿待嫁的绅士动了心。给他做媒的人常常往来高公馆。后来经他的父亲同继母商量、选择的结果,只有两家姑娘的芳名不曾被淘汰,因为在这两个姑娘之间,父亲不能决定究竟哪一个更适宜做他儿子的配偶,而且两家请来做媒的人的情面又是同样地大。于是父亲只得求助于拈阄的办法,把两个姑娘的姓氏写在两方小红纸片上,把它们揉成两团,拿在手里,走到祖宗的神主面前诚心祷告了一番,然后随意拈起一个来。李家的亲事就这样地决定了。拈阄的结果他一直到这天晚上才知道。

是的,他也曾做过才子佳人的好梦,他心目中也曾有过一个中意的姑娘,就是那个能够了解他、安慰他的钱家表妹。有一个时期他甚至梦想他将来的配偶就是她,而且祈祷着一定是她,因为姨表兄妹结婚,在这种绅士家庭中是很寻常的事。他和她的感情又是那么好。然而现在父亲却给他挑选了另一个他不认识的姑娘,并且还决定就在年内结婚,他的升学的希望成了泡影,而他所要娶的又不是他所中意的那个"她"。对于他,这实在是一个大的打击。他的前程断送了。他的美妙的幻梦破灭了。

他绝望地痛哭,他关上门,他用铺盖蒙住头痛哭。他不反抗,也想不到反抗。他忍受了。他顺从了父亲的意志,没有怨言。可是在心里他却为着自己痛哭,为着他所爱的少女痛哭。

到了订婚的日子他被人玩弄着,像一个傀儡;又被人珍爱着,像一个宝贝。他做人家要他做的事,他没有快乐,也没有悲哀。他做这些事,好像这是他应尽的义务。到了晚上这个把戏做完贺客散去以后,他疲倦地、忘掉一切地熟睡了。

从此他丢开了化学,丢开了在学校里所学的一切。他把平日翻看的书籍整齐地放在书橱里,不再去动它们。他整天没有目的地游玩。他打牌、看戏、喝酒,或者听父亲的吩咐去作结婚时候的种种准备。他不大用思想,也不敢多用思想。

不到半年,新的配偶果然来了。祖父和父亲为了他的婚礼特别在家里搭了戏台演戏庆祝。结婚仪式并不如他所想像的那样简单。他自己也在演戏,他一连演了三天的戏,才得到了他的配偶。这几天又像傀儡似地被人玩弄着;像宝贝似地被人珍爱着。他没有快乐,也没有悲哀。他只有疲倦,但是多少还有点兴奋。可是这一次把戏做完贺客散去以后,他却不能够忘掉一切地熟睡了,因为在他的旁边还睡着一个不相识的姑娘。在这个时候他还要做戏。

　　他结婚,祖父有了孙媳,父亲有了媳妇,别的许多人也有了短时间的笑乐,但他自己也并不是一无所得。他得到一个能够体贴他的温柔的姑娘,她的相貌也并不比他那个表妹的差。他满意了,在短时期内他享受了他以前不曾料想到的种种乐趣,在短时期内他忘记了过去的美妙的幻梦,忘记了另一个女郎,忘记了他的前程。他满足了。他陶醉了,陶醉在一个少女的爱情里。他的脸上常常带着笑容,而且整天躲在房里陪伴他的新婚的妻子。周围的人都羡慕他的幸福,他也以为自己是幸福的了。

(选自《巴金全集》第1卷,人民文学出版社1986年版。)

【简析】

　　传统的大家庭及其儿女们在中国社会转型期的命运,一直为中国现代作家所关注,出现了许多以"家"为题材的小说与戏剧,且多为长篇巨制。人们所熟知的,即有巴金的《家》、老舍的《四世同堂》、林语堂的《京华烟云》、路翎的《财主底儿女们》、张恨水的《金粉世家》、曹禺的《家》《北京人》,等等。

　　这里所选的巴金的《家》与曹禺的改编本,在同类题材作品中具有很大的代表性。在巴金的笔下,"家"是扼杀生机、摧残人性与年轻生命的枷锁与牢笼。在1930年代,巴金创作《家》的时候,与正在写《日出》的曹禺一样,内心充满愤懑,面对吃人的家庭旧礼教,高喊一声"我控诉"。而到曹禺把小说改编为戏剧,已有了不同的时代氛围与心境。在民族存亡成为压倒一切的时代中心的1940年代,"家庭"的文化内涵正在发生悄然转移,越来越成为流亡异土的游子心灵的家园、皈依的对象。曹禺本人更是由郁热转入了生命的沉静时期,提笔书写时,正沉浸于与自己的知己、后来的夫人的恋情之中,剧中一再出现的"杜鹃声声"正是此时曹禺的心声。于是,就出现了描写重心的转移:不仅从以觉慧的反抗为中心转向以觉新、瑞珏与梅的恋情作为剧本的主要线索,而且描写的重心与角度已经主要不是悲剧性内容的揭示,而是努力开掘内含着的生命力量与青春的美。觉新与瑞珏的新婚,在巴金的小说里仅用一百多字一笔带过,而在曹禺的剧作中却铺展为最富魅力并成为全剧核心的"新婚独白"。剧作家的用笔尽管涉及却没有着意强调觉新与瑞珏结合中的悲剧性,而是细致入微地展现了两颗善良、美好的心灵由隔膜、疑惧、拒斥到注目、同情、理解、吸引、期待，以至在沟通、融合中感到生命的充实与欢悦的过程，而这也是爱情的真正诗意所在。因此，曹禺一再提醒读者与演出者：这是喜剧，而非悲剧。

【思考题】

1. 曹禺总是在不断地寻找与自己内在精神、气质、心境相适应的戏剧形式与语言，于是就有了"新婚独白"中的"戏剧语言的诗化"试验。作者这样谈到自己的追求："舞台上的诗和一般诗不同。舞台上的诗所受到的限制是比较多的，它必须通俗易懂而又必须有诗意，既应像诗而又应像日常人们所说的话，所以写起来很费力。"曹禺正是从限制中显示创造力：他所创造的诗化的戏剧语言，是一种凝练而含蓄优美的口语体语言，它既是纯粹的日常口头语，几乎不含有任何文言成分，也很少有附加修饰语，却又经过了艺术的加工，可以说是"雅化了的大白话"。作为舞台上的语言，又特别讲究节奏感与韵律感，像"半夜里唱，／好自由！／不像我，／为着谁？／苦苦地守候！"这样的语言是要朗读才能体味出那内在的韵律与韵味的。据曹禺女儿回忆，他写作时总爱独自朗读，而他的朗读却是"不同凡响"，"因为他根本不知道声音的存在，他用感觉读。如果说读得有味儿，那只是他思想的韵律"，可以说是思想的韵律、情感的韵律与语言的韵律的统一，"味儿"与"调儿"的统一。请仔细琢磨并朗读"新婚独白"，并与《日出》中的语言对比，以体会曹禺戏剧语言的丰富性与内在统一性。

2. 这场戏在诗意葱茏的"新婚独白"中穿插了觉英、五弟、六弟的"听房"喜剧。你对剧作家这样的艺术处理有何评价？

3. 阅读曹禺《家》与巴金《家》的全文，试写一篇《巴金〈家〉与曹禺〈家〉的比较》。

【拓展阅读】

钱理群：《大小舞台之间——曹禺戏剧新论》，北京大学出版社2007年版。